富貴不求人

3

完

塵霜 著

風文創 824

目錄

第二十一章

京城這邊，無論是當今聖上還是百官世家，沒有一個人是過好這個年的。

往年都是過了十五才開印，今年因著北方戰亂，大豐守軍連連失守，聖上一夕之間老了不少，兵部說戶部不給錢，戶部又哭窮，日日在尚書房裡頭一哭二鬧的，惹得聖上頭風發作，發落了好幾個倒楣的小太監跟小宮女。

「近日北疆連連失守，聖上心中煩悶，妳們這起子人不小心伺候，還礙著聖上的眼，不發落妳們發落誰？」青陽宮首領太監秦公公斜著眼瞥了那兩個跪在地上瑟瑟發抖卻不敢鬧出聲音的宮女。「自己去內務府領罰吧！」如今是正月裡，聖上不願在正月見血，若是擱平日裡，早就斷氣了。

兩個宮女聽到只是領罰，早已提到嗓子眼的心才落回原處，「砰砰」地磕了好幾個響頭。「多謝公公、多謝公公！」

秦公公也懶得看她們，揮揮手打發侍衛將兩人拖下去，自己趕忙打起精神回到聖上身邊伺候著。北疆戰事吃緊，聖上的臉色一日比一日難看，別說旁人，就是他這個打聖上還是皇子就跟在身邊伺候的老人都繃緊了皮去伺候，旁人就更不用說了。

「一個兩個都跟寡人哭窮！」

秦公公才進青陽宮大門，就被聖上生氣丟過來的摺子砸到身上。

秦公公忽略身上的痛，跪下來將散落一地的摺子撿起來放好，又給聖上端了杯熱茶來。「聖上您消消氣，這再大再要緊的事，也比不過天子重要不是？」

「寡人怎麼能不生氣？平日裡爭功時，一個兩個跑得比兔子還快，如今北疆失守，那起子武將不是說老了帶不動兵，就是說傷了走不遠！戶部的更過分，寡人都還未開口，就先來跟寡人哭窮了！」聖上今年已年過五旬，又是個脾性暴躁的，如今一下子被氣得只覺兩眼發黑，差點暈了過去。

「聖上！聖上您別動怒！」秦公公趕忙上前扶住搖搖欲墜的聖上。

宮裡不安寧，外頭也是諸事繁雜。

京城肖府，肖大爺與肖二爺兄弟倆正在書房密談。

「如今北疆戰事越發吃緊，戶部又哭著沒銀子，我瞧著聖上的意思，怕是要從百官世家中出了。」肖二爺長得與肖大爺頗為相似，不過他身上比肖大爺多了幾分文人氣，兄弟倆對面而談，七分相似的面孔都是沈重的表情。

肖海如聽完弟弟的話，眉頭皺得更緊。「又出？修洛河州運河才給出去十萬兩，如今是戰時，怕不是要花更多銀子？」肖家在京城根基不算深，弟弟雖然在聖上面前有幾分臉面，可恰恰是這樣，才讓肖家總是成了被打的出頭鳥。

肖二爺嘆了口氣，道：「若由我主動向聖上提及此事，在聖上面前自是能多幾分臉面，可同僚跟世家這些人對咱們家的敵意怕是又要多上幾分了。」實際上，聖上已經暗示過他，讓他在朝會上主動提出，這樣聖上才好向那些有錢的世家要銀子。

肖家不過是兩、三代積攢下來的財富，哪裡能跟世家的人比？聖上的目標自然不是肖家，他把更多的希望寄託到世家那些人身上，肖家不過是個開口的由頭罷了。

兄弟倆在書房談到夜深才各自散去。肖海如邁著有些沈重的步子回到主院便囫圇倒下欲睡，可心中諸事繁雜，他輾轉反側，是怎麼也睡不著。

「老爺今兒個是怎麼了？可是前頭出了什麼事？」于氏也才睡下不久，察覺枕邊人今日有些不同，便翻過身子靠到他身邊，柔聲問道。

肖海如微微嘆了口氣，道：「不過是生意上的小事罷了，妳早些睡吧。」伸手摟住妻子，輕輕拍了兩下，有些低啞的聲音在寂靜的夜裡響起，顯得格外沈重。

自從那次與父親開誠布公地談過一回後，肖臨瑜也刻意克制自己，強忍思緒，不再寫信往洛河州，每日只忙著打理家中的生意。大醉一場後的他如夢初醒，不再提起洛河州的往事，所有人都以為洛河州的人與事已隨風飄散了，只有肖臨瑜自己知曉，在無數個不眠之夜中，他將少女寫給自己的信看了一遍又一遍，然後如同捧著世間珍寶一般鎖回匣子中，彷彿將自己的情意與思念全都鎖住一般。

風華依舊是愛玩愛鬧的性子，得閒就愛約肖臨瑜喝酒喝茶，肖臨瑜十有八九也會赴宴。

「我聽說那白家姑娘上門找你了？」風華今日可是聽到了這個大消息，所以興匆匆地來找肖臨瑜證實。「怎麼樣，美人垂淚是不是分外動人？」

肖臨瑜連眼皮都沒抬一下，手下穩穩當當地倒了一杯茶鄉剛送來的新茶葉泡出的醇香茶水給風華。「美人垂淚與我何干？」

當初她白雅兒在和他有婚約時就與他人私通，如今還有臉上門來見他這個「苦主」，求他去請白老爺子鬆口重新認回她這個孫女?肖臨瑜心中冷笑一聲。若非他深知白老爺子的為人，還真以為白家家風如此不堪呢！

「肖大公子還真真是殘忍啊！」風華端起一杯茶水，有滋有味地嚐了口，感嘆一句。「若是白家姑娘知道她能與心上人喜結良緣，其中還有你這個媒人的功勞，是不是會對你更加感激涕零呢？」去歲肖臨瑜為了摘下白雅兒還未入門就給自己戴上的綠帽子，背後可沒少忙活，其中還有風華的幫忙呢！

「你說若是叫白姑娘……不，如今該叫許太太了，若是叫許太太曉得，當年她與心上人的恩愛密會是你安排人去戳穿的，她會怎麼想呢？」

想到當時妻子說過，那一對小鴛鴦在假山後邊衣衫凌亂，那些經人事的，誰不知他們在做啥？風華不由感嘆道：「還說是百年書香世家教出來的大家閨秀呢，想想那些事，我真替白家老爺子臊得慌！不過你也真是，殺敵一千，自損八百，何苦給自己戴一頂那般大的綠帽子？」說罷還「嘖」了好幾下，眉眼間盡是對白雅兒的嫌棄之意。

「喝茶就喝茶，還堵不住你的嘴！」肖臨瑜沒好氣地白了他一眼，真不該將幼金給自己的好茶泡給他糟蹋了。「男子漢大丈夫，學什麼長舌婦？」

風華有些赧然地「嘿嘿」笑了兩聲，道：「喝茶、喝茶！」兩人才將這話題給揭了過去。「話說肖少爺，你這茶葉是哪裡弄來的？倒是與往常嚐過的滋味有些不同。」

茶鄉那邊送來的是新製出的桂花烏龍、茉莉綠茶兩個品種，以及茶鄉本地特有的香茶。這是肖臨瑜早就與幼金商議好的，等茶鄉製出好的茶葉時要第一時間送到京城來，由肖臨瑜負責打開銷路。這茶留在幼金自己手裡，充其量只能賣出比一般品相的茶葉貴那麼一點點的價，可肖臨瑜人面廣，手段也多，這茶到了他手裡，賣出上好茶葉的價格也不是什麼難事。

不過幼金在兩人的合作中提了一條，蘇家的茶葉還是要用蘇家的招牌「蘇家茶」，至於利潤分配，幼金占六成，肖臨瑜占四成。肖臨瑜本也有不想依靠家中，自己置辦些許產業的打算，自是與幼金一拍即合。至於利潤分成，肖臨瑜只要了三成，畢竟人力物力都是幼金來出，他不過是打開銷路，三成利潤足矣。

想起去歲與幼金簽訂合作協定時的情形，肖臨瑜面上不由得露出一絲淡淡的笑意，道：「若是好吃，你買點回去如何？」今日兩人所在的地方，正是肖臨瑜在京城用「蘇家茶」的招牌開的第一家茶葉鋪子的二樓廂房。

「我瞧著這鋪子像是新開不久的樣子，你倒是有心，還尋到這新奇的茶葉來了。」風華嚐了茶，又嚐了幾塊茶葉所製的糕點，覺得新奇又好吃，連連點頭。「我近日正覺著春日裡無啥胃口，這點心頗新奇，還挺開胃的。」說罷又吃了一塊，絲毫看不出哪裡胃口不好的模樣。

「蘇家茶」才開了不過半月，雖然價貴，但新奇的味道為剛開張不久的「蘇家茶」引來不少客人。如今就是二樓的廂房，五、六成也都有客人在裡頭坐著泡茶賞景，生意著實不錯。

「我本就是生意人，消息自然是靈通些的。」肖臨瑜沒打算將這鋪子的事說出去，只笑著又為他倒上一杯香茶，轉移話題。「我聽說近來朝堂上不大平靜？」北疆的事他也是知道的，想來聖上也是著急了。早些年大豐的神威大將軍韓廣宏率領韓家軍在北境與北狄酣戰，大捷而歸，大大傷了北狄的元氣，大豐北境的百姓才算是安定了下來。可五年前，韓將軍被告通敵叛國，韓家上下數百條人命一夕間全部被滅口，如今整個大豐上下，哪裡還能找得出第二個神威大將軍？

「不曉得，不過我看我們家老頭子愁得連話都說不出來了，估計形勢不樂觀。」風華的父親在朝為官，官拜四品戶部侍郎，如今聖上日日向戶部要銀子，風大人能不愁嗎？

洛河州這邊，肖臨瑜不再來信，兩人合作的茶葉生意，幼金也都全權交給宋華與韓立兩人打理，只每月看一次茶鄉送回來的帳本，兩人維繫了一年多的書信往來就這般驟然斷了。他不來，她也不往，兩人似乎是心有靈犀一般，將那份尚未挑明的情意獨自掩埋。

「明前的春茶已經要開始採摘，肖大公子那邊尋的製茶老師傅上月底也到茶鄉了，這是正月的帳本。」風塵僕僕從茶鄉回來的韓立帶著上月的帳本交到幼金手上。

幼金接過帳本，瞧見花廳外幼銀身邊的立冬在那兒探頭探腦地看著，不由得露出一絲笑意。「成，帳本我慢慢看，你難得回來一趟，去看看幼銀吧。」幼銀自上回見了月長祿以後就一直有些鬱鬱寡歡的，韓立回來興許能開導一二。

「多謝大姑娘。」韓立抿了抿雙唇，拱手道謝後便邁著步子匆匆出去。

外頭立冬見韓立出來了，忙迎上前屈膝行禮道：「韓公子，您可回來了！」

如今韓立和蘇幼銀兩人親事已定，韓家兄弟二人的身分自然是不同的。

「二姑娘怎麼樣了？」韓立跟在前頭帶路的立冬身後，沈聲問道。二月原是宋華送帳本回來的，可他一聽說幼銀出事就跟宋華換了，快馬加鞭從茶鄉趕回來，把該做的工作都做好了，這才急匆匆地要去看那個早就填滿了他的心的少女。

立冬側著身走在前頭，壓低聲音回道：「早些日子不大好，如今喝了十來日的藥，已好得差不多了。」二姑娘病得突然，病情來勢洶洶，把太太跟姑娘們都嚇得不輕，可立冬得了大姑娘的吩咐，是怎麼也不敢把那日之事往外說的。幸好還有大姑娘在，二姑娘定不會出事。

喝了十多日的藥？韓立心裡「咯噔」一下，到底是什麼病？他上元節後走的時候她還好好的，怎地才走沒幾日就病倒了？兩人不再說什麼，腳下的步子卻加快不少，不過片刻就走到幼銀的閨房門外。

在房裡坐立不安的少女聽到外頭有動靜，不一會兒就看到那個熟悉的身影背著光走了進來，趕忙從榻上站了起來。「你回來了！」

韓立一進門，目光就緊緊黏在她身上，瘦了，氣色也比他走時差了許多，心中更是疼惜他的少女。

兩人雖已是未婚夫妻，不過依舊是發乎情、止乎禮，幼銀拽著他的衣袖，兩人站得很近，相對而視。

看著有些強顏歡笑的少女，眼中盡是疼愛與憐惜，他第一次打破兩人之間的禮節，伸手將眼前的少女攬入懷中，然後沈聲道：「我回來了。」我回來了，天大的事，由我替妳扛。

幼銀被他突如其來的動作嚇了一跳，卻不掙扎，柔順地倚靠在他懷裡，聽著他沈穩而有些快的心跳，如同過年時外頭「咚咚咚」的鼓聲，讓她不安了許久的心漸漸歸回原位。

外頭立冬見韓公子跟二姑娘抱在一起，十分有眼力見兒地退到看不見兩人的地方，盡職盡責地為二姑娘放風。

幼金也知道幼銀的病是心病，她可以解決月長祿，卻解決不了幼銀的心病，只得在給茶鄉的信中稍微提了一句「幼銀身子不適」。看看韓立能不能治癒幼銀的心病吧，至於月長祿那邊，自然有她來解決。

月長祿的行蹤並不難找，他這些日子的所作所為其實也不難發現。幼金為了一次解決月長祿的事，從知道他來到洛河州的那日起，就已經在為他默默地挖坑了。

坐在花廳裡看著外頭已經冒出綠芽的桃樹，幼金對著空氣自言自語。「網都撒好了，魚兒蹦躂了這麼久，也該收網了。」春日景色自來最是動人，至於有礙觀瞻的，該幹麼就幹麼去吧！

三日後。

肖護衛長恭敬地拱手向幼金稟告。「大姑娘，事情已辦妥。」雖然肖護衛長不知大姑娘與那偷兒有什麼仇，不過在他看來，還算良善的大姑娘居然能把一個人坑了送到如今戰火連天的北疆去服徭役，想必這個仇也不算小。

「此事辛苦護衛長了。」幼金坐在蘇家香二樓的廂房之內，看著外頭人來人往的街市，淡淡道：「這麼大的洛河州，多一個抑或是少一個人，又有誰知道呢？」

肖護衛長半低著頭看不清表情，彷彿沒聽到她說什麼一般。

月長祿不見後的第三日，婉娘才後知後覺地發現他是真不見了！自己帶著孩子在洛河州尋了兩日，實在是找不到人，最後在隔壁人家的建議下，抱著孩子到衙門哭去了。

「大人，我家男人真的不見了，求大人為民婦作主啊！」

那洛河州的衙役如今因著前線戰亂而湧入的難民越來越多，每日都忙得焦頭爛額的，好不容易忙中偷閒，趁著大人外出巡視不在時可以歇口氣，沒想到又被這穿得破破爛爛的婦人攔了下來，因此沒好氣地甩開她拽著自己褲腳的手。「走開走開！衙門哪裡是由得妳胡鬧的地方？」

「大人！大人！民婦的男人已經不見了三日，求大人為民婦作主啊！」婉娘不過一介普通民婦，上衙門求助原就花光了她所有的勇氣，哪裡想到竟然連衙門的大門口都還沒到就被人往外趕？

月文寶也摔坐在地上，看著凶神惡煞的衙役，又被娘親的哭喊聲嚇得不輕，頓時也扯開嗓子嚎哭了起來。母子二人抱在一起放聲嚎哭，雖引起過路百姓的注意，可也無人敢上前去說什麼，畢竟民不與官鬥啊！

「趕緊走、趕緊走！再不走就把妳抓到大牢裡關起來！」那黑臉衙役沒好氣地趕她走。「如今外頭到處亂哄哄的，北邊打仗，說不準什麼時候就打過來了，指不定妳男人早就跑了，還來衙門尋晦氣！」

婉娘渾渾噩噩地從衙門門口離開，帶著兒子一腳輕、一腳重地回到臨時租下的小院子。母子倆不知道哭了多久，直到天都黑了，也始終等不回月長祿。

婉娘那邊發生的一切，當夜就全都傳入幼金耳中。

「月長祿罪有應得，她如今就哭天喊地了？將來可還有她哭的時候呢！」當年為何幼緞與康兒才出生不過十來日就差點被狼心狗肺的月家人淹死？不就是這個婉娘在背後出的主意嗎？月家的人，她會一個一個清算，婉娘自然也逃不脫！

北狄攻破定遠後，因著洛河州的援軍支援及時，暫時牽制住了前方勢如破竹般的敵軍。進入二月以後，洛河州的氛圍越發緊張了起來，甚至原先許多逃難而來的難民又開始繼續往南逃命去了。

年前開始，茶鄉那邊便都開始做好準備，這回韓立回來還有一個目的，就是將蘇家的老弱婦孺全都帶往茶鄉暫時避難。

蘇家正院中，幼金與蘇氏坐在首位，難得蘇家所有人都齊聚一堂。

李嬸站在下首，看了眼面色如常的肖護衛長，又悄悄抬眼看了看個個神色凝重的主子們，雖不知發生何事，不過還是斂氣凝神，規規矩矩地站在原處等候主子吩咐。

眾人神色各異，卻全都安靜地聽著大姑娘的分派。

「咱們這回去茶鄉，只帶一些值錢的細軟，旁的茶鄉那邊都已準備好。麻煩肖護衛長選出三個護衛留守洛河州，其餘護衛隨太太和姑娘們前往茶鄉；李嬸那邊，老弱婦孺優先，選出平日廚房裡的、貼身伺候主子的人，貼身伺候的人各自把行囊整理好，午後把要跟著去茶鄉的人名都報給我。」頓了頓，幼金想起一事，又加了句話。「另外還有陳老先生，也一道跟著到茶鄉去。」

「是。」肖護衛長與李嬸領了主子吩咐，都趕緊下去忙了。

「咱們這是要逃難去嗎？」蘇氏看著長女安排的陣仗，心中有些惴惴不安，打破沈默率先問道。

「娘放心，茶鄉那邊都準備好了，就是去散個心，等洛河州這邊安定下來，我會親自到茶鄉接你們回來的。」

雖然幼金刻意控制面部表情，不過蘇氏還是看出了長女的不安。蘇氏眼眶微微發紅，聲音都有些發抖地問：「妳不跟我們一起走？」蘇氏雖然沒有經歷過戰亂，可不代表她不知道，一旦洛河州被攻破，他們這些小門小戶的人家就隨時可能是家破人亡的結局啊！

幼金拍了拍蘇氏顫抖的手，淺笑著安慰道：「娘放心，我如今騎術已經練得很好，若真的打到洛河州來，咱們家有護衛在，再不濟我還能騎馬離開不是？家裡還有侯家灣跟洛河州的鋪子，若是沒人坐鎮，怕是要出亂子的。」戰爭時候，人心最容易亂，如今家中能坐鎮洛河州的，除了自己，幼金想不到第二個人選來。

時序步入三月，前線傳來大捷的消息，不少與幼金抱著一樣想法而留守洛河州的人都大大鬆了一口氣。

國都，朝堂。

頭髮已經花白、身形有些佝僂的聖上看著八百里加急的大捷捷報，只覺心中堵了許久的鬱結之氣瞬間煙消雲散，連背都挺直了幾分。「好！劉愛卿不負寡人所託，傳寡人的旨意，封劉將軍為神勇大將軍，待驅逐北狄班師回朝後，封一品將軍！」

「聖上聖明！」龍椅之下，百官齊齊跪下，山呼萬歲。

「好！好！好！」聖上哈哈大笑了幾聲。

朝堂之上的百官也都個個面露喜色，擊退北狄，大豐如今最大的外患總算是解決了，聖上的喜怒無常應該能有所改變，他們總算也能睡個安穩覺了。

不過，也有不少面上笑呵呵，心裡早就不知道扎壞了多少個小人的。當初北疆戰事膠著，朝堂之上無人敢掛帥，他們將劉威推上這條路，可誰知劉威這個老匹夫居然命這麼大，人沒死就算了，竟還大敗北狄！一群心思各異的朝臣悄悄瞥了眼站在最前排、穿著四爪銀龍朝服的背影，心中更是一緊，怕是主子今日要大發雷霆了。

劉威大將軍大敗北狄的消息很快就傳遍了京城，普天同慶之時，一個流言也悄悄伴隨著大敗北狄的消息傳遍。

「聽說了嗎？這回帶兵神勇大敗北狄的劉威將軍，當年是在韓將軍麾下的，不愧是韓將軍的愛將啊！」

也不知消息是從哪裡傳出來的，如今滿京城都知道神勇大將軍是當年大敗北狄、收復北疆十數座城池的神威大將軍韓將軍麾下的愛將，甚至有人還翻出當年韓將軍一家上下數百口被株連的舊事。

一時間，京城上下各種風聲鬧得沸沸揚揚，不知誰真誰假，也不知哪個是包藏禍心的。

「如今京城裡頭的百姓都道此次大敗北狄是神勇大將軍的功勞，卻無人提及聖上的識人之才。」御書房中，一個身穿四品文官朝服的瘦臉文人滿臉不忿。「聖上，當年韓廣宏一案的教訓還歷歷在目啊！聖上難不成還要再縱容出來一個韓廣宏嗎？」

「放肆！」一本摺子直接砸到那文官的腳邊。

站著的人直挺挺地跪了下去，不過口中卻依然堅持著自己作為一個忠臣的執著。

「並非臣誣陷神勇將軍，聖上可還記得當年之事？劉威將軍是韓廣宏麾下的左前鋒，與韓廣宏有十餘年的袍澤之情，如今他手握重兵，一旦調轉馬頭，以京城現今的兵力，是阻擋不了北疆三十萬兵力的啊！」說罷連連磕頭。

直到額頭一片紅腫，坐在龍椅上的白髮老人才沈沈開口。「成了，陳愛卿平身吧。」聽他又一次重提當年韓廣宏謀逆一案，聖上原先因著劉威大捷而變得和緩許多的臉色又一次變得沈重。擺擺手讓他退下，聖上坐在御書房中，久久不語，閉上眼睛回想起當年之事，等他再睜開雙眼時，眼神中包含著憤恨、不安，還有決絕。

京城外城，一處十分隱蔽的宅子裡，一個長得與聖上有三分相似的青年男子坐在首位，聽著已然換了暗色便服的陳大人稟告今夜御書房中所發生的事後，點了點頭。「父皇素來最是多疑，當年韓廣宏一事更是讓父皇留下了心病，如今咱們在軍中的暗樁也可以開始活動了。」

「下官明白。」陳大人長得有些刻薄的臉上此刻也掛著淡淡的笑容，道：「只要除掉劉威，那北疆的三十萬兵力就都收歸殿下所有了。」懷疑的種子已然種下，就會快速滋長，只要在適當的時候添把柴，殿下往至尊之位就又能進一大步了。

「食古不化，冥頑不靈，只是可惜了韓廣宏與劉威這樣的人才了。」首位上的青年淡淡地嘆了口氣，一副惜才憐才的口氣，可雙眸中的寒意卻始終不散。

劉威與韓廣宏當年的關係如今被宣揚得京城上下無人不知、無人不曉，朝堂之上也不乏有人以此事來大作文章。大朝會上吵翻了天的文臣武將正恨不得把對方的皮都給扒了的時候，此時的京城肖家，同樣發現了不妥的肖臨瑜正在書房中與肖海如密談。

「孩兒記得祖父當年與韓將軍交好，當初韓家出事之時，我肖家是否有牽涉其中？」肖臨瑜對於肖老爺子廣闊又複雜的朋友圈表示佩服之餘又有些不安，如今只希望是他想得太多。

肖海如坐在首位，端起一杯氤氳著香氣的參片茶，淡淡地看了眼變得比之前還沈默寡言的長子，道：「都是過去的事了，你問這個做什麼？」

肖臨瑜看見父親這副表情，心裡「咯噔」一下，面上卻依舊是嚴肅而尊敬地看著他。「父親，並非孩兒多事，只是如今劉威大將軍才大敗北狄，就有人翻出他是當年韓將軍麾下的前鋒一事，若是舊事重演，我們肖家當年與韓家可是也有往來的……」

肖家有肖二爺在朝為官，肖家父子自然也是對當今聖上的性情有些耳聞。聽到長子這般說，肖海如驟然感到背後一陣冷意襲來，只覺寒毛直豎，乾咳了一聲後道：「等你二叔下朝回來後再商議吧。」

事實證明，肖臨瑜並非多慮。

等到肖二爺下朝回來，肖家父子與肖二爺屏退所有下人，密談了足足一個時辰才將前事說清，也將如今局勢幾種可能的變化做了詳盡的分析，甚至連肖家的退路都討論了一番。

「後生可畏啊！臨瑜如今越發有見識了！」肖二爺滿意的目光落到肖臨瑜身上，光是想想方才臨瑜的話，心中不免感慨。

為人父母的，哪裡有聽到旁人誇自己孩子不高興的？尤其還是誇他精心培養的接班人，他就更高興了。肖海如捋了捋鬍子，面上帶了一絲淡淡的笑意，還是謙虛了兩句。

「臨瑜不過還是個毛頭小子，哪裡經得住二弟這般誇獎？」又轉頭看向肖臨瑜，道：「既然你心中已有成算，便著手準備，只是此事需得悄悄地來，若是搞出大陣仗，怕是咱們肖家真要一敗塗地了。」一想到已經傳承了上百年的肖氏一脈，若是在他這裡就全部傾頹，甚至有可能要背上謀逆的千古罵名，將來他到了地下，真是無顏見列祖列宗了！

肖家雖比不得那些清貴文人世家，不過也是綿延了上百年的家族，大家族中人多事雜，有蛀蟲，自然也有忠僕。

肖臨瑜書房中，一青年、一中年正在裡頭密商。

青年清潤如玉的聲音淡淡響起。「此番前往西京，文叔務必謹記要藏匿行蹤，此外所有購置的宅子、田地，均不能以肖家的名義出面。」肖臨瑜這番行動頗有些未雨綢繆的意思，若是聖上無怪罪的意思，那便只當是給自家置辦產業，可若是聖上翻出當年的舊帳，這份產業就是他肖家東山再起的最後希望。

肖文就是肖臨瑜選出來要參與到此事的最佳人選。肖文在他祖父那一輩就賣身到肖家，肖文本人也是跟在肖老爺子身邊長大的，當年跟著肖老爺子去南疆行商時遇到土匪攔路打劫，若不是肖老爺子為他擋了一劍，怕是早就魂斷南疆。肖老爺子仙逝前，又把他安排到自己身邊，這些年來肖文在肖家可以說是鞍前馬後，事必躬親，是以此事一出，肖臨瑜心中的第一人選就是肖文。

肖文點點頭。

「過幾日，我會安排文叔到南邊去一趟，您會在出海的時候遇上風浪，不幸身亡。」肖臨瑜看向肖文。「到時會有人接上您，委屈您改換身分，以百越商人的身分到西京去置辦產業。至於您的家人，我會安排人為他們脫去賤籍，再給他們一筆錢，讓他們回原籍去置辦家業的。」肖文是肖家的家生子，今年已年近四十，自然是早已成家立業，若說他有什麼放不下的，就只有他的老妻還有三個兒子了。

西京是位於京城通往西疆的重要城鎮，因著與西邊國家貿易通暢的緣故，十分繁華，並且西疆前往西戎路程較短，把情況想到最壞，若是聖上真的要趕盡殺絕，肖家人在西京也很容易就能把自己的蹤跡藏匿起來，甚至可以逃往西戎。

聽完肖臨瑜的話，肖文畢恭畢敬地行了個禮，道：「奴才明白。」

三日後，肖文與家眷告別，踏上前往南疆的路。

劉威大將軍連戰連捷的好消息一個接一個地傳回，早些時日有些秣馬厲兵、人去城空的洛河州也總算恢復了往日的繁華。

劉威大將軍帶領的北疆三十萬將士將北狄一路趕回到大豐國界線外，北狄傷了元氣，大豐也有意休戰，雙方最後以北狄上貢良馬五千匹、各色奇珍合計十萬兩作為協商條件，一場因北方大雪引起的搶奪之戰，在劉威大將軍的帶領下，最終獲得勝利。

陽春三月，春風和煦。

幼金按照當日所言，前往茶鄉去接蘇氏等人回來。哪知那幾個小的在茶鄉玩得不亦樂乎，每日晨起還跟著茶園的茶農一起上山採茶，就連一向性子最是沈靜的幼寶、幼羅都變得愛笑了不少。

「妳們都在這兒玩了一個多月，還不捨得回去嗎？」幼金笑吟吟地牽著幼緞的手，慢慢從茶山上往下走，後面跟著一串蘇家的姑娘們。至於康兒，早就牽著韓爾華跑沒影了。

蘇氏與玉蘭正坐在蘇家位於茶山山腳的宅子中說著話，見長女帶著孩子們回來了，便笑吟吟地迎了上前。「今日倒是回來得早。」到茶鄉來的這段時間，蘇氏每隔幾日都會收到長女報平安的信，不過昨日當她真的出現在自己眼前時，蘇氏的心才終於落回原處。

「今日日頭有些大，曬久了怕是要頭暈，就帶她們回來了。」幼金臉上也掛著淡淡的笑意，將背上的背簍取下來，看著一群小的說道：「趕緊回去梳洗一下，該上課的就去上課。等回洛河州我可是要一個個檢查的，若是哪個功課有生疏了，我定是要罰的。」

聽到大姊說要檢查功課，小姑娘們齊齊哀號道：「大姊！不要這樣啦！」

「這可不是能討價還價的事，快去！」拍了拍小臉皺成包子的小七的小腦袋，笑著說道，然後示意家中的僕婦帶她們下去梳洗，自己又跟蘇氏說了一聲，便提著背簍往廚房去了。她今日採了不少鮮嫩的茶樹菇，中午倒是可以加菜了。

廚娘正在廚房裡忙活著，見大姑娘提著半背簍的茶樹菇過來，樂呵呵地接了過去，瞧了一眼後，笑道：「大姑娘採的茶樹菇倒是新鮮，加一道素炒茶樹菇如何？」這廚娘是新入蘇家的，自然不知道蘇家也是從苦日子裡過來的，只覺得這大姑娘瞧著端莊大氣，不承想竟還自己親手去幹活，覺得新奇得很。

「嬸子是大廚，自然曉得怎麼吃最好。」幼金笑著從廚房出來，然後轉身去幼荷暫住的房間瞧瞧她，見韓氏正在跟幼荷說話，便又轉身出去忙自己的事了。

這回蘇家從洛河州趕往茶鄉，也帶上了幼荷與文生、文玉姊弟三人，如今幼荷的身孕已有九月，隨時可能瓜熟蒂落，因此這回幼金過來也把韓氏以及柳卓亭帶了過來，他們要等到幼荷出月子再回洛河州。

「妳婆婆也是走不開，畢竟他們一家就靠著那個麵館跟雜貨鋪子過日子了，若是都過來，家裡怕是要斷糧了。」韓氏正開導著幼荷。「我們來時她還準備了不少妳喜歡的吃食，還有將來孩子出生時要用到的東西，也是有心的，妳也別怪她。」

幼荷撫摸著已經十分大的肚子，聽完娘親這般苦口婆心的話，不禁有些失笑。「娘，我又不是小孩子了，這些分寸我還是曉得的。再說了，不是還有您跟卓亭在我身邊嗎？」幼荷雖有些嬌氣，不過也不是不識大體的人。「何況我當時跟著二伯娘一起走的時候，婆婆不也沒怪我拋棄大家走了嗎？」

其實幼荷當初是沒想著要離開洛河州的，畢竟娘親跟婆母一家都還在洛河州，後來是在柳卓亭與公公、婆婆的勸說下，才帶著兩個小姑子一起到了茶鄉。

幼金在前院書房裡看完帳本後，滿意地點點頭。「如今茶葉可還供應得上？」蘇家如今雖說有三、四百畝茶山，可都是新樹，出產並不算高，按著如今的供貨量，光靠自家的茶山怕是供應不過來。

「大姑娘放心，我早已同茶鄉的茶農談妥，茶葉是供應得上的。」宋華恭敬地回答自家大姑娘的問題，又道：「另外，如今作坊裡炒茶的師傅也都加緊在趕，定不會誤了生意。」

幼金點點頭，道：「京城那邊銷量大，你們也辛苦點，等到這段時間忙過以後，我再給大家放假。」打發韓、宋二人出去後，幼金又細細點了一遍韓立交來的銀票，確認與帳本上的數對得上，才將銀票裝進匣子中。

看著匣子裡頭的五千兩銀票，幼金心中莫名有些悵然。她與肖臨瑜合作其實是在去年肖臨瑜走之前兩人就已經商議妥的，自家的茶葉銷路與價格都由他來定，自己什麼都不用操心，幼金只覺得自己彷彿是抱了一條免費的金大腿一般。

茶鄉的宅子比起洛河州蘇家宅子小了許多，蘇家的孩子們都是兩、三人睡一間房，不過孩子們卻玩得十分開心，到出發回洛河州時，個個都依依不捨地看著要留下等到幼荷生產後再回去的韓氏跟姊夫，最後還是在大姊保證往後每年都會帶她們來茶鄉小住一個月後，才一步三回頭地離開。

回到洛河州後，一切又恢復了正常。

不知不覺，四月就來了。及笄禮後，幼金從此邁入「成年人」行列。

蘇家在洛河州認識的人不少，但幼金認識的同齡少女其實並不多，因此及笄禮上邀請的人家也是少數，只是自家人熱鬧一番也就過了。

沈沈夜色中，蘇家上下早已回歸寧靜。坐在梳妝檯前，將頭上的狐狸玉簪取下來，拿在手上細細摸了一遍又一遍，看著桌上擺著的從京城送來的一對碧玉簪，久久不語的幼金才似有若無地嘆了口氣。

洛河州的風雨隨著劉威大將軍班師回朝而煙消雲散，可京城的風，卻越來越大。

肖文與肖家的船一同葬身海底的消息傳回了京城，肖文的妻子伍氏不知哭暈了多少次。

「文叔是因著我肖家才葬身魚腹，我肖家也並非無情無義之人。這是脫籍的文書、五千兩銀票以及在洛河州一處三進三出的宅子房契，伍嬸子收下它，帶著幾個孩子回洛河州好生過日子吧。」肖臨瑜將一早就準備好的東西交到伍氏手中，又寬慰了肖文的幾個兒子一番。「脫去賤籍後，總歸能活得好些。肖鴻你最喜讀書，三年守孝後便能參加科舉了。」

肖鴻是肖文的二兒子，從小最喜詩書，人也十分聰慧，只是苦於賤籍，不得參加科舉，本來他已經死了這條心的，可沒想到大少爺竟然開恩讓他們一家脫去賤籍！肖鴻雖然傷心於父親的驟然亡故，可對肖家的恩情自然也是感激不盡的。「多謝大少爺！」

伍氏也不是不明理的人，自然知道這次海難不能怪到主家頭上，哭得兩眼紅腫的她跪倒在地，連連磕頭。「多謝大少爺！」其實肖文一家的積蓄並不少，若是在外頭，那也算得上是小富之家，可就是這個賤籍一直牢牢壓在自己頭上，無論做什麼都比平頭百姓低了一級。

如今得以脫去賤籍，他們對肖家自然是更加感激涕零。

送走伍氏與三個兒子後，肖臨瑜也收到肖文送回的密信，知道他已經到了西京，一切都在按部就班地進行中。看著外頭有些陰沈的天，肖臨瑜自言自語道：「希望這天兒，變得慢一些。」

又想到遠在洛河州的少女，不由得暗嘆一聲，自己終究還是沒忍住心緒，雖然人不能到，卻不願錯過她的及笄禮。心中壓抑了許久的情愫，其實早已在他不知不覺時，如同野草一般胡亂生長，直到此刻，男子才知道自己這輩子是真的放不下了。

可天子無常，誰又能料得到下一刻會發生什麼？誰又能知道自己與她是否還有再見之日？如今朝堂風雲驟起，若是肖家真的捲入，他尚且自身難保，又何苦去攪弄一池春水？越想越後悔，只怪自己在面對她時，總有千萬分的忍不住。

劉威大將軍班師回朝後，京城中對他越發推崇，甚至隱隱有種「若無劉威大將軍，大豐早已滅國」的說法甚囂塵上，聖上的臉色一日比一日難看。

「我班師回朝後，兵符已交回給聖上，那起子只會出一張嘴在朝會上討伐這個、討伐那個的文臣，這時候就知道站出來說這說那了，當時北狄都快打到洛河州的時候，怎麼一個個都他娘的只知道當縮頭烏龜？難不成還要我以死明志？」劉威重重地將已經見底的酒瓶砸到桌上，眼中的苦澀與悲涼如同被攪弄的一缸春水般溢出。「我劉威戎馬一生，自然仰不愧於天，俯不怍於人，若不是為了天下蒼生，誰又貪圖這一點子虛名？」

「老爺，您喝醉了……」劉威之妻端來一碗醒酒湯，淚漣漣地看著他。夫妻近三十年，她如何不知道他心中的苦？可再苦又能如何？左不過是白白痛哭一場罷了。

劉威接過醒酒湯一飲而盡，歷經滄桑的眼中閃過一絲決絕，看向老妻，道：「明日朝會，我會向陛下辭官，然後帶著妳跟孩子們回洪州去，安安穩穩過完下半生。」如今聖上年歲越發大，且尚無皇儲，五子奪嫡之勢已漸漸成局，劉威知道自己這回在北疆受傷，看似意外，實則人為，若不是自己警醒，提前閃避了一下，那一枝從背後放出的冷箭就不是射傷他的胳膊，而是貫穿左胸而過！

「好，咱們一起回洪州！」劉威之妻用帕子擦了擦他額上的汗珠，兩眼發紅。她不是不知道丈夫胸有報國之志，不然他這回也不會出征。越想越是心疼丈夫，她叫來僕人一同攙扶著丈夫回到床上歇下。

朝堂之上，一身布衣的劉威捧著聖上親賜的一品將軍朝服，跪謝天恩之餘言辭懇切地請求辭官。「聖上對臣之恩情，臣不敢忘卻，無奈臣已年老，身上病痛甚多，故求聖上開恩，許臣解甲歸田！」

「劉將軍這是何意？」聖上示意內監將人扶起來，關切道：「劉將軍乃國之功臣，寡人之良臣，如何這般妄自菲薄？」言語中對劉威頗多推崇，可眼中的寒意卻如同千年寒冰一般。

「聖上，臣已年老，著實擔負不起重任了，還望聖上成全！」劉威卻是不肯起的，跪在朝堂之上連連磕頭，直到額頭已經微微滲出血跡，才被聖上身邊的內監用盡全力拉了起來。

看著劉威辭官心切，一時間，朝堂之上百官神色各異，卻無人站出來為他說話。

「此話愛卿莫要再提，寡人心意已決！此次擊敗北狄，愛卿厥功甚偉，寡人若是此時讓愛卿解甲歸田，天下人要如何想寡人？」聖上已然動怒，目光如炬地看著朝堂之下的百官，道：「愛卿既苦於身上有病痛，即刻傳寡人旨意，太醫院欽點兩位太醫入大將軍府，為大將軍細細調養，大將軍若是不好，就讓他們提頭來見！退朝！」

眼看著聖上甩了甩衣袖就走了，劉威跌坐在地，心中一陣悲涼。聖上這是不肯放過自己啊！劉威悲痛欲絕，緊閉著雙眼，心中已經知道，若是任由事情發展下去，當年韓將軍一家的下場就是自己未來的結局！他為國為民，死無所懼，可他的妻子、他的孩子，還有才三歲的小孫子呢？難道真的要跟著自己一塊兒去死嗎？

此時的京城，依舊繁華熱鬧，可一團烏雲籠罩在上方，誰也不知道第一道雷要炸到誰的身上，百官之間頗有些人人自危的意味，誰也不敢輕舉妄動。

京城，肖家。

肖臨風總覺得爹娘跟長兄有很多事瞞著自己，可他卻又無從得知，一直到今日，爹竟然要他離京回洛河州去。

驚喜到不敢相信的肖臨風站在肖臨瑜身邊，兩眼眨呀眨地都是歡喜，微微顫抖的聲音中盡是不可置信。「大哥，我真的可以去洛河州嗎？」不怪他激動，真的是這一年多以來，他連京城的大門都沒出去過，每日都跟坐牢一樣去書院讀書，性子本就十分好動的他真是快被憋瘋了。

「怎麼？臨風是不想回洛河州去嗎？」肖臨瑜不動聲色地將洛河州送來的信塞到帳冊裡頭，然後若無其事地看著肖臨風。「你若實在不想去，我便去跟父親說說。」

「別別別！大哥，我願意回去的！」肖臨風看到大哥作勢要起身，忙拉住他。「我這是太高興了！大哥你是不知道，這一年多來我都悶在京城，快無聊死了！」肖臨風只覺得自己聞到自由的氣息向自己撲面而來了。

肖臨瑜看著頗有些沒心沒肺地笑著的弟弟，心中既有羨慕，又有憐惜。羨慕的是他可以無憂無慮，天塌下來也有家裡人為他頂著；憐惜的是若肖家一旦傾頹，這世間便不再有人能護佑他一二了。

「大哥你為何這般看著我？」肖臨風不知內情，只覺得大哥這般看著自己的眼神有些莫名其妙。「我只是去洛河州一段時日，又不是不回來了。」

「成了，你不是明日就要走了，東西都收拾好了沒有？別到時候才想起這個沒帶、那個忘了。」肖臨瑜收回心緒，笑著拍拍肖臨風的肩膀。「臨風，你也是大人了，我們都不在你身邊，你事事要小心，凡事不要衝動，多聽秦叔的話。臨文他還小，你是哥哥，要照顧好他可知？」臨文是肖二爺的獨子，這次也要跟著肖臨風一同前往。

「我又不是小孩子了，大哥你如今怎地也變得跟娘一樣愛嘮叨？」肖臨風真的覺得大哥越來越奇怪，可也說不出個所以然來。

本是不放心幼弟，沒承想自己竟然被嫌棄了，肖臨瑜笑著搖搖頭，打發幼弟出去。

「快去吧。」

肖臨風想不明白這些，索性就不管了，轉身從大哥書房裡出來後就往自己院子裡回，明日就要走了，他可得好好想想有什麼要帶的？

這回送走肖臨風與肖臨文是肖海如父子與肖二爺三人一同商議出來的結果，只要兩個孩子平安，那麼就算京城真的出事，肖家的香火也不至於就這般斷了。

至於洛河州，不過是哄肖臨風的說辭罷了。等他們出了京城，到下一個城鎮前就會改換身分，悄悄前往西京，肖文已經在西京將一切都置辦妥當了。

第二十二章

第二日，未到辰時，天才矇矇亮，數駕馬車悄無聲息地從肖家後門出來，沒有一絲人聲，只有噠噠噠的馬蹄聲與車轂轆輾過青石板路的聲音劃破清晨的寧靜。

舒適的馬車上，抱著錦被還在呼呼大睡的肖臨風與肖臨文哥兒倆並不知道，也許這一次就是他們與家人的最後一面。

「你們也別怨老爺子，他一生交友廣闊，最是熱忱之人。當年韓將軍一事，老爺子雖參與其中，也不過是想為滿門忠烈的韓家留住最後一點血脈罷了。」肖家的老祖宗宋氏坐在自己所住的福安院正廳之上，看著下首的兒媳與長孫，沈沈說道：「老爺子與韓將軍相識於微時，當年洛河州水患，若不是韓將軍出手相助，老爺子怕是早就魂歸西天了，哪裡還會有今日的肖家？仔細算下來，也是咱們欠了韓家的。」

肖臨瑜竟不知道自家爺爺年輕時還有這樣一段經歷，他端坐在下首仔細聽著老祖宗說陳年舊事，也不插嘴。

肖海如與肖二爺原本對老爺子插手韓家之事，心中還有些怨懟，覺得他好好的日子不過，竟插手韓廣宏謀逆一案中去救走韓廣宏的小孫子。

尤其是在朝為官的肖二爺，一開始心中恨不得自己立時到陰曹地府去找老爺子算帳，這是要坑死自己的兒子啊！

「後來韓將軍出人頭地，你們父親也繼承了家業。韓將軍一生為國，可老爺子總覺得他太過愚忠，兩人這才漸行漸遠。」想起當年之事，宋氏滿是滄桑的眼中盡是懷念與感慨。「韓家出事以後，老爺子雖然也纏綿病榻，可還是拚著一口氣，安排了一齣狸貓換太子，救走了韓將軍之孫。按說此事當時做得隱密，知情人甚少，可如今因著劉威將軍一事，只怕聖上若是有心要查，當年之事，誰也說不準。」

聽完娘親的話，肖海如與肖二爺都有些說不出話來了。他們又能說什麼呢？怪老爺子不顧家裡人的死活，插手韓將軍一事嗎？可若是沒有韓將軍，他們肖家早幾十年前就已經斷了香火。到底老爺子對了還是錯了，一時間，誰也做不出個評判來。

肖臨風與肖臨文走後半月，京中風向陡變。

「大少爺！咱們府外被官兵圍住了！」一門處的管事跌跌撞撞地從外頭跑進來，連帽子都不知摔掉在何處，滿是驚慌地向今日在家的大少爺稟告。「都是拿著兵器的，咱們府上採買的人都出不去了！」

肖臨瑜放下手中的書，淡淡地抬眼看著一臉驚慌的下人，道：「我曉得了，你去請大管事到福安院正廳來。」今日父親外出與人談生意去了，二叔尚未下朝，此時府中只有他與祖母、母親，如今的當務之急是先穩住家中的人心。

等肖臨瑜快步走到福安院時，于氏與宋氏早已坐在正院了，連二房的主母趙氏也趕了過來。

見他一來，婆媳三人都站了起來，臉上全是驚懼不安的表情。「臨瑜！」

肖臨瑜快步過去扶住宋氏坐下。「老祖宗莫要激動，如今只是官兵圍府，咱們雖然出不去，但父親跟二叔都在府外，他們定會想辦法的。」雖然話是這般說，可肖臨瑜心中清楚，爹與二叔怕是也被扣下，如今看來，竟真是凶多吉少了。

聽到他這般說，宋氏等人才略微安心了一點。「你說得對，還有你父親跟二叔呢！」

安撫完三人的情緒後，肖臨瑜又與肖府的大管事商議了好一會兒，見宋氏等人均無異議，便讓大管事著手去辦了。「如今家中驟然被圍，定是人心浮動，若是有違反家規、煽動人心的，才伯就一併收拾了。」如今什麼都可以亂，唯獨人心不能亂。

「是，老奴這就去辦！」

京中有同樣遭遇的並不只有肖家一家，城南的京兆尹府林大人家、太學博士鄭大人家，還有幾家三等侯爵的府邸也統統被圍了起來。一時間人心惶惶，誰也不知道究竟發生何事。

「三哥都去了那麼些年，這些人竟還是這般冥頑不靈。既然誓死追隨三哥，那便一同下去效忠吧！」坐在首位、身著銀龍袍的男子嘴角噙著淡淡的笑，端起桌上的白玉酒杯一飲而盡。「好戲可就要開鑼了！」

京城出事的消息伴隨著茶鄉三月的帳本，一起送回了洛河州。

「肖家出事了？」幼金捧著帳本不看，卻仔細盤問韓立從茶鄉帶回的消息。「什麼時候的事？」她與肖臨瑜其實已有大半年沒聯繫過，最近一次的聯繫也只是他單方面給自己送了一對碧玉簪，本以為如今已經定了新婚事的人，怎會突然出事？

韓立坐在主位下首，黝黑的臉上露出一絲不自然的表情，如今肖家牽涉到的正是當年韓將軍謀逆一案，韓立竟有些不知該如何開口，能把實情告訴幼金嗎？

看他一副欲言又止的表情，幼金心焦不已。「韓立你倒是說話啊！肖家到底出什麼事了？」這話說一半的，真要急死人不成？

「我也只是聽京城過來的人說了一嘴，好像是牽涉到什麼謀逆的案子裡了。」韓立抿了抿有些發乾的嘴唇，還是決定隱瞞自己的事。畢竟他們的事若是洩漏出去，不管是他跟爾華，抑或是蘇家，恐怕都是難逃一劫。

謀逆?!幼金雖不是土生土長的古代人，可她也知道謀逆的罪名有多大！她兩眼中盡是不可置信。「怎麼會？肖家不是行商的嗎？怎麼會牽扯到謀逆罪上來？」所幸幼金的失態並沒有持續很久，從震驚中回過神來後，她立即揚聲叫喚在外頭守著的秋分。「去請肖護衛長進來！」

有些不明所以的肖護衛長很快來到，進來後先是恭敬地行禮，才問道：「大姑娘有何事吩咐？」

「肖護衛長，你在肖家這麼多年，想必還能聯繫到肖家的人吧？」幼金目光灼灼地看向他。「肖家出事了，拜託你去打聽一下到底出了什麼事？」

肖護衛長沒想到大姑娘叫自己進來竟是為了肖家之事，頓時心頭一熱，眼眶有些發熱地看向大姑娘，問道：「大姑娘打聽這個做啥？」現在肖家正是水深火熱之際，平日裡與肖家交好的人家如今都避之唯恐不及，他卻突然有種「大姑娘不會放棄大少爺」的想法出現！

「肖護衛長，我想知道肖家到底出什麼事了？」

幼金緊緊抿著雙唇，兩眼一動也不動地看著他，執著的眼神讓他莫名覺得心安。

肖護衛長微微嘆了口氣，他收到肖家出事的消息比韓立還要早幾日，也比韓立所知更為詳細，遂將自己知道的告知幼金。「劉威大將軍憑藉北疆一役聲名鵲起，卻被有心人誣陷五年前和韓廣宏大將軍一同參與了三皇子謀逆一案，不知怎地，肖家竟也牽涉其中，如今老爺、大少爺他們都被關押進了天牢，肖家也被抄家了。」說完後，肖護衛長低下頭去，生怕讓人看見他已經憋得通紅一片的雙眼。

雖說肖護衛長如今已經是蘇家的人，可他自幼在肖家長大，肖家對他的恩情那是養育之恩，如今他卻只能眼看著主家遭難而束手無策，堂堂七尺男兒心中既為肖家鳴不平，又為自己的無能感到憤怒。

「那判決的文書可下來了？」幼金搭在圈椅上的手早已變成緊緊握住，十指用力至極，連青筋都已暴出。「韓將軍謀逆一案又是怎麼回事？」韓將軍一案發生時，她年紀尚小，又身處偏遠之地，自然是對京城之事不甚瞭解。

「奴才也只是略有耳聞，說是當年三皇子意圖逼宮，在三皇子府上搜出了五爪龍袍，還搜出了與韓將軍往來的密信。」雖然肖護衛長當年也在京城，可韓將軍一案中，當年的知情人都死得差不多了，若真要將個中故事說明白，肖護衛長怕是也做不到，只能將自己聽到的些許消息大略地說一遍罷了。

聽完肖護衛長的話，幼金也陷入了沈默。謀逆，那可是要誅九族的死罪啊！

偌大的花廳內，少女面沈如水，韓立與肖護衛長的面色也都有些凝重，誰也不知該說什麼，沈默得讓人摸不到底卻又心亂如麻。

也不知過了多久，幼金才皺著眉頭開口道：「肖護衛長，我們明日去京城一趟。」如今肖家可以說是樹倒猢猻散，就算自己救不出他來，也總要有個人為他收屍吧！

「大姑娘?!」肖護衛長與韓立不約而同地驚呼出口。

不同的是，韓立面上露出的是不贊同的表情，而肖護衛長則是驚喜與感激。

韓立搶先開口。「大姑娘，謀逆是要誅九族的大罪，姑娘就算不為自己想，還要想想太太跟幼銀她們啊！」

聽到韓立的話，原已經喜上眉梢的肖護衛長頓時變得失落，雙肩無力地耷拉下去，不知該說什麼。

「以我的本事也救不出他來，我不會亂來的。」幼金知道韓立在擔心什麼，給了韓立一個讓他安心的眼神，道：「我自有分寸，你放心。」又轉頭對肖護衛長道：「明日一早，咱們便出發。煩勞肖護衛長再帶上三個護衛，輕車簡從。」見韓立似乎還有什麼要說的，幼金揮揮手攔住了他的話頭。

韓立張了張嘴又無奈地閉起來，露出一個極為難看的苦笑。只有他心裡知道，若是蘇家也因此事而出事，自己就真的無顏再去見幼銀了！

蘇氏聽到幼金說要去一趟京城，還明日一早就要出發，不由得有些擔憂。「怎地好端端的要去京城，還走得這般急呢？」

「不過是生意上的事罷了，娘放心，短則一個月，最長不超過三個月，我便能趕回來。」幼金強打起精神來，笑著跟蘇氏解釋道。此去京城說不定要遇上什麼事，幼金思前想後，還是決定要瞞住蘇氏。

蘇氏相信了她的話，又唸道：「妳這丫頭總是風風火火的，既然要出門這麼長一段時日，也不早點告訴我，我還能為妳準備行囊不是？」

幼金挨著蘇氏坐，小女兒的嬌態倒有些嬌憨可人，笑道：「娘放心，秋分她們幾個已經在收拾了。只是我這一走，外頭的事有宋叔跟幼銀、幼珠她們幾個，家裡的事可就要娘多多費心了。」

「妳這鬼靈精的，如今家裡有李嬸跟玉蘭，還有那麼多下人在，哪裡要我費什麼心？」又想起方才自己看完的信，蘇氏有些惋惜地說道：「我才看了妳三嬸的信，妳這一走倒是錯過妳幼荷姊姊的滿月酒了。妳三嬸在信中說，幼荷的兒子長得白白淨淨的，很招人喜歡呢！」幼荷已生下一個大胖小子，只等滿月就可以動身回洛河州，到時定是要補上一場滿月酒的。

「三嬸跟幼荷姊姊不會怪我的。」幼金笑咪咪地說著，跟蘇氏又說了好一會子話，才從正院出來。

幼金交代了幼銀、幼珠、幼寶三人不少話，最後還交代宋叔夫婦與玉蘭一些事，忙忙碌碌地過了這晚。

事情來得太急，也來得太快，縱是已經開始悄悄準備的肖家也依然被打了個措手不及。

京城天牢。

被關押於此的犯人大都是已然犯了死罪的，所以京城中人人皆知，進了天牢，一條腿就已邁進了鬼門關。

身上月白色的袍子早已起了縐褶，卻不算太髒。肖臨瑜坐在一處還算得上是乾燥的角落裡，看著高高的牆壁上只有孩童腦袋大小的「窗戶」，靠著外頭滲漏進來的些許光線來判斷著自己被關了多少日，心中想著肖家其餘的人。「也不知老祖宗與娘親如今怎麼樣了……」旁的都好說，只是老祖宗如今年歲已高，就怕傷心過度，撐不到他們被真正行刑的那日。

天子之怒，威震四方，那些個疑似與當年韓將軍一案有過牽扯的人家，全都如同秋風掃落葉一般被抄家收監，就連上個月還是風頭無兩的劉威大將軍也已鋃鐺入獄，成了人人得而誅之的叛國賊。

幼金等人趕到京城時，整個城裡已然是風聲鶴唳。幼金在京城本無根基，只有當初與肖臨瑜合作時，他贈給自己的一枚玉佩，作為蘇家茶鋪子的信物。

坐在馬車之中，看著那枚小小的玉佩，幼金嘆了口氣，道：「護衛長，先去蘇家茶打聽一下消息吧。」如今只能希望蘇家茶沒有受到影響，若是連蘇家茶都搭了進去，那自己在京城怕是更加舉步維艱了。

蘇家茶的鋪子位於京城的朱雀大街，如今在京城也算得上有些名氣，肖護衛長稍微打聽一下便問到了地方，駕著馬車穿過熱鬧的街市，最後穩穩地停在蘇家茶門口。

「客官隨便看看，要些什麼茶。」

鋪子還是正常開著的，不過只有兩個小夥計在，倒沒看到管事模樣的人。

接到姑娘的眼神示意，肖護衛長便上前說道：「我們有筆生意要跟掌櫃的談，麻煩請掌櫃的出來相見。」

那小夥計看著後頭那個長得十分好看的少年，穿得也比普通百姓家好些，再看方才說話的男子，腰間還挎著刀，便笑呵呵地說道：「既是談生意，兩位貴客樓上請，我這就去請掌櫃的過來。」說罷，示意另一個小夥計將人帶上二樓廂房，自己則轉身進後院去請掌櫃的出來。

「是什麼樣的人？」聽來請他的小夥計說前頭有客戶相找，吳掌櫃乾澀的唇微微抿了起來，心中思緒轉了又轉，不知要不要去見？

小夥計將兩人的模樣描述了一番。「打頭的看著三十出頭，還挎著刀，應該是個護衛，他邊上跟著的是個十四、五歲的小公子，長得倒跟個娘兒們一樣，模樣特別俊。」

聽他這般形容，吳掌櫃本來半閉的雙眼一下子就睜得如同銅鈴一般大小，難不成是……是小少爺?!肖家上下如今只有小少爺跟二房的臨文少爺不見了，其餘所有人都下了大獄，難不成是小少爺尋到這裡了？想到這裡，原還有些有氣無力的吳掌櫃立即站起身，腳步匆匆地往前頭鋪子去，急問：「人呢？人在哪兒？」

「二樓廂房……」小夥計話音都還沒落，就看到大掌櫃的影子都沒了，不由得有些嚇道：「是什麼樣的大生意，竟讓掌櫃的這般激動……」要知道，平日裡掌櫃的最是穩重不過，如今怎麼比他們還冒失？

又是緊張、又是歡喜、又是害怕的吳掌櫃敲了敲廂房的門，片刻後，那個護衛模樣的青年出來開了門，然後又將門關了起來，也不跟他說話。

吳掌櫃走到廂房內，看到的卻是一個面生的少年，面上神色雖然沒變，不過隱隱還是鬆了口氣，道：「不知二位有什麼生意要與吳某相商？」

幼金從荷包裡取出那枚玉佩，遞到吳掌櫃面前，道：「吳掌櫃先瞧瞧這個。」

「您是……蘇家的大姑娘？」吳掌櫃一眼便認出了這枚玉佩，因為他自己身上也有一枚。當初大少爺說過，一樣的玉佩共有三枚，一枚在大少爺身上，一枚在他身上，最後一枚是在蘇大姑娘身上。他有些震驚又有些疑惑地看著少年裝扮的蘇家大姑娘，問道：「蘇大姑娘這是？」

幼金笑著點點頭，承認了他的猜測，也知他對自己的這身裝扮有些疑問，便道：「此事事關重大，為著穩妥起見，男裝在外行走總是方便些。」

「大姑娘怎麼來了京城？難不成也是聽說了大少爺的事？」吳掌櫃從驚訝中回過神來，便直接問道。如今不年不節的，大姑娘驟然前來定然是有重要的事，而如今能算得上是重要事情的，就只有肖家之事了。

「正是。我在京城並無熟人，只能找上門來。如今京中境況如何？我想見肖臨瑜，能見到嗎？」幼金兩眼直直地看著吳掌櫃。她雖到了京城，可如今京中是什麼狀況她一點也不知道，只能先把最新的情況瞭解清楚後再打算。

吳掌櫃這些日子急得嘴角都冒疱了也沒想出什麼法子來，眼前的蘇家大姑娘是他最後的希望。吳掌櫃心想，如今也只能死馬當成活馬醫了，便將自己知道的消息都告訴了幼金。

「昨日聖上的裁決方下，肖家男丁一律斬首，女眷沒為官奴！」吳掌櫃重重地嘆了口氣，道：「聖意已下，怕是沒得回轉了。」

肖家其實還算得上是幸運了，因當年肖家救了韓將軍之孫一事並未被查出，只是查到肖家與韓家曾有往來，罪名輕些，也還不至於到株連九族的分上。

可劉威大將軍以及被查出當年曾在韓將軍死前見過韓將軍，還與之密談了一個時辰之久的秦相，就屬於重罪，被判了株連九族。

吳掌櫃擦了擦眼角的淚花，聲音有些沙啞。「被判秋後問斬，就剩不到半年了！」

吳掌櫃確實是個忠僕，眼見著主家出了這般大的事他也還堅守在京城，若換作旁個沒這般心志的，怕是早就攜家帶眷地跑了，哪裡還會傻傻地在京城守著？

幼金有些絕望地閉上雙眼，緩了好一會兒才睜開眼，看向肖護衛長，問道：「護衛長，我想見肖大哥一面，你有法子嗎？」

肖護衛長的面色也十分難看，聽到大姑娘這般問，想了片刻後才道：「屬下想想法子。」他只能盡可能地去聯繫大少爺以前的人脈，若是有顧念與大少爺的情分又願意幫一把的，或許就有機會能見上一面。

吳掌櫃聽到他這般說，只覺五內俱喜，感激涕零地道：「如此就煩勞二位了！大姑娘一路奔波，這鋪子後頭就有廂房，不若就在此住下吧？」

幼金點點頭，接受了他的安排，蘇家一行就在鋪子後頭的院子暫時住了下來。

在蘇家茶鋪子後頭住著的還有吳掌櫃一家，吳掌櫃家的當日就被自己當家的細細告誡了一番，知道來人是丈夫的主子，自然也是畢恭畢敬地伺候著，每日飯食、點心茶水準備得妥妥當當的，不該問的也從來不多問。

「官奴發賣？」幼金聽到肖護衛長帶回來的消息，不由得微微皺起眉頭來。「裡頭可有肖家的女眷？」

肖護衛長沈重地點點頭，面色十分難看。「老祖宗、大太太、二房的夫人還有大姑娘都在其中，發賣的日子定在三日後。」大豐朝的官奴可發賣且價高者得，官奴與自願賣身為奴的最大區別，就是官奴永世不得脫去賤籍。

想到那位溫婉賢淑的女子竟在肖家一出事就被夫家休棄歸家，而後又被關進大獄，如今正等著被待價而沽，肖護衛長就恨不得衝進那朱府，把那起子狼心狗肺的東西全都剁碎了餵狗！

「參加發賣可需要名帖或者憑證？」幼金心中已有主意，肖臨瑜如今已被判秋後處斬，一時間急也急不來的，可肖家的女眷若是不救，往後就不知道要淪落到哪裡去了。

「奴才已求得名帖一張。」肖護衛長從袖口裡掏出一張名帖，雙手捧著遞到幼金面前。這個是他從風家大少爺那兒求來的，風華雖幫不了他進天牢見大少爺，可這個忙他卻是願意幫的。

幼金接過名帖，道：「如此，三日後，咱們便走一遭。」

吳掌櫃知道大姑娘要去參加三日後的官奴發賣，便將鋪子上能用的錢總共七千兩統統給了幼金，加上幼金原先從洛河州出發時帶的一萬兩，也是一筆不小的數目了。

三日後，京城官奴拍賣場。

原來雍容典雅的于氏如今背已佝僂了不少，沈重的鐐銬令她走得更慢，與趙氏一起攙扶著短短一個月時間裡頭髮由原先的隱隱花白變成滿頭白絲的老祖宗宋氏，而肖家被休棄回來的二房大姑娘肖臨茹則跟在三人後頭，四人慢吞吞地跟在官奴的隊伍中走著。

雖然頭都沒抬起來，不過也依舊能感受到拍賣場中那些達官貴人的目光落在自己身上，想到自己原先也是坐在那裡的人，于氏心中便一陣難堪，連頭都要抬不起來了。

「本次官奴拍賣正式開始！首先，是罪臣劉家的女眷。」官奴拍賣場上，負責本次拍賣的小吏高聲唱道：「罪臣劉家官奴，共三人，起拍價五百兩！」

官奴拍賣會有條不紊地進行著，幼金端坐在拍賣會安排的坐席上，兩眼目不轉睛地在那群官奴中搜索著，然後小聲地問站在她身旁的肖護衛長。「護衛長，可找到人了？」她沒見過肖家的人，如今只能靠肖護衛長認人。

肖護衛長半眯著眼在距離自己不過數丈距離外的官奴群中細細尋找著那個熟悉的身影，不過片刻就找到人了，壓低嗓音與激動，小聲回道：「找到了！左側身著綠色襦裙的女子與她身邊的三人就是。」

順著肖護衛長的目光看過去，果然看到了兩個中年婦女攙扶著一個滿頭白髮的老婦人，還有一個就是肖護衛長口中說的身穿綠色襦裙的肖家大姑娘。四人都是蓬頭垢面的，衣袖外的手背還露出紅紅的傷口，想必是在監獄中受了不少罪。幼金收回視線，微微頷首。「我曉得了。」

官奴拍賣會進展得很快，不一會兒就輪到了肖家的女眷。

「罪人肖家女眷四人，起拍價二百兩！」那小吏還在唱價。

「二百一十兩！」

那小吏話音才落，就有人出價競拍了。幼金順著聲音看過去，原來是一個梳著墮馬髻的年輕婦人，看著倒是文雅嫻靜。幼金有些疑惑，看向肖護衛長。「那是？」是與肖家交好的人家嗎？可看著眼神不像啊！

肖護衛長也發現了那名女子，雖有些面生，不過還是認了出來，忙道：「大姑娘快些出價吧！其中糾葛屬下晚些再跟您解釋。」當務之急是要贖買肖家的主子們出來，若是由大姑娘買回來了，他相信這是對主子們最好的出路，若是落到旁人手中會怎麼樣，那就難說了。

于氏也注意到了第一個出價的人，那人發現自己在看她，直接一個得意的眼神回看了過來，彷彿在說「妳也有落到我手裡的一日」一般。

正當白雅兒以為自己可以報一報當初的仇之時，竟然被另一個出價的人從中插了一腳。

「三百兩。」

兩邊的人立時都看向出價的人，發現是一個頭戴青色帷帽，身穿同色織花錦襖裙的少女，看不清臉。

白雅兒沒想到這肖家都破敗至此了，竟還有人要當這個程咬金，心中憋著一股氣的她惡狠狠地瞪了眼坐在拍賣場正對面的青衣少女，示意下人出價。

「三百五十兩！」

沒想到那沒露臉的少女竟然也是個財大氣粗的，直接將價錢抬到了五百兩，倒是把白雅兒氣得牙癢癢！「那人是什麼來頭？那麼些官奴不要，非得跟我搶！」雖然生氣，卻還是不願就此放棄。若不是肖家人從中作梗，當初她怎會被爺爺趕出家門？才華橫溢的相公怎會被爺爺拒之門外？一想到相公喝得醉醺醺地歸家，然後怪自己沒能讓他拜入爺爺門下，白雅兒就把這個仇記到了肖家身上，非得出一出這口怨氣不可！「六百兩！」

那小吏倒是有些嚇到了，原以為肖家只是有一個五品文官的商人家，沒想到竟然有交好的人家願意為她們幾個女眷競價，如今都六百兩了！要知道，旁的罪臣家的女眷，幾乎都是一口價就買了下來的。

競價還在繼續，幼金這回倒難得地財大氣粗，又示意肖護衛長繼續出價。「七百兩！」已超過底價的三倍了。

肖家的女眷們也都悄悄抬眼看了過去，發現是個戴著帷帽、看不見臉的少女，有疑惑的、也有鬆了口氣的，還有看到了少女身邊的護衛並且認出了他後，心中閃過一絲異樣的。

「一千兩！」白雅兒只覺一口銀牙都要咬碎了，從齒縫中擠出自己能接受的最高價錢。

雖然白雅兒只能接受一千兩的價錢，可財大氣粗的蘇幼金這邊卻毫不猶豫地接受了她的挑戰，繼續出價。「一千一百兩。」

白雅兒雖然氣憤，可她只是一個被趕出門嫁給八品文官庶子的人，雖然母親為她準備了還算豐厚的嫁妝，但也禁不起她這般折騰，她算是還沒有被仇恨沖昏了頭腦。

那小吏等了好一會兒，見她不再出價，最後才一錘定音，以一千一百兩的價格成交。

隨後，就有人將緊緊鎖在肖家四人身上的鐐銬解開，幼金與身邊的秋分眼疾手快地扶住搖搖欲墜的于氏與趙氏，肖臨茹精神尚可，緊緊扶著老祖宗，以眼神謝過幼金。

「這裡不是說話的地方，咱們先從這兒出去吧。」幼金看向去付了銀子又領回肖家四人官奴賣身契的肖護衛長，示意眾人先離開再說。

肖護衛長點點頭，因著男女有別，他便站在離眾人兩步之遙的地方，帶著眾人出了官奴拍賣場，上了蘇家的馬車後直往蘇家茶鋪子回。蘇家茶鋪子中，吳掌櫃一家早就準備好乾淨的換洗衣裳還有熱水等，只等幼金帶著人回來。

那頭的白雅兒看見肖家眾人跟著那個從頭到尾都沒有露過臉的少女離開，氣得向身邊的嬤嬤使了個眼色。「找人跟上去看看，我倒要瞧瞧是何方神聖來跟我搶人！」

有些個知道肖、白兩家恩怨的好事群眾，竟還看熱鬧不嫌事兒大地過來尋白雅兒開心。

「許太太真是心善，之前肖家害得妳被白老爺子逐出家門，今日肖家落難妳還出手相助，真真是不計前嫌啊！」言語之間盡是對白雅兒的嫌棄嘲諷，又一臉得意。

白雅兒斜著美眸瞥了那人一眼，嘴角露出一絲譏諷的笑，也不搭理她，帶著身邊的丫鬟就走。

那婦人自覺在同伴間沒臉，惡狠狠地瞪了眼白雅兒離去的背影，用著不算大卻又足以讓白雅兒聽清的聲音道：「不過就是個敗壞文人門風，與一個不入流的文官庶子私定終身後被白家逐出家門的人罷了，以為自己還是那個高高在上的白家大姑娘呢！」

她的聲音略微有些尖，不僅要離去的白雅兒聽到，連附近十步以內的人也都聽到了。

那些人意味深長的目光讓白雅兒覺得顏面掃地，心中更是恨毒了肖家！當初若不是他們家把事情鬧大，自己今日怎會這般沒了臉面？

「冤有頭，債有主，別以為有個程咬金插一腳我就能放過你們！」坐在馬車上的白雅兒玉面微紅，也不知是氣的還是臊的。想到方才在拍賣場上的一幕，她就恨不得把那個長舌婦還有肖家的賤人一起生吞活剝了！

「先帶幾位貴人去沐浴更衣吧！」馬車回到蘇家茶的後院，已經取下帷帽的幼金就吩咐秋分帶人去沐浴更衣，又轉頭朝身邊的于氏說道：「我知道太太有話要問，咱們如今有的是時間，太太幾位近來受了不少罪，不若等沐浴更衣、吃完飯後，咱們再詳談？」

于氏微微點點頭，雖然她不認識這個眼生的小姑娘，心中也有些疑惑，不過她可以看出來這小姑娘對自己是沒有惡意的。「那就煩勞姑娘了。」

「太太客氣了。」

肖家人沐浴更衣時，廚房裡也在緊鑼密鼓地準備飯食，等到肖家女眷們梳洗好，換了乾淨舒適的新衣裳出來時，冒著熱氣的山藥雞絲粥與幾味清淡的菜也才剛端上桌。

「想來太太們這些時日吃得不好，怕是一下子吃太油的會不克化，反倒傷了身子。」幼金接過秋分盛好遞過來的雞絲粥，首先雙手端著擺到年紀最大的宋氏面前。「這粥熬得綿軟，老太太嚐嚐可好？」

宋氏含笑端起白瓷碗略微嚐了一口，果然十分綿軟可口，笑著放下湯勺，滿意地點點頭。「好孩子，妳有心了。」

「老太太這話便是折煞我了。」幼金落落大方地回答。

于氏等人雖然心中疑惑，不過也不多說什麼，肖家女眷被解救出來的第一頓飯，就這般安靜地進行著。

兩刻鐘後，秋分與吳掌櫃家的手腳索利地將飯桌上的殘羹剩菜都撤了下去，然後很快泡好了一壺桂花烏龍上來供眾人解膩，而後將談話的空間與時間都留給大姑娘及肖家眾人。

宋氏笑瞇了眼拉著幼金的手，問道：「不知妳是哪家的姑娘？要怎麼稱呼妳？」宋氏年紀大了，體力有些跟不上，如今已經半靠在榻上，腰間墊著的軟枕還是幼金方才吩咐秋分去取來的。

幼金也笑吟吟地坐在宋氏下首，乖巧得很，回道：「老太太，我姓蘇，閨名叫幼金，打洛河州來的。」絲毫沒注意到坐在她身後的于氏面色微變，依舊陪在宋氏身邊說著話。

「打洛河州來的，那咱們就是老鄉了！」歡喜得拍了拍幼金的手。「好孩子，妳花了這麼些銀子救我們出來，我們肖家人也不是忘恩負義之人，往後為奴為婢定是要報答妳的恩情的。」

「老太太講這話怕是要折煞我了，當初我們家在微時多得肖大哥跟肖臨風襄助，肖大哥還曾救過我一命，如今不過是回報當初肖大哥救命之恩的十之一二罷了。」幼金莫名很喜歡眼前的老人，雖然受了苦難，可依舊從容和藹，一老一小雖然才是第一回見面，可卻都很喜歡對方。

宋氏聽到她提起自己最驕傲的長孫，平和的心緒變得有些傷感，幽幽嘆了口氣。「臨瑜是個好孩子，只可惜……都是我們連累了他！」

一提到如今還被關在天牢的肖家人，于氏與趙氏都跟著濕了眼眶，生怕惹得老祖宗也傷心落淚，連忙別過身子去，抽出乾淨的帕子拭去眼角的濕潤。

氛圍一下子變得有些傷感，幼金心中也十分懊惱，自己真是糊塗，如今肖臨瑜已經被判了秋後處斬，自己還在老人家面前提起這些傷心事！她趕忙出聲打破壓抑又傷感的氛圍，道：「老太太想必也累了，廂房都準備好了，老太太還是要以身子為重才是。」

于氏眼神不明地看了幼金一眼後，上前寬慰宋氏。「是啊，如今最重要的是娘要養好身子，旁的事一時半會兒是急也急不來的。」

宋氏抬頭看了眼圍在自己身邊的兩個兒媳還有孫女，有些渾濁的雙眼也微微發紅，無語凝噎許久才點點頭。「好，都聽妳的。」

幼金趕忙叫人進來攙扶著宋氏，將肖家眾人帶去客房休息。

許是在監獄裡受了不少苦，長年養尊處優的身子吃不消，如今一下子放鬆下來，倒是病來如山倒了。當日夜裡，宋氏、于氏、趙氏三人就都齊齊病倒了。

「患者近日受的刺激過大，驚懼憂思加上內裡失調，老夫也只能試著開幾帖藥。一日三次，每次五碗水煎成一碗，飯後服用即可。」吳掌櫃從回春堂請回來的婦科聖手細細為宋氏把完脈，又一一取下扎在列缺、內關等穴位的銀針後，道：「三日後，老夫會再來把一次脈，這三日家裡人要注意著些，患者若是發高熱了，務必速速通知老夫前來。」

幼金將老大夫的一字一句都詳細記了下來，道：「我記住了。秦大夫，我們家中還有兩位長輩也病倒了，煩勞您一併看看。」

秦大夫聽了微微頷首。「那就煩勞姑娘外邊帶路。」

于氏與趙氏的症狀也都大同小異，秦大夫就根據她們二人的體質略微斟酌了幾味藥材的增減，很快也將兩人的方子開妥了，最後還為能勉強撐著的肖臨茹也把過脈、開好方子，才聲音低沈地道：「其實四位的症狀都大同小異，藥石能調理身子，不過三位還是要保持心緒疏朗些。此外，方才那位老夫人因著上了年紀，症狀重些，家裡人要小心照看些才是。」這一大家子一下子病倒了四個，也是不容易。

幼金抿著雙唇，眉頭微蹙，神情嚴肅地應下。「多謝秦大夫，我們會注意的。」示意肖護衛長送秦大夫回去回春堂，順道將秦大夫開好的四份藥一起取回來，自己則帶著秋分與吳掌櫃家的守在家中，忙前忙後地照顧躺在床上的三個病人。

面色有些發白的肖臨茹被幼金強行按在椅子上坐著，倒有些不好意思。「蘇姑娘，就讓我來吧，我沒事的。」如今祖母、大伯娘還有娘親都病倒了，自己反倒幫不上忙，真叫她羞愧得緊！

「肖姊姊就別跟我客氣了，妳若是也病倒了，那才是我的罪過呢！」幼金笑咪咪地接過吳掌櫃家的端上來的參茶，遞到肖臨茹手中。「我是報恩，不是要結怨的。肖姊姊瞧著比我大些，也別跟我見外，叫我幼金就好。」

「好，幼金，辛苦妳了。」肖臨茹半低下眼，唇角露出一朵溫婉的笑花，她彷彿知道兩個堂弟為何願與這個小姑娘交好了。「那我就托大了。」

肖臨茹在家變之前也是個養尊處優且教養良好的大家閨秀，知書達禮又保持著難得的少女嬌憨，雖經歷巨變後性格受到了一些影響，不過因著幼金是外向且善與人打交道的性子，兩個年歲算得上相近的女子倒是沒多久就變得熟絡起來。

等到肖護衛長帶著四大包藥回來，見肖臨茹臉上重新展現出溫婉的笑時，心中竟悄悄鬆了口氣，她總算是能略微放鬆警惕了。

所謂病來如山倒，病去如抽絲，肖家的三位長輩前前後後病了將近一個月，這一個月裡，蘇家茶後院的空氣中，一股濃濃的藥香味久久不散，肖家的女眷們總算慢慢好起來了。

這期間，幼金與秋分還有吳掌櫃家的衣不解帶地照看著肖家女眷，宋氏等人好得差不多了，幼金等人倒是累瘦了一圈。

于氏原本心中對幼金是有些芥蒂的，因著長子滯留洛河州久久不肯回京的緣故，她還一度認為是這個小姑娘勾引自己最引以為傲的兒子，可沒承想在自己家落難時，唯一願伸出援手的竟是當初被自己寫信過去痛罵一頓的小姑娘，這讓她一時間真的有些難以接受。

這日，半坐在床上，剛喝完藥精神還不錯的于氏叫住了端著藥碗準備出去的幼金。「慢著，幼金，我有話跟妳說。」

幼金有些詫異地看了眼于氏，她不是不知道這些日子于氏對自己有點彆扭，怎地今日竟突然間主動要與自己說話了？不過她也只是心中有些疑慮，片刻後就坐回了床邊的圓凳上，半垂著頭道：「不知您有何要吩咐的？」

于氏心中更是羞愧難當，一下子說不出話來，乾咳一聲後才找回自己的聲音，說道：「好孩子，之前是我誤會妳了。」

于氏算是十分命好的人，一輩子都是被下面的人眾星捧月般地對待，這輩子還從未這般低頭向他人認錯賠禮，活了數十年，如今這般真心實意地向人認錯，倒讓她有些羞赧。

幼金一聽就知道于氏所謂何事，臉上表情未變，笑道：「之前有過什麼事嗎？太太如今最重要的是要養好身子，旁的事讓我們小輩來操心就好。」說罷，為于氏端來一杯還有七分熱的花茶。「太太潤潤嗓子。」

于氏接過白瓷杯喝了口茶，道：「我這下都好得差不多了，妳且去忙自己的事吧。」這一個月來她冷眼看著，只覺得這小姑娘的人品性情都是個頂個的出挑，主要是這孩子還顧念舊情。自己遭此大難，唯一一個願意伸出援手的竟然是這個小姑娘，而平日裡與自己往來密切的，從自家出事那日起反倒是再沒見過，只怕如今早就拿自己當瘟神看了吧！

幼金見她沒什麼要說的了，也就不打擾她休息，放輕了腳步走出去，然後輕輕關上房門，還于氏一個靜謐的休息環境。

已經平躺在床上，雙眼微微合起來的于氏，幽幽地嘆了口氣。這孩子再好，終究與臨瑜是有緣無分……想到她的臨瑜如今不知是何狀況，于氏心中已經疏散了不少的鬱結之氣，竟又有凝聚之狀。

雖忙著照顧家裡的患者，不過幼金也並非大門不出、二門不邁，這一個月下來與肖護衛長在外奔走不斷，終於打通了一個天牢的小吏，對方收了一千兩銀子，願意趁夜裡無人時放他們進去一個時辰。

「如今大少爺被判秋後處決，又事關韓將軍謀逆一案，看管自然是要嚴些，屬下這回能爭取到這個機會也只不過是財帛動人心罷了。」肖護衛長拱手對幼金說道：「不過那小吏只願帶一人進去，姑娘是要自己去還是？」

幼金嘆了口氣，微微仰著頭看著小小的院落之上，那輪皎潔的明月已經漸漸圓了起來，沈默良久後才幽幽說道：「我明日會將此事告知肖家太太，讓她拿主意吧。」于氏可是生他養他二十多年的人，於情於理都應該讓于氏去見上自己兒子的最後一面。

肖護衛長眼神有些晦澀，抬眼看了眼大姑娘，隨後垂下頭來，不再言語。

第二日一早。初夏的清晨還算得上是涼爽，用過早膳後，精神已經大好的于氏帶著肖臨茹在廊下坐著，一邊吹著涼爽的穿堂風，一邊做繡活，兩人穿著打扮已不如從前貴氣，遠遠看著只以為是一般富戶家的女眷，倒是有幾分歲月靜好的氛圍。

「幼金來了。」于氏自上回與幼金賠禮過後，心結也化開了，如今兩人相處得倒是十分融洽。

肖臨茹見她來了，便拉著她要坐下，笑道：「妳今日倒是得閒，咱們也好些日子沒一處說話了，今兒正好。」

幼金笑著應道：「姊姊不嫌我吵鬧，我自然願意跟姊姊一處說說話。我先跟太太說會兒話，過後一準找妳去。」

「我還以為是特地來找我的，沒承想是找伯娘的。」肖臨茹笑得臉上的小梨渦若隱若現的，十分嬌俏。她站起身說道：「正好，我該去瞧瞧老祖宗跟娘的藥熬好了沒？」趙氏身子弱些，宋氏年紀大了恢復得也慢，如今只有她二人的藥還未斷。

于氏有些不明所以地看著幼金。「妳這是要跟我說什麼事？還特意支開了臨茹？」如今她們足不出戶的，還能有什麼事要這般隱密？

幼金坐在于氏身邊，壓低聲音道：「我們打通了一個天牢的小吏，他願意帶我們一個人進天牢，不過只有一個時辰。」

幼金刻意壓低的話語落到于氏耳中卻如同平地一聲雷般，她臉上的笑意不知何時已經僵住，看向幼金的一雙美眸被淚水浸潤，只能一直默默看著幼金，說不出任何話來。

幼金抿了抿雙唇，繼續說道：「明夜戌時三刻，護衛長會護送您去天牢邊上，天牢那邊已經打點好了。」遞上自己乾淨的細棉帕子給于氏擦乾淨臉上的淚水，幼金知道如今自己驟然這般提起，怕是傷了她的心。

于氏雖傷懷，可更多的是歡喜。擦乾臉上的淚後，她緊緊拉過幼金的雙手。「好孩子，總歸是我們肖家欠妳的，妳對我肖家有大恩，我一定記妳這個恩情一輩子！」于氏本以為自己是只能等著為丈夫跟長子收屍了，可如今竟還能見上他們最後一面，讓她怎麼能不激動歡喜？說罷甚至還站起來要向幼金下跪。

幼金趕忙將人扶起來，讓她坐下。「太太，您這是要折煞我呀！肖大公子於我有救命之恩，我如今所做也只能報答一二，何況您也是我十分尊敬的長輩，我怎麼能受您這樣的大禮？」

「我只是……只是不知該如何感謝妳這份恩情……」于氏捂著胸口，還未從激動中平復心緒，美眸微微有些發紅地看著她。「只是委屈妳了。」

幼金臉上依舊是淺淺的笑，應道：「我不委屈。」她有什麼委屈的呢？只不過想到當初一別竟然是自己與他的最後一次見面，有些遺憾罷了。

于氏沒有將此事瞞著宋氏與趙氏，畢竟關在天牢裡的人是宋氏的兒孫，也有趙氏的夫君。

宋氏聽她這般一說，頓時也是老淚縱橫，拉著幼金的手久久不願鬆開。「好孩子，真是多虧了妳！」蘇家這個小丫頭不僅是救了自己一家，竟還冒險疏通路子讓兒媳婦有機會去見兒孫最後一面，讓她怎麼能不感激涕零？

趙氏雖然心中有些失落，可臉上也強撐著笑。

看見趙氏蒼白的臉配上勉強的笑，讓于氏心中有些愧疚。「弟妹……」二弟與弟妹青梅竹馬、鶼鰈情深，可如今自己這般歡喜地要去見自己的丈夫跟兒子最後一面，卻忽略了她。

「大嫂，我曉得的。今生無緣到白頭，只期盼黃泉路上他能等等我，下輩子還能往一處投生去。」趙氏半垂著眼，臉上帶著一絲決然的笑，似乎隨時要與肖二爺一起殉情般。

聽到她這般說，宋氏和于氏反倒更加愧疚難安。

宋氏嘆了口氣，道：「老二家的，我知道妳心裡難過，可妳總還要顧著臨茹和臨文啊！臨文今年才十二歲，難不成妳連他也不管了？」

聽到婆婆提起自己最捨不得、跟丈夫幼時幾乎是一個模子刻出來的兒子，趙氏頓覺心中疼痛難忍。她不禁擔心若是她走了，她的茹兒怎麼辦？她的文兒怎麼辦？慢慢地也就打消了等到老爺的噩耗傳來後就一同隨了他去的念頭。

第二十三章

第二日，戌時剛過。

如今京城夜裡雖無宵禁，不過肖護衛長還是很謹慎，駕著馬車悄悄到了距離天牢還要走上一刻鐘的地方，就找了個巷子將馬車停好，又留了個護衛守著，自己護送著身著黑衣，連身上的斗篷都是黑色的于氏，就這麼悄無聲息地沿著民宅與城牆角落的陰影處穿過，到了與那小吏約定好的地方。

「啾啾啾、啾啾啾！」以約定好的鳥叫聲向黑夜的那端發出，許是因為時辰未到，肖護衛長連試了兩次都沒得到回應。

躲在大大的斗篷下只露出了小半張臉的于氏也不禁有些著急了。「對方不會食言吧？」

「太太少安勿躁，許是時辰還未到，屬下再試試。」肖護衛長壓低聲音回道，然後再朝那邊打信號。

所幸這回終於得到回應，得到回應不過片刻後，對方就提著一盞不怎麼亮的燈籠走過來。

「跟上我。」說罷就掉頭往回走。

于氏見人來了，趕忙打起精神，在肖護衛長的示意下，邁著步子快步跟上那小吏的腳步，往被濃濃夜色掩蓋住而有些陰森可怖的天牢走去。

「一會兒進去別亂看，也別亂叫，曉得了？」那吳姓小吏提著燈籠，兩眼直直看著前方，頭也不回地警告于氏。「若不是看你們這麼有心，我才不跟你們冒這個險！要知道，死刑犯那可都是不允許探監的。」

為了還清賭債，他也只能跟病急亂投醫的這家人合作，不過這肖家人也是夠有錢的，這都抄家了還能拿出一千兩來探監，那沒抄家之前得多富貴？吳姓小吏越想就越覺得氣人，一時沒注意，差點還撞到天牢的門上去了。

于氏聽著他嘴裡罵罵咧咧地說著什麼「為富不仁」、「活該被判死刑」這些不乾不淨的話，斗篷下的雙手緊緊握拳，嘆自己虎落平陽被犬欺，不過她也知道如今萬一惹惱了他，就真的見不到相公跟兒子的最後一面了，只得自己暗暗忍下這口氣。

夜裡的天牢一片寂靜，只有時不時傳來的老鼠「吱吱」的叫聲，以及另一頭有火光的地方隱隱傳來的幾個獄卒喝酒賭錢的聲音，在空蕩蕩的天牢裡一圈一圈地迴蕩著，格外可怖。

吳姓小吏也聽到那頭傳來的喝酒耍樂聲，撇了撇嘴，自己花錢買的好酒好菜都沒吃幾口呢！生怕那上好的滷肉被那群孫子吃完了，便放快腳步帶著于氏又拐過一道彎，才到達關押肖家三人的監獄門前。拿出混合著油與汗水的鑰匙，打開其中一道門。「趕緊進去，一會兒時辰到了我就來帶妳出去！」開完門放于氏進去，然後又將門鎖上，道：「我就在隔壁，一會兒要出來就給我打信號。」說罷就自己轉身走到一旁供獄卒吃飯喝酒的桌邊坐著，他可不敢掉以輕心，裡頭的人可是犯了死罪的，若是跑了，自己肯定也跑不掉的。

肖家三人是被分別關押的，不過也是連在一起的三個牢房。

還未入睡的肖海如聽到開門的動靜，立時坐起了身，看到一個穿了一身黑的女子模樣的人走了進來，雙眼微微瞇起，直勾勾地盯著那個熟悉的身影。

于氏摘下遮住自己大半張臉的斗篷，微弱的亮光中，已分別近三個月的夫妻就在這臭氣熏天又瘆人的天牢中再次相見。

「妳……」肖海如的雙唇微微顫抖，呆愣在原地，看著憔悴了不少的妻子。

一時間，夫妻倆無語凝噎，如同兩座石頭一般靜靜地凝視著對方，誰也不敢邁出這一步走向對方。

也不知過了多久，淚流滿面的于氏才打破兩人之間的沈默，一向最是守禮的她一頭扎進肖海如的懷裡，也不嫌棄已經數月未曾沐浴更衣的他，緊緊抱著他不願鬆手。「老爺，你受苦了！」

肖海如嘆了口氣，一對成婚二十餘載都相敬如賓的夫妻倆，還是第一回這般熱烈地把內心的情感表現出來。將人環抱著擁入懷中，肖海如有些擔憂地說：「天牢不是妳該來的地方，妳怎地一聲不響還進來了？」

夫妻倆相擁而立，過了片刻，于氏才回過神來，芙蓉如面微微有些臊地發紅，夫妻倆都從激動的情緒中回神過來。

「是蘇幼金那小丫頭疏通了關係才能進來的，不過只有一個時辰。」于氏從自己藏在斗篷裡提著進來的包袱裡取出兩包吃食，還有自己特意趕製出來的、絮了厚厚棉花的靛藍色細棉斗篷，打開放到肖海如面前。「老爺這些時日在裡頭怕是吃也吃不好，我們雖然救不出來，也只能讓你吃得好些，夜裡不被寒氣侵體，總該是好好的，我們才能安心。」

「總歸是我拖累了妳！」肖海如手裡抱著妻子說是趕製出來，可針腳卻十分密實的斗篷，心中又是感動、又是羞愧。「我如今在這兒，最壞也就這般了，只要妳跟娘在外頭把自己照顧好，我就是去了也能瞑目。」

于氏聽他這般說，雖然心裡也跟針扎了一般難受，可天命不可違，她又能如何？夫妻倆又說了兩刻鐘的話，于氏才從關著肖海如的牢房裡出來。

隔著重重的牢門看到了已經瘦了一大圈的長子，于氏的眼淚跟不要錢一般不斷往下掉。「臨瑜！」

尚未入睡的肖臨瑜一聽到熟悉的聲音，頓時驚訝地抬起頭來，不可置信地看著外頭，連聲音都不自覺地有些顫抖。「娘？」是他眼花了吧？娘怎會孤身一人出現在天牢之中？

「我的兒！」于氏比方才見到肖海如時還要激動，若不是怕招來旁人，都要抱頭痛哭一場才算完。于氏自然也知他心中的疑惑，便將自己這段時日的經歷說與肖臨瑜知曉，最後又道：「以前是娘的不是，不該那樣看幼金，若不是她，我們怕是要被白雅兒贖買回去了。」

肖臨瑜這才知曉原來是幼金千里迢迢從洛河州趕到京城來，還救了他肖家的女眷，心中對她的愛戀與感激又多了一重。「幼金不是在意這些虛名的人，她若是真計較這些，怕是一開始就不會從洛河州趕到京城來了。」肖臨瑜想到那個明媚的少女，清瘦了不少的臉上露出淡淡的笑意，道：「原先我還擔心若是我們都不在了，娘跟老祖宗該如何是好？如今有她在，我也就放心了。」

于氏被他這副與有榮焉的表情逗笑了，一時間真是又哭又笑地罵了句。「你這孩子！」

肖家母子倆其實以前算不上親近，不過如今已然是生離死別的最後一次見面，橫亙在母子之間十幾年的藩籬也全部被打破了，母子倆小聲地說著話，大多時候都是于氏在絮絮叨叨，肖臨瑜只偶爾插一、兩句話，兩人倒是比以前親近許多。

母子倆說了好一會子話，于氏又將為肖臨瑜準備好的斗篷與吃食都拿出來給他。「這斗篷還是幼金幫著縫製的，你在這裡也要好好的才是。」

「娘放心，兒子會照顧好自己的。」肖臨瑜手裡抱著沈甸甸的斗篷，點頭允諾後，雙膝跪下，朝于氏重重地磕了三個響頭。「只是兒子不孝，以後不能承歡膝下了，還請娘親務必保重自身！」

于氏沒想到一向冷靜自持的長子竟突然間向自己跪下，還說了這樣一句戳自己心窩子的話，原已經乾了的淚水不禁又流下來，久久無語凝噎。

從肖臨瑜處出來後，又去見了肖二爺，給他送上趙氏母女趕製出來的斗篷跟吃食，還有趙氏親筆信一封，而後才在那小吏的催促下，一步三回頭地離開了這座不知關了多少冤魂的天牢。

于氏夜探天牢後，宋、趙二人的身子骨也漸漸都好了起來，在幼金的建議下，肖家的女眷們便跟著幼金一同踏上了回洛河州的旅程。

再說那白雅兒一直苦苦尋不到機會來收拾肖家的人，只得讓人盯住蘇家茶的動靜，一聽說肖家人有動靜，似乎是要離京了，白雅兒心中頓生一計，叫來心腹嬤嬤低聲耳語了幾句。

白嬤嬤聽完她的話，眉頭緊鎖。「姑娘，這不好吧？」

「我讓妳去做妳就去！不過是幾個賤奴跟從窮鄉僻壤裡出來的泥腿子，如今世道這般亂，就算是死在半道，那也指不定是山賊劫匪鬧的不是？」此時的白雅兒兩眼中盡是嗜血的癲狂，她是太恨肖家那些人了，若不是他們，自己怎麼會淪落到被爺爺逐出家門的地步？

官奴拍賣後，白雅兒回白家求爺爺讓她進去，不料竟再一次被打發走了。

白老爺子一生清高，哪裡容得下這個與肖家有婚約之時竟敢和一個不入流的歌姬生下的庶子私相授受、還被肖家苦主逮了個正著的孫女？得知她上門，白老爺子氣得鬍鬚都翹了起來，坐在太師椅上氣沖沖地朝外頭嚷道「她是以為肖家完了就能再進我白家大門嗎？作夢！我白家雖不是什麼名門貴冑，也絕沒有她這般寡廉鮮恥的女兒」！

白雅兒興沖沖地上門求和，哪裡想到竟被白老爺子這般落面子？回到許家後，看著相公閃著期待的雙眼慢慢變得落寞又傷心，卻還要強忍著失望來寬慰自己，白雅兒心裡那口惡氣啊，簡直要直上雲霄了！

如今若是肖家的人都走了，她這一肚子氣還能找誰去撒？只能說，被仇恨蒙蔽了雙眼的人，真的是什麼事都幹得出來的。

白嬤嬤抬頭望了眼自己從小帶大的姑娘，那原本娟秀溫婉的臉上盡是扭曲的恨意，不由得在心裡深深地嘆了口氣。不過畢竟是自己從小奶大的，自己對姑娘是情同母女，雖知姑娘這樣做不對，還是按吩咐去辦事了。

哪知，幼金考量到肖家的女眷身子都嬌弱些，回程選擇了慢是慢些，不過勝在平穩的水路。白雅兒找的人在官道上跟了一路，最後看著人上了船都一直尋不到機會，只得折返。

白雅兒聽到這個消息，摔壞了好幾個茶杯的時候，幼金與肖家一行人已經搭上了前往洛河州的商船，逐漸遠離京城。

許家分給許知桐的狹窄小院落的另一頭，正在書房中溫書的許知桐聽到正房那邊傳來妻子摔破茶杯與失控的叫罵聲時，低下去的眼擋住了眼中的鄙夷與輕視。若不是為了搭上白老爺子這根線，自己早就沒有耐心跟這個表面看似溫柔婉約，實則內裡心狠手辣的女人糾纏了。

蘇、肖兩家一行人一路順風順水，在船上看了半月的水，從京城往北，看著兩岸樹木景致一點一點變化，終於在六月下旬入了洛河州的範圍。

「老太太您瞧，那就是咱們家了。」商船二層的夾板上，幼金扶著宋氏出來透氣，恰巧船已經駛到五里橋這邊，便笑著為她指了指左前方岸邊一戶青磚碧瓦、門前是幾叢山花假石，屋後是滿山翠竹環抱的人家。

宋氏瞇著眼順著她指的方向看去，倒是對這個頗有農家野趣的人家有些好奇，雖說是地處城外，可有這般大小的宅子，怕也不是一般人家能住得起的。經過近兩個月的相處，宋氏早已知道蘇家的大致情形，不由得對身邊的小姑娘又多了一分欣賞與欽佩。

蘇家人早早就接到了大姑娘的來信，蘇氏猜測著女兒應該是這幾日就差不多能回了，因而蘇家的馬夫每日一早都會到碼頭來等。等了三日，終於接到了大姑娘還有大姑娘帶回來的人。

「大姑娘！大姑娘！咱們家的馬車在這邊呢！」馬夫遠遠就瞧見了大姑娘跟肖護衛長，歡喜地朝兩人招手，然後快步擠過人群迎上去。「大姑娘，您可回來了！」

幼金笑著點點頭，身邊還扶著宋氏，道：「此處不是說話的地方，有什麼咱們回去再說。」

雖然加起來有好幾人，不過好在蘇家的馬車夠大，擠一擠倒也坐得下。

待眾人都坐穩後，馬夫甩著鞭子拍著溫順的馬兒，噠噠噠地從碼頭出發，一路向南往五里橋回。不過一刻鐘，馬車就穩穩地停在蘇家大門口。

如今負責守門的一個是洪大爺，一個是名為春生的小家丁，為人十分機靈，聽到外頭有馬車的聲音就連忙迎出來，見到肖護衛長率先從馬車車轅上跳下來，便知是大姑娘回來了，立即歡喜地跟洪大爺說了聲，然後轉身往正院報信去了。「太太、太太！是大姑娘、大姑娘回來了！」

因著近幾日發生的事而隱隱頭風發作的蘇氏，聽到前來傳信的下人喊著，還以為是那人又來了，仔細一聽，原來是長女回來了，頓時只覺得頭也不痛了，身子骨也索利不少，立即站起身，歡喜地迎出去。「大姑娘回來了？」

蘇氏身邊的大丫鬟春分扶著她站在正院門口，兩人臉上都喜氣洋洋地看著跑進來的春生。「你倒是快說呀！」

「是大姑娘！奴才看到肖護衛長先下車，就趕緊來稟告給太太知道。」春生有些喘，不過還是順暢地回話。「如今怕是還在下車呢！」

蘇氏一聽真是長女回來了，趕忙邁開步子往前邊去迎一迎。

春分與春生也趕緊跟上去，另外李嬸以及在家的韓氏等人聽到消息，也都跟著一起迎上去，一行六、七人歡歡喜喜地往前邊去了。

蘇家書房裡一群還在讀書的丫頭、小子們聽到外頭鬧哄哄的，一個兩個也都坐不住了，個個心不在焉地時不時朝外頭張望，生怕自己錯過什麼消息一般。

「娘！」蘇氏等人還未出到一門外，幼金一行人就進了大門，幼金率先叫了人。

「回來就好、回來就好！」蘇氏看著今日穿了身象牙白圓領對襟紗衣配上丁香紫百蝶穿花紋羅裙，梳著小巧的單螺髻，上以紫玉簪相配的女兒，整個人看著氣色都還不錯，似乎並未受到旅途顛簸之苦，這才放心。蘇氏與女兒分別數月，甚是想念，眼眶都有些微微發紅。

又看到女兒身邊還跟了幾個雖穿得不算出眾，但是眉宇之間都是大家氣派、老少各異的女子，不由得有些疑惑。「這幾位是？」女兒不是說去談生意嗎？怎地還帶了這麼些人回來？女兒還攙扶著其中一個慈眉善目的老人家，言行中倒是十分尊敬的模樣，也不像是下人啊！

「這兒不是說話的地兒，咱們先安頓下來，有什麼事咱們一會兒再慢慢說。」幼金笑著看向蘇氏，以眼神示意她。

蘇氏接收到女兒的示意，點頭笑道：「金兒說得是，諸位一路奔波勞累，咱們先進屋歇會兒，有什麼話以後再慢慢說。」

一行十數人有些拘禮又十分和諧地往蘇家正院去。

李嬸得了主子的吩咐，又是找人收拾出空院子，又是叫廚房的人準備一桌清淡的飯食，又是打發人去城裡請大夫來，真是忙得團團轉。坐在廚房裡看著廚娘們幹活，李嬸鬆了口氣。「大姑娘回來就一切都好了！」

是啊，大姑娘走了幾個月，雖說家裡有三太太幫著太太打理家務，三姑娘也是個要強的，可大姑娘那是蘇家的象徵，是蘇家的主心骨啊，只要有大姑娘在，哪怕是天塌下來，蘇家上下心裡也不怕，因為他們都覺得，有大姑娘在，這天就塌不下來！

不僅下人是這麼認為的，最近幾個月忙得焦頭爛額的蘇氏與幼珠也是這麼認為的。

關於肖家人的事，幼金並未細說，只道是肖大公子的長輩，自己恰巧遇見就出手相救。

蘇氏一聽說是肖家大少爺的祖母跟娘親等長輩，也認同地點點頭道：「如此說來真是緣分，咱們家這幾年來多得兩位肖公子的襄助才有今日的光景，如今肖家遭了難，咱們家確實不能袖手旁觀，這都是情分之中的事。」

蘇氏這話說得倒叫于氏有些情何以堪，當初自己那般看蘇家人，認為蘇氏是個不安分的寡婦，連帶著她的孩子都是小狐狸精，才叫臨瑜在洛河州滯留數月不願返家，可如今才知，原來當初自己對蘇家的臆斷竟這般離譜！

宋氏笑吟吟地應蘇氏的話。「我總在想，是怎麼樣的娘親才能養出幼金這般玲瓏剔透的妙人兒，雖與蘇太太才是初識，可如今見了果然不是一般女子。能與妳家結緣，真是我肖家幾輩子修來的福分，也是咱們兩家有緣！」

蘇氏等人與肖家一行人說了好一會子話，李嬸那邊傳話來說午膳都備好了。

被關了一個上午的蘇家孩子們也終於被陳老先生放了出來，一聽說大姊回來，就全都興匆匆地往正院跑過來。「大姊！」

一群高矮各異、面容卻都有幾分相似的小姑娘圍著幼金，簡直是寸步難行。幼金蹲下身子將幼緞抱起來，又牽著幼綢，笑道：「好了好了，今兒個家裡有貴客，有什麼話等用膳後再說好不？」

「大姊，我們都好想妳，還以為妳不要我們了呢！」小八緊緊抱著幼金的脖子不肯鬆手，十分嬌憨可愛。

看著一群玉雪可愛的小姑娘，宋氏和于氏等人的心都要化了。肖家雖然富貴，可無奈子嗣有些單薄，宋氏膝下只有兩個兒子，于氏也一樣，趙氏則是一兒一女，她們哪裡享受過這種被孩子繞膝的待遇，不由得也都露出慈祥的笑。

一聽說有客人，幾個小姑娘立即規規矩矩地按著玉蘭教過的禮儀行了福禮。

看小姑娘們都這般懂規矩，宋氏等人就更加歡喜了，一個個笑得眉眼彎彎的。

一群人熱熱鬧鬧地一起用完膳，幼金又親自送肖家眾人到剛收拾出來的院子住下，請大夫幫肖家的女眷們一一把脈看過並無大礙，又給宋氏開了調養的方子後，幼金才離開肖家人暫住的院子，往正院去。

將從京城帶回來的小物件一一分給幾個妹妹，又說了好一會子話，才叫嬤嬤來把幾個孩子各自帶回房去睡午覺，自己則跟蘇氏、韓氏坐到一起說說話。

「這幾個月，家中一切還好吧？怎麼娘跟三嬸瞧著都不大好？」看著蘇氏與韓氏的眼皮底下都烏青一圈，幼金心想，怕是家中出了什麼事。

蘇氏看了眼幼金，一副欲言又止的樣子，最後實在不知該如何開口，懊惱地嘆了口氣。「真不知該從何說起！」

看來是家裡真的出事了，不過看著蘇氏的模樣，應該只是小事，若是大事，肯定自己一回到家的時候她就忍不住了，能忍到自己安排好所有事再回來找她問，想必還好。幼金微微鬆了口氣，道：「無妨，如今只有咱們自家人，娘跟三嬸有什麼事，只管跟我說。」

韓氏看了眼蘇氏一副不知道該如何開口的模樣，嘆了口氣後看向幼金，將蘇氏難以啟齒的事說了出來。「事情是這樣的，五日前……」韓氏將婉娘帶著月文寶日日上門來鬧及討錢一事娓娓道來。雖然蘇家住在河西邊，附近沒什麼人家，可每每還是惹了一群村民在門口圍觀。蘇氏面上無光，又氣又臊得慌，已經好幾日都睡不好了，卻又不知道該如何是好。

「她竟找上門來了？」幼金有些震驚，當初解決了月長祿這個麻煩後，沒多久肖家又出事了，自己一時就忘了還有婉娘這個人，自己都還沒出手收拾她呢，她竟敢主動找上門來？「她上門鬧，妳們就真的由著她鬧？」

今日一聽到前頭來人，蘇氏還以為是婉娘又上門來鬧了，她只覺得自己的心都漏跳了一拍。「不然還能怎麼辦？真讓她把你們的身世都抖落出來？那將來你們的親事可怎麼辦呀！」要知道，他們來洛河州落戶之時，蘇氏對外都是以寡婦自稱的。雖然寡婦的孩子也算不得什麼好名聲，可那和離娘親的孩子，名聲可就更不好了。當初蘇氏跟幾個孩子為何要離開定遠？不就是因為月大富去廟裡找師父算過了，說家裡好幾個孩子都是剋家的命嗎？如今孩子都漸漸大了，她總不能什麼都不管不顧啊！

幼金不知道蘇氏心中的顧忌，眉頭微蹙，道：「娘放心，我既回來了，婉娘的事我自有主張。」

蘇氏知道長女歷來是有分寸的，她既這般說，想必心裡是有成算的，不過還是擔心地多嘴一句。「金兒，跟婉娘撕破臉對咱們也沒啥好處，總不能為著她搭上咱們一家。」蘇氏心道，幸好這幾日婉娘上門鬧事都是白日來，幼珠都在城裡沒遇上，若遇上了，依著幼珠的性子，怕不是要把天都拆下來了！

幼金沒有蘇氏想得多，不過蘇氏既然這般說了，幼金便點頭道：「我曉得分寸的，娘放心。」心中已經開始盤算著，要怎麼才能徹底解決婉娘這個麻煩。

母女倆又說了好一會子話，蘇氏心中的事沒了，倦意慢慢也就上來。

幼金與韓氏還有話說，兩人為著不攪擾蘇氏午睡，就挪到後院幼金的書房中繼續說事去。

「我這一走走了兩個多月，鋪子上的事真是勞累三嬸操心了。」蘇家蜜開業時，生意挺不錯的，不過幼金這一走就是兩個多月，自然有些擔心蘇家蜜的生意。

韓氏接過茶喝了一口，笑道：「鋪子上如今有黃三爺幫著，鋪子的進益一日比一日好，我倒是有些多餘了。」

肖家出事後，黃三爺自贖自身，後來在宋叔三顧茅廬，黃三爺也顧念著與舊主的情分上，最後選擇了到蘇家蜜去幫著打理生意。不過按著黃三爺的意思，他是不再賣身了，只是與蘇家簽了雇傭協議。黃三爺到蘇家蜜去打理生意之事，宋叔也給自己寫過信彙報，平心而論，黃三爺確實比韓氏更加適合掌櫃的角色。可這樣一來，自己原先對韓氏的允諾卻成空頭支票了，是以幼金心中倒有些愧疚。「三嬸……」

「哎！幼金，妳這是做什麼？」韓氏看得開，畢竟自己如今這一切都是仰仗幼金才有的，她原就不是貪心的人，再說，黃三爺本就是比自己合適的人，她怎麼會怪幼金？「我與黃三爺有些接觸，也曉得這個掌櫃確實是他來做更合適。再說，如今妳幼荷姊姊才生下孩子，我閒下來了還能時不時去看看她，不知多好呢！只是就這麼白吃白住的，倒有些過分了。幼金啊，妳若有什麼要我做的，我絕無意見。」

韓氏這般赤誠，倒讓幼金心中越發愧疚，與韓氏之間又多了一分親近。「如此，三嬸不若跟在黃三爺身邊學習一二吧，正好也看看還有什麼可以做的生意，到時我一定鼎力相助！」

「成！不過我也不能白麻煩妳，雖然我這要做也是小打小鬧而已，不過無論如何還是要算妳的一份。」

韓氏這幾年間雖受了不少苦難，不過骨子裡的那股韌勁還在，她原就是被當作男孩兒養大的，眼界、心胸比一般小門小戶裡出來的婦人都高不少，正是如此，幼金才格外敬重她。

嬸姪倆相談甚歡。

第二日起，閒了一段時間的韓氏又開始忙活起來。雖然以前她自己也打理過小雜貨鋪子，不過如今跟在黃三爺身邊學到的東西，倒是以前自己接觸不到的，到月底時看到鋪子的總帳，韓氏對黃三爺是真的心悅誠服了。

蘇家蜜與蘇家香不同，蘇家蜜販售之物定價不低，客戶也都是洛河州的有錢人家，黃三爺在洛河州經營多年，自然有他自己的門路，加之與蘇家蜜這般主打賣蜂蜜、兼之賣高價花茶的，還真是獨此一家，別無分號，是以蘇家蜜的生意這段時間裡可以說是蒸蒸日上，六月的收益已經完全超過蘇家香了，如今成為洛河州有些臉面的人家最常光顧的鋪子。

婉娘自某回在街上遇到看著眼熟的幼銀後，只稍微打聽一下就知道了，畢竟蘇家是這幾年才搬到洛河州來的，一家都是女子在外操持，消息並不難打聽。已經山窮水盡的婉娘重遇與月長祿和離的蘇氏，立即大膽地上前緊緊巴住，勢要在蘇家身上榨出一層油來才甘心。

「兒啊！如今只管吃，娘有銀子！」一臉慈愛地撫摸著月文寶亂糟糟的頭髮，看他捧著一隻大大的雞腿正狼吞虎嚥，她嘴角的笑有些得意。她定要抓緊這個難得的機會好好謀劃一番，為自己跟兒子謀一番前程！她笑著自言自語道：「憑什麼那些個賤人能住大房子，還有那麼多奴才伺候？這一切都應該是我兒的才是！」

「我的我的！」月文寶年歲小，不知道娘親說的是什麼意思，用力地嚥下最後一口雞肉後，學著婉娘的話，開心地喊著。

婉娘聽到兒子這般喊，眼中的笑意更明顯了，又為兒子遞上一隻雞腿，道：「對，都是我們的！」

那邊婉娘還在白日作夢要將蘇家的家產都占為己有，這邊幼金已經差人將婉娘近日來的行蹤都打探得一清二楚了。

蘇家的護衛此時正向大姑娘彙報最新消息。「那婉娘自月長祿消失後，不過幾日就勾搭上了她的鄰居，一個叫林老五的小販，那林老五他妻子娘家是洛河州的屠戶，那婆娘也是個厲害的，若是叫她知道林老五在外頭偷吃，怕是能拿著殺豬刀砍了這對姦夫淫婦了。」婉娘的行蹤算不得隱密，她做的這些骯髒事自然也瞞不過蘇家護衛有心的打探。

「真真是難得的溫柔解語花啊！」幼金眼中閃過一絲譏諷，當初她不就是這麼勾搭上月長祿的嗎？不得不說，這婉娘為了有一口飯吃，還真是什麼都不挑啊！「前有月長祿，後有林老五，既然她這般喜歡給人當解語花，那咱們就做個順水人情吧！」

那護衛抬頭看了眼笑得一臉人畜無害的大姑娘，心中默默想著，大姑娘這是要禍水東引啊！就是不知道哪個冤大頭要倒大楣了？

幼金自然不會真的善良到去為婉娘找一個鑽石王老五，黃三爺在洛河州人面廣，不過幾日就為幼金物色好了她要找的人選。

「幼金，這周老闆可不是什麼好人，妳找這樣的人做啥？」不是他多嘴，主要是這周老闆的行徑，饒是他這般算得上見多識廣的人也有些接受不了，不管是為了什麼，跟這樣的人打交道，那都不是一件什麼好事啊！

「替人作媒！」幼金一臉狡黠地看著黃三爺，已經開始盤算要如何為婉娘創造機會了。

黃三爺與幼金這幾年也沒少接觸，自然看穿了她滿臉笑意下的不懷好意，心底默默鬆了口氣，幼金明知周老闆是這樣的人，自然不會拿身邊人下手的。他雙手交叉環抱胸前，問道：「需要我為妳做什麼？」

「的確還要煩勞三爺幫我從中安排一二……」將自己的計劃一一道來，見黃三爺也無啥異議，這事兒這般定了下來。

婉娘雖一直過的是苦日子，可骨子裡極愛俏，打蘇家要來的二十兩銀子擱一般人家都夠一年的花銷了，可婉娘得了銀子後就買了不少胭脂水粉、衣裳首飾啥的，她原也有幾分姿色，不然之前當丫鬟的時候怎麼能勾得人家大老爺神魂顛倒的，後來又勾了月長祿還有林老五？

這些日子受了些苦，原就不胖的婉娘就更加清瘦幾分了，弱柳扶風的腰肢配上含情帶意的一雙媚眼，幼金對這樣的婉娘能不能攀上周老闆，還是很有信心的啊！

又花了幾日時間，蘇家那邊已經悄悄將一切都準備好，如今就只等著好戲上場了。

「妳個上不得檯面的小娼婦，敢勾引我男人！」

提著菜籃子走在人來人往街道上的婉娘，猝不及防地被一個比自己寬了半個身位的婦人一巴掌搧得暈頭轉向的。那婦人也不給她解釋的機會，一把搧倒婉娘後就整個人騎在她身上，一隻手緊緊拽著她的領子，另一隻手用盡全力地輪流在婉娘臉上搧著耳光，不過片刻就已經搧得她兩頰紅腫，嘴角往外滲血。

婦人沒有絲毫留情，一邊單方面毆打，一邊罵罵咧咧的。「我讓妳個臭不要臉的臭婊子勾引人！妳個生兒子沒屁眼、全家死絕的狐狸精！」

兩個婦人撕扯在一起，很快就吸引了不少行人圍觀。由於林老五家的單方面碾壓，讓婉娘沒有一絲還手的能力，加上苦主的現場解說，圍觀行人都交頭接耳的。

更有甚者直接就對著已經被打得不成樣子的婉娘吐口水。「這些狐狸精最不要臉了，打死活該！」

「就是！敢勾引人家相公，打死活該！妳看那雙眼，一看就不是什麼好東西！」一個長了一張馬臉的中年婦人嫌棄地呸了聲，心中卻隱隱妒忌那小狐狸精長得一副勾人的樣子。

「住手！這是在做什麼？」

就在婉娘絕望的邊緣，一個中年男子的聲音穿透所有紛雜聲，重重地落在她已經嗡嗡發鳴的耳中，如同天籟一般。

周老闆今日原是約了人談生意的，原也無心介入這起捉姦的公案，不過方才的驚鴻一瞥，被打的那個小婦人被扯破的衣裳露出來的一截白嫩腰肢晃花了他的眼，再抬眼一看，只見一雙欲說還羞的媚眼，瞬間讓他挪不動步子，因此決定來個英雄救美。

周老闆皮相不差，雖已到中年，不過有華服美衣裝扮著，不知比一般的販夫走卒強多少，不只被打得奄奄一息的婉娘眼中閃過一絲亮光，現場其他圍觀的婦人也都有些害臊，就連林老五家的也不由自主地停了手，呆愣愣地看著他。

街對面一座兩層酒樓中的一間臨街廂房，一扇半開的菱花窗內，一位身著鵝黃色窄袖對襟上衣配月白色十二破留仙裙的少女，端著一杯氤氳著淡淡香氣的刺玫香茶，正慢悠悠地喝著，也不著急。

「姑娘，您怎麼知道這周老闆真的會出手相助？若是他不救，那您的計劃不就都落空了嗎？」站在大姑娘身後、一副如同看見神仙下凡般看著自家大姑娘運籌帷幄的秋分，又是崇拜、又是疑惑。

幼金放下手裡的茶杯，淡淡地戲謔道：「周老闆只是其中一個選項而已，就算他不救，只看著她被暴打一頓我心裡也高興。」憑她如今的實力，要讓婉娘這種小角色消失，也算不上什麼難事，她只不過是不甘心就這麼痛快地解決，才想了這個法子罷了。

秋分不知道自家姑娘的盤算，聽到她這般雲淡風輕地講完，不由得對自家姑娘的神奇想法又多了一層新的認知。「不管怎麼說，還是姑娘有法子。」

主僕倆不再說什麼，只靜靜地看著外頭那場狗血又老套的英雄救美大戲繼續上演。

「你……你是什麼人？」林老五家的雖說是個潑皮，可也不是沒有眼力見兒的人，眼前這人一看就是個有錢的財主，若是自己得罪了他，怕是沒什麼好果子吃。

周老闆徑直走過去將兩頰被打得不像樣子的婉娘扶了起來。「小娘子，妳沒事吧？」也不嫌棄她剛被人按在地上打而弄髒的衣裳，就這麼不顧男女之防地攙扶著她。

有錢人的柔聲細語讓圍觀的不少婦人心底都對這個勾引人家相公的狐狸精隱隱產生一種羨慕，還有嫉妒。

「真不愧是狐媚子，都被打成這樣了還不忘勾搭男人！」

也不知是誰先說了這麼一句話，那幾個灰頭土臉的婦人紛紛應聲，小聲罵道——

「就是，真是狐狸精！」

「爛下水的玩意兒，不知道被多少人穿過的破鞋！」

「多謝恩公救命之恩，小婦人實在不願拖累恩人，還請恩人快快離去吧！」婉娘狀似無力地靠在周老闆懷裡，一雙含著水霧的媚眼如泣如訴地瞥了他一眼。

這副低聲婉轉的解語花模樣，更是勾得周老闆心癢難耐，只恨不得把她揉碎進自己的骨子裡，哪裡還捨得把這嬌花兒給那群瘋婦欺負？

被周老闆緊緊攬住腰肢的婉娘，跟著他慢慢離開事件現場，只留下他身邊的兩個家僕解決那個還想要跟上來鬧的林老五家的。

看著樓下婉娘的身影消失在街拐角，這場英雄救美大戲的第一場總算唱完了。幼金轉過身來，不再去看那齣鬧劇，閉目養神，她可等著下一齣好戲來臨呢！

「多謝恩公救命之恩，小婦人無以為報。」醫館中，已經敷過藥的婉娘半垂著頭，向坐在一旁的周老闆道謝。「小婦人名聲有礙，實不應該拖累恩公。」

周老闆看著她似有若無地露出來的嫩白腰肢，神情有些不明地安慰道：「無妨。小娘子家住何處？我送妳回去吧，不然家裡人該擔心了。」

「我們家當家的前些日子沒了，只留下我們孤兒寡母，我一個人拉拔著兒子，為著少花些銀子才跟那貨郎多說幾句，怎料他家婆娘竟誤會我……如今我已聲名狼藉，哪裡還有臉活在這世上！」婉娘越說越激動，最後整個人倒下，趴在醫館裡給病人提供的小床上低聲哭泣著，那原先還時有時無的嫩白腰肢如今整個暴露出來，落入周老闆眼中。

周老闆也是久經花叢的，哪裡會不懂這些？一隻滾燙的手搭上了她的腰肢，細細摩挲著，柔聲道：「小娘子無須計較這些，我行得端坐得正，自然不怕這些長舌婦嚼舌根。」

婉娘雖背過身去了，可感受著男子身上傳過來的熱氣，心中不禁一陣激盪。身後這人穿的衣裳一看就是好料子，腰間還戴了兩枚玉佩，肯定是個有錢人，攀上他總比林老五好多了！再者，若要謀奪蘇家的財產，光靠她一人怕是不行，眼前這人指不定是個好選擇。

打從那日後，郎有情妾有意，一來二往的，周老闆與婉娘果然勾搭到了一起去。

婉娘最近過得可以說是再舒心不過，新相好為她跟兒子在西市葛家巷子裡租了個新院子，雖說算不上大，可跟之前在城外住的那個連門都破了的小破院子相比，已經好太多了，更別說周老闆還找了個婆子來伺候她。

「趕緊把衣裳洗乾淨，再去把飯菜端上來！」坐在正房裡，穿著新做的夾綢並蒂蓮繡紋襯裙的婉娘頤指氣使的，指揮得馮婆子團團轉，那馮婆子只要手腳稍微慢點就要被她打罵。「沒吃飯還是怎麼樣？手腳這般粗笨，小心我收拾妳！」

馮婆子捂著方才被抽了一下的胳膊，低下頭去，心裡早已將這個耀武揚威的主子痛罵了八百多遍。「不就是個見不得光的外室，自己沒臉沒皮還真拿自己當回事！」

婉娘自然不知道自己被馮婆子私底下罵了多少回，她如今只覺渾身暢快得很！她這輩子都沒有過過這樣的好日子，當初當丫鬟爬上了老爺的床，可一天富貴日子都沒享受到就被那母老虎趕出府；後來跟了月長祿，本以為能熬出頭來，沒想到逃難到洛河州以後月長祿也不見了；至於那個林老五，婉娘可從來沒想跟他有多大的牽扯。

而且重點是，這個周老闆出手很大方！自己才跟了周老闆不過半月，人家就給她租了新院子，還找了婆子伺候，衣裳首飾、胭脂水粉那可都送了不少啊！

越想越是得意，婉娘只覺得自己是否極泰來了。她樂得坐在正房中看著外頭院子裡的兒子玩得高興，自己心情也極好地哼著小曲，覺得人生真是美妙。

至於周老闆那邊，得了合心意的美人，自然是好話哄著、好東西送著，左右他也不差這些銀子，只等他把人納入府中，到時候……想到這兒，周老闆眼中全是垂涎與期待。

「這樣的美人兒，不知道能堅持多久呢？」

七月流火，婉娘滿心歡喜地坐著一頂青篷小轎進了城東糧商周老闆府中。

自大女兒回來後就再沒人上門來鬧事，蘇氏整個人都輕鬆了，如今家中多了于氏、趙氏兩個大家出身的同輩，家裡日子更加熱鬧。

「不會再來了是什麼意思？」蘇氏與于氏正籌劃著換秋衣之事，聽到女兒這般說，不由得有些疑惑。「難不成她離開洛河州了？」

幼金笑得狡黠，道：「女兒為她謀了一份好親事，她如今嫁得如意郎君，錦衣玉食的，哪裡還缺我們這點碎銀子？」

見她說得促狹，于氏忍不住逗她一句。「那她豈不是要提著謝禮上門感謝妳才是？」于氏與幼金相處得越久，就覺得這小姑娘越得人喜歡。做事果斷，有恩報恩、有仇報仇。會記仇，但是也不記仇。

看著于氏了然的笑容，再看看自己娘親還是一副狀況外的表情，幼金只覺得娘親還是多跟在于氏身邊學學才是，起碼學會個人情世故，學著性子果決些也是好的。

婉娘進了周家大門後，發現自己雖說是妾，可周家別說旁的妾了，就連當家主母都沒有，一時間就更加暢快了，摟著如今也穿了一身綢緞衣衫的月文寶。「兒啊，咱們娘兒倆可算是熬出頭過上好日子了！」

她絲毫沒注意到周家的下人背地裡看她的眼神都是充滿同情與憐憫的，只以為那起子賤胚子都在嫉妒自己。

直到夜晚，婉娘才發現自己錯了，而且是大錯特錯！

「啊！老爺饒了我吧！」

一身水紅色紗衣早就被鞭子抽破了，殷紅的血跡滲出，與紗衣原本的顏色混合在一起，精心打扮過的臉上流下兩行清淚，哀婉至極又楚楚動人的模樣落在周老闆已經興奮得發紅的眼中，讓他更加亢奮了，手中的鞭子甩著，「啪」的一聲又落在了婉娘已經被打出七、八條血痕的身子上，然後又是一聲慘叫。

「啊——」

「美人兒，妳大聲點叫啊！哈哈哈哈……」

周老闆亢奮的模樣落在婉娘眼中，讓她心中產生一股深深的恐慌，她手腳並用地想要掙開周老闆的束縛。「你放開我！啊——」

第二日一早，晨光熹微，清晨斑駁的陽光照入被一股讓人臉紅的味道籠罩著的房間。

周老闆由婆子伺候著穿上乾淨的衣裳，神清氣爽地出了門。而正房內室的雕花木床上，直到日上三竿了，躺在上面的人卻還未醒來，裸露在外的皮膚上遍布著可怖的紅痕，上面的血跡早已凝固，看著十分瘮人。

等到蘇家的秋桂收完第一輪的時候，黃三爺帶來婉娘沒了的消息。「前日夜裡人就沒了，周家僕人將人抬到城外亂葬崗扔了。」

「這件事教會我們一個道理，不是你的就不要亂伸手，不然容易折壽啊！」聽到這個消息，幼金也沒有多大的反應，彷彿只是碾死了一隻最最不起眼的螻蟻一般。

聽著她這般雲淡風輕地說著話，黃三爺想想他打聽回來的消息，那斷了氣的屍體遍體鱗傷，沒一處是好的，就知道幼金是真的狠了心要收拾那個婉娘啊！雖不知道兩人之間是有什麼仇怨，不過能讓人死得這麼慘，想必真是深仇大恨。

婉娘死後，月文寶也被掃地出門，三歲的孩童沒了娘親，一個人跌坐在街邊不知該何去何從，就在他因著一串糖葫蘆差點被拐子抓走時，不知從哪裡來的兩個挎刀護衛將人趕走了，抱著他離開洛河州，往南走了兩日，將他送給了一戶農人後，兩個護衛才離開。

「人安置好就成。與我有仇的是他的爹娘，稚子無辜，何必趕盡殺絕？」幼金長長地吁了口氣。月大富夫婦與長房的人不見了，月長壽那邊早在去歲幼金幫韓氏與文生哥兒倆入戶籍前就已解決，月長祿與婉娘也已收拾妥當，她與月家的仇，也算了結了吧！

「妳不怕將來那孩子回來尋仇？」原以為她要趕盡殺絕的黃三爺沒想到大姑娘竟將那婦人留下的兒子送到外地的農戶去養，還給了那家人二十兩以做補償。

「不過三歲的幼兒，過兩年怕是什麼都想不起來了，又有什麼好計較的？」幼金雖然對月長祿與婉娘恨到骨子裡，可她與月文寶之間並無仇怨。「這事就這般得了。」

之前他還隱隱覺得姑娘小小年紀未免過於心狠手辣，可如今看來，姑娘卻只報復了那婦人，當真是讓他有些刮目相看了。既然事主都已決定，黃三爺自然沒有什麼可再說的，又想起京城傳回的消息，便問道：「妳準備何時動身入京？」黃三爺是知道幼金把肖家女眷都救回來的，京城那邊也一直關注著，如今入了秋，怕是秋後處決也快了。

想起這事，幼金就有些悵然，淺淺地嘆了口氣。「三日後出發吧，我這一走少說也要一個多月，到時洛河州的生意就有勞三爺了。」該來的總是要來的，自己只能最後盡一分心力，起碼為他收屍立墳吧！

黃三爺沈吟著點頭。「妳放心，洛河州這邊有我。」他是個顧念舊情的人，不然也不會在那麼多招攬自己的人中選了蘇家，事實也證明，雖然主家是個姑娘，可無論心性、眼界抑或是情誼，都不比熱血男兒差。

如今洛河州一切都井井有條的，幼金要離開一段時間自然也不會有什麼問題，不過在她走之前，倒是出問題了。

「我也要去！」紅著眼眶的于氏與趙氏兩人齊齊把住幼金的房門，不讓她出去。

幼金看著不知道背地裡已哭了多少回的于氏跟趙氏，不由得有些頭疼。「太太，我不是……」

「我們知道妳是要去京城的，秋後處決，如今已過中秋……」說到這裡，已經哽咽得說不出話的于氏別過頭去，生怕被幼金看見她眼角的淚一般。中秋過了，秋後處決也就快了。

趙氏雖比于氏柔弱些，可如今也堅持要跟著去。

面對兩個長輩的請求，幼金只覺得頭又多痛了幾分。

最後實在沒法，幼金只能答應帶著于、趙二人一同入京，留下肖臨茹在洛河州陪著宋氏。

「這會子她們應該也快到塗州了吧？」宋氏坐在臨窗榻上，懷裡抱著燒得暖和的湯婆子，看著外頭陰沈沈的天氣，聲音有些有氣無力。幼金一行人已走了七日，想必此時已入塗州。

幼金等人此去並未瞞著宋氏，宋氏也知自己年紀大了，強行要她們帶上自己只怕是個拖累，因此只交代了兩個兒媳一些話，自己強忍心中的悲痛，留在洛河州等著她們帶兒孫的遺體回歸故里。

「祖母，喝藥了。」肖臨茹端著一碗還冒著熱氣的藥進來，瞧見祖母半垂下的臉上還掛著一顆豆大的淚珠，心中也跟著一陣難受，卻只當看不見，恭恭敬敬地將藥端到宋氏面前。

「好孩子，辛苦妳了。」宋氏接過肖臨茹端來的藥，摸到她那雙原本如同凝脂般、如今卻已磨出一層薄薄繭子的手，不禁心疼地拍了拍這個柔順懂事的孫女兒的手。

肖臨茹為宋氏抱來毛毯蓋住雙腿，細細地掖好邊角。「孝順祖母是我分內之事，怎會辛苦？」

看著唯一的孫女兒這般懂事，宋氏就更加心疼了。這般出挑的孫女兒，自己為她精心挑選的夫家竟在自家遭難時立即將她休棄，宋氏一想到這兒，就暗惱自己當初怎麼瞎了眼，選了那樣的人家把孫女兒嫁過去！

其實肖臨茹也算看開了，雖然自己如今是官奴之身，可蘇家一直以禮相待，吃得飽、穿得暖，才過中秋沒多久，蘇家給做的秋衣就已穿上身，紅梅紋雙繡的織花錦料子雖比不上之前自己穿的流光錦、飛雲錦，可這跟蘇家小姑娘們用的也是一樣的料子了。從幼金起到蘇家最小的蘇康，那都是拿自己當成貴客一般對待的，她又怎麼還會有怨言？

幼金走後，蘇氏也沒有絲毫薄待肖家的人，上頭的主子這般重視她們，底下的人自然也不敢輕易怠慢她們。

第二十四章

京城，菜市口。今年要處決的人不少，這回聖上還是鐵了心，秉著錯殺一千也不放過一個的原則。菜市口的血流了一地，人還遠遠地在街拐角那兒就能聞到惡臭的血腥味，秋風肅殺中，讓人不由得寒毛陣陣豎立。

肖家人被安排在九月初九這日斬首，待肖護衛長打聽到這個消息回來時，還帶回了另一個不好的消息。「那小吏說，大少爺已於一月前突發重病，暴斃於獄中。」

「什麼?!」幼金還未來得及做出反應，一旁的于氏聽到這個消息便驚呼出聲，然後瞬間身子癱軟，暈倒在圈椅上。

「太太！」

「嫂子！」

幼金與趙氏連忙將人扶起來，又叫來秋分，三人一同將于氏扶回房裡。

自知闖禍的肖護衛長很快就將大夫請了回來。

老大夫為她把完脈，沈吟片刻後寫下一張藥方，道：「無妨，只是急火攻心，吃幾帖藥，好好將養數日就無事了。」

聽到老大夫這般說，幼金等人才重重地鬆了口氣。

那頭吳掌櫃媳婦送走老大夫，順道取了藥回來。

幼金吩咐秋分好好守著于氏，自己則帶著肖護衛長到前頭花廳裡頭，詳細問了肖臨瑜暴斃一事的情況。

其實肖護衛長也只是從那小吏口中打聽到的消息，只說是暴斃後怕有疫病，當夜就將屍體給燒了，什麼也沒留下來。「……屬下這幾日再去打聽一番，看能不能問出什麼消息來。」肖護衛長一想到自己追隨了十數年，看著從蹣跚學步到君子如玉的大少爺就這麼沒了，半垂下的眼眶不由得一陣酸澀。「姑娘節哀！」

幼金緊緊咬著下唇，苦笑道：「我無事，你且去吧。」這個時候她若倒下，怕是肖家的兩個長輩就更加撐不住了。幼金正是知道這點，所以雖然心中悲痛，卻還是強撐著。

肖護衛長看她不再說話，便拱手退了下去。

透明的淚劃過臉頰，無聲地掉入少女身上穿著的嫩綠色衣衫領子上，只留下一個顏色稍深的印記後便無影無蹤。幼金微微有些發紅的雙眼無力地合上，一聲淺淺的嘆氣聲迴蕩在寂靜的花廳中，卻無人來回應她。

九月初九重陽日，本是闔家團聚、賞菊登高之佳節，可對那些即將被斬首的罪犯與他們的家眷而言，卻只是一場浩劫。處刑那日的辰時到巳時是死刑犯臨赴刑場前家眷送行的時辰，幼金與于氏等人從天還未亮之時就已經在準備肖海如兄弟的最後一頓飯，生怕耽誤了最後一絲相處的時間。

雖然大豐國有死刑犯臨刑前探監的慣例，不過要想真的進到天牢裡見上最後一面，那也是要花不少銀子打點的。所幸肖護衛長早早就將一切都打點妥當，于、趙與幼金等一行五人很順利地進到天牢，如願見到肖海如兄弟二人。

肖海如換上妻子帶來的乾淨衣裳，略微收拾過的他看著雖還有些潦倒，不過倒比之前好了太多。他臉上帶著淡淡的笑，拍了拍妻子的手。「清如，妳且好好的，為夫先行一步，來世咱們還做夫妻。」

肝腸寸斷的于氏手裡的帕子早就被淚水浸透，整個人都無力站穩，一旁的幼金眼疾手快地伸出手去將人緊緊扶住。

最後在獄卒的催促下，幼金與秋分一人扶著一個，步履蹣跚地出了那座暗無天日、不知埋藏了多少冤屈與亡魂的天牢。

「稍後我與護衛長去菜市口，秋分妳留在家中好好照看兩位太太。」馬車上，幼金用茶壺裡的涼水濕了乾淨的帕子，為有些恍惚的于、趙二人細細擦乾淨臉，小聲吩咐秋分。

原還有些呆滯的于氏一聽到她這般說，立時驚坐起身。「我也去！」

幼金卻不肯答應了。方才還是見著活的，這兩位長輩已經感覺沒了半條命，若是一會兒親眼瞧著斬首，怕不是要當場也隨他們去了？「太太放心，我會將兩位伯父帶回來的。您二位總該想想老祖宗啊！兩位伯父都是孝順的，若是您們有個三長兩短，老祖宗該如何是好？他們若是知道老祖宗不安好，又怎麼能……安息……」

一時間，寂靜無聲的馬車中瀰漫著一股悲痛欲絕的氣息，沒人再說話，也不知道該說什麼了。

幼金與肖護衛長在菜市口等了一日，從午時日頭當空等到酉時日暮西山，菜市口中飄散著讓人作嘔的血腥之氣，直到最後一具被斬首的屍身被拉走，連劊子手都收工了，也沒等到肖海如與肖二爺兄弟。

「這事有些奇怪，等天黑了護衛長你再去打探一番。」被夜風吹起一身雞皮疙瘩的幼金忽然覺得有些瘆得慌，穿越前她是個堅定的無神論者，穿越後她則隱隱相信了鬼神之說，如今這菜市口不知斬殺過多少冤魂，自然是陰氣最盛之處，此時日頭下去，圍觀的百姓也早就散去了，只得他們主僕兩人，頓覺有些荒涼，也有些陰森。

肖護衛長點點頭，駕著馬車將幼金送回蘇家茶後院，又換了身衣裳才出門去打探消息。

至於幼金那頭則趕忙將此事告知苦苦等了一日的于、趙二人。

聽說今日尚未被斬首，于、趙二人不由得燃起了一絲希望。「難不成是老爺他們有救了？」

幼金皺著眉頭坐在兩人下首，沈聲道：「如今一切都還沒有消息，護衛長已出去打探了，咱們暫且再耐心等待。」最糟糕的情況就是今日斬首，如今沒有斬首，哪怕是推遲一日，那也是肖海如兄弟二人能多活一日的福氣。

「太太、姑娘！好消息！」蘇家茶後院的正房中，蠟燭燃到三更，終於等回了激動得有些微喘的肖護衛長，他徑直進了正房，雙手抱拳，單膝下跪。「屬下打探到了，不知為何，說是聖上突然下了旨意，將大老爺、二老爺等一批牽扯不深的全都免了死刑，改為流放北疆！」

「你說的可是真的？」于、趙二人緊緊拽著手中的帕子，不敢置信地咬緊牙關，以防自己歡喜得暈過去。生怕是自己聽錯了，忙跟肖護衛長再確認一次。

肖護衛長用力點頭。「千真萬確！屬下連著找了好幾人打探，還找了風華公子詢問，大老爺和二老爺的死罪確實是赦免了！」起初肖護衛長也有些不可置信，畢竟事先一點消息都沒有，臨斬首了才赦免？所以他又多找了幾人打探，還求上了風家，風華又找風大人詢問消息真假，這般兜兜轉轉了好幾圈，因此折騰到半夜才回。

「太太不要太過激動，如今兩位伯父得以保全性命就是最大的喜事了，太太還要回洛河州跟老祖宗好好說說這個好消息呢！」幼金趕在于、趙二人歡喜得暈過去之前緩住她們的情緒。

果然，兩人一聽她這般說，趕忙壓抑住心中的過度歡喜。「對對對，幼金妳說得是！」

第二日一早，肖護衛長與吳掌櫃都出去打探消息，午膳前也都帶回了好消息。

「如今已是秋日，按著往年流放的慣例，想著十月前約莫也是要走的，不走就要到明年春季，等北疆冰雪消融後才能出發了。」吳掌櫃雖只是一介白衣，不過常年混跡市井，打探這些小道消息倒也十分便宜。「我今日聽一個相熟的老夥計道，怕是這幾日就要上路的。」

「二位辛苦了。」幼金了然地點點頭。「若是近期就要出發，北疆最是苦寒，咱們也得趕緊準備起來才是。」

于、趙兩人一聽，自然是懂的。北疆苦寒，衣裳、鞋襪什麼的，都得是最厚實的才行。原還有些手足無措的兩人找到了自己能做的活計，精神頭都好到不行，忙著要趕製衣裳、鞋襪了。

這次由死刑改為流放的共有十七人，肖家兄弟二人正好在這其中，肖家除了當初肖二爺一人在朝為官外，並無任何根基，因此知曉此事的人大都覺得肖家兄弟運氣真好。

「可惡！明明馬上就要處斬了，聖上為何突然改了主意？」

許家偏僻的小院子裡，又一個白瓷杯「哐啷」一聲碎了一地，至於摔茶杯的人，已一連砸了三、四個茶杯都還覺得不解氣，氣呼呼地坐在榻上。

許知桐一進來就看到妻子發怒，一瞬間眉頭微蹙，一副很嫌棄她的表情。

白嬤嬤微愣，眨了眨眼再看過去時，發現姑爺的表情依舊如同往日一般溫和，方才許是自己眼花了。也是，姑娘正是因為與姑爺情投意合，才毀了和肖家的婚約，自降身分嫁到許家來，姑爺又怎麼可能嫌棄姑娘呢？白嬤嬤心中這般想著，一邊悄悄退出去，將小小的室內空間留給這對小夫妻。

「何人惹得娘子不快？待為夫前去教訓一二……」

白嬤嬤站在外頭守著，聽到姑爺柔聲哄著姑娘，姑娘好像也不生氣了，嘴角不由得露出一絲欣慰的笑。她就說嘛，姑爺怎會嫌棄姑娘呢？

京城以北，十里長亭。

今日是流放北疆的犯人要出發的日子，于、趙等人也早早備齊衣裳、鞋襪、吃食等物品，還在每件衣裳的內側都縫了一些碎銀子，以備不時之需。

為了給兩對夫妻留點話別的時間，幼金打發秋分去給那個帶隊的小吏五十兩，又說了一些好話，讓他多照顧兩位長輩些許。

那小吏掂了掂荷包後，露出滿意的笑。「放心，你們會做人，我們自然也會來事兒！」

話別後，肖海如兄弟二人將沈甸甸的包袱揹在身上，一步三回頭地跟著流放的隊伍一路向北慢悠悠地走著，直到繞過北邊的一座小山包，全然看不到于氏等人了，才頭也不回地跟著一行人踏上未知的流放之路。

十里長亭外，兩個戴著面具的男子站立於樹林茂密之處，透過重重樹影看著長亭內還未離去的于氏等人。

「令尊令堂如今性命都已無礙，肖公子盡可以放心了吧？」其中一個青衣男子聲音略微有些上揚，這般問道。「那帶隊的兵役中還有兩人是王爺的人，他們也會保全兩位肖老爺一二的。」說到他們王爺，青衣男子就一副很驕傲的樣子，微微挺直腰桿說道：「咱們王爺那可是一言九鼎的，答應了肖公子要保住兩位老爺，自然會做到！公子您是不知道，我們王爺運籌帷幄，他——」

「王爺大恩大德，肖某銘感五內，日後定誓死效忠王爺。」另一個身穿黑衣的，不是一個多月以前突發急病暴斃而亡的肖臨瑜又是誰？他淡淡地開口打斷青衣男子喋喋不休的歌功頌德，目光緊緊追隨著那個身著鵝黃色留仙裙的少女，久久不肯收回，直到少女一個眼神瞥向自己藏身的地方，才驚慌失措地挪開。雖然明知對方看不見自己，可他卻如同作賊心虛一般。

長亭內的幼金敏感地察覺到有人在盯著自己看，但朝那個方向看過去，卻只見滿山蒼翠的松樹在秋風中搖曳，心中雖有些疑惑，但覺得可能是自己多心了，便也不再尋找那道炙人的目光。

目送娘親等人離去後，肖臨瑜才重重地鬆了口氣。「咱們也回吧。」

第二日，蘇家的馬車便載著幼金、于氏、趙氏等一行五人往洛河州回了。

這回依舊是走水路，不過逆風逆水的，倒是走得比上回慢了許多，直到十月十三的清晨，在水路結冰前，終於回到了洛河州。

幼金走的差不多兩個月裡，蘇家上下一切都好，外頭有黃三爺，家裡有宋氏這個管了肖家大半輩子的當家主母在，家中各項事宜倒是比幼金走之前更加井井有條了。

「怪不得以前常聽人說家有一老，如有一寶呢！如今看來，我真的是得了寶了！」幼金笑吟吟地坐在宋氏下首與她說著話。

宋氏已收到幼金先前託人加急送回來的書信，知道兒孫都保全了性命。

瞞著老太太肖臨瑜暴斃的消息，是幼金的主意。如今老太太年紀大了，若知道長孫沒了，怕是要傷心過頭的。為著老太太的身子著想，于、趙兩人也同意了。果然，被蒙在鼓裡的宋氏知道這個好消息後，如今精神頭倒是一日比一日好。

「知道的是說妳去了京城，不知道的還以為妳是掉進蜜罐裡頭浸了兩個月才這般嘴甜呢！」宋氏見孩子們回來了，心中自然無比歡喜，拉著幼金等人說了好一會子話。

直到老人家因著精神頭不夠，回房歇了下來，而于氏、趙氏等人也都各自回房，才留下空間給分別了近兩個月的蘇家眾人好好團聚。

幼金笑著將小七抱起來。「小七又重了！還長高了是不是呀？看來大姊不在家時，小七有乖乖吃飯對不對？」

「嗯！」小七被大姊抱在懷裡，用力點頭。「小七很乖的，每日跟著四姊讀書寫字，而且每頓都吃得飽飽的！」小七今年已經滿六歲了，因著這幾年將養得好，如今小臉蛋圓滾滾的，一雙水汪汪的大眼睛如同兩泓清泉嵌在白淨的小臉上，真真是玉雪可人的小娃娃。

「小七真乖！」幼金如同變戲法一般，不知從哪兒掏出一個雕刻成白兔形狀的玉墜，掛在小七的脖子上，道：「看看這個小兔子喜不喜歡呀？」

「喜歡！」小七低著頭細細看著手裡拿著的、有她半個手掌那麼大的白兔玉墜，喜歡得不得了！她是屬兔的，大姊送給她這般好看的兔子，她歡喜得很。

不僅小七，蘇家的所有小姑娘們都得了一份禮物，一個個都很開心。

幼金接過秋分手中的盒子，遞給蘇康。「康兒不看看大姊為你準備了什麼嗎？」

蘇康一板一眼地回道：「我是男子漢大丈夫，不需要這些東西。」先生說了，這些珠啊玉啊都是女子用的，他一個堂堂男子漢，怎麼能用？

幼金被弟弟這一副老學究的模樣逗得有些想發笑，稍微用力地敲了下他的小腦袋，故意說道：「你就不先看看大姊給你帶了什麼？大姊千里迢迢從京城帶回來的禮物，康兒居然嫌棄嗎？」

蘇康看了眼大姊一副傷心欲絕的模樣，再看看七個姊姊們手裡拿著的禮物，好像是挺好看的，不由得有些心動，抿了抿嘴後道：「那好吧，這回我就先收下，多謝大姊。」說罷，忍住心裡的衝動，刻意放慢了手上的動作將盒子打開，然後驚喜地抬頭。

「謝謝大姊！」原來大姊給他準備的是一只玉雕的九連環，正是他想要了許久的東西！

幼金摸摸他的小腦袋，滿意地點了點頭，心中卻在想，自己還是要找陳老先生談一談才是，康兒才不到四歲，方才那副樣子著實太老派了些，現在就變成了小老頭，那以後可怎麼是好？

大姑娘回來，蘇家上下熱鬧了一日，直到晚膳過後，蘇氏才尋了空跟女兒說說話。

「幼金，妳說娘這樣會不會想得太簡單了些呀？」蘇氏將自己的想法大略與幼金說了一通，玉面微紅，兩眼巴巴地看著女兒，等她給自己拿主意。

幼金倒是沒想到蘇氏竟生出了要自己開食肆的想法，她看著蘇氏，認真地點點頭道：「娘不要想這麼多，只要娘有這個想法，咱們就可以試試看，畢竟娘可是前朝御廚的第四代傳人呢！」

「妳這孩子！娘不過是會些皮毛罷了，哪裡敢說是傳人不傳人的？」蘇氏被女兒的話臊得慌，可知道女兒是支持自己的，蘇氏不禁開心地笑嗔女兒一眼。「我瞧著如今連幼寶都每日跟著妳三嬸一起忙進忙出的，家裡就我一個是閒人，我這心裡實在是憋得慌。」

如今幼寶與韓氏一起開的鋪子也張羅起來了，蘇家的忙人又多了兩個。

幼金從來不知原來蘇氏是這般想的，聽她說完後，幼金才發覺自己平日裡有些太疏於關注蘇氏了。她挪了挪位子，坐到蘇氏身邊，小腦袋靠到蘇氏的肩膀上，小聲道：「娘哪裡是閒著無事啊？我們不都是娘辛苦養大的嗎？家裡這麼多瑣事雜事，不也都是娘管著的嗎？」

聽到女兒如此肯定自己，蘇氏的唇角露出一抹溫柔的笑。「幸好娘還有妳在。」

蘇氏原只是想開一間小小的食肆，可幼金倒覺得既然要做，那就幹票大的。「正好年初買的鋪子如今空著，我這段日子找人收拾一番後，咱們年前定能開業。」

「娘只是想試試看而已，咱們還是換個小點的鋪子吧？要是虧了也能少賠些銀子……」蘇氏心中有些沒底，她知道女兒說的那個鋪子在哪兒，自然也知道那鋪子有多大！她的廚藝雖好，可她也不能一直在廚房裡做飯不是？她一個人怎麼撐得起這麼大一間酒樓的生意來？

幼金笑道：「娘的廚藝雖說是好，可無論是大酒樓還是小食肆，那也不可能讓娘每日從早到晚去煙熏火燎地做飯吧？我是要將娘打造成咱們蘇家宴的活招牌！」

「活招牌？」蘇氏有些不解。「可是我若不當大廚，那後廚該如何？再者，我原先就是想自己做些事才要開食肆的呀！」

幼金狡黠一笑，給蘇氏倒了杯刺玫花蜜茶，道：「這就叫物以稀為貴！娘的手藝好，在洛河州那都是數一數二的，可若是人人都能吃到，不就跟旁的酒樓一樣嗎？只要有錢就能吃到，那有什麼區別？娘想想看，如果有間酒樓，一日只有十道難得一見的菜品，而且只有前十位顧客才能吃得到，吃過的人一個個都流連忘返、念念不忘的，那是不是更容易吸引更多的顧客前來？」

雖知女兒有些灌自己迷湯的嫌疑，不過蘇氏心中竟還隱隱覺得女兒說得很有道理。

「那幼金妳想怎麼辦呢？」

幼金見蘇氏已經入套，滿意地笑了。「娘這段時間不妨先把還記得的菜譜整理出來，記錄成冊，然後一一試做，方子要改良的就改良，其餘的事兒都交給我來操心就好。」

蘇氏也知道自己不會做生意，她其實一開始只是想給自己找點事做，為這個家做些什麼，可真要上手去做的時候，蘇氏才發現自己抓瞎一般，不知該從何做起。如今見女兒已經這般有成算，她便不由自主地點點頭，應承了下來。

幼金花了八百兩銀子，將自家年初買的那兩層臨街鋪子後的兩個加起來將近一畝大小的院子都買了下來，然後找來工匠，將院子整個打通備用。

那頭黃三爺也按著幼金的想法，請來帳房及掌櫃各一人、川魯粵淮大廚四人、二廚八人，以及學徒雜工、跑堂夥計、婆子丫鬟等，林林總總共五十四人。

于氏、趙氏二人乃富貴人家出身，對中式庭院的裝修布置自然也有一番心得，兩人知道蘇家如今在籌備酒樓之事，感念蘇家對她們的恩遇，因此主動找上幼金，將此事攬下來。「我們一準給妳布置得妥妥當當的！」

幼金無法，只得將自己的想法與二人大致說了一番，哪知兩個長輩聽了之後更是興致勃勃，恨不得立時就去看看，幼金被積極得有些過頭的兩個長輩嚇到，忙擺手阻攔道：「兩位太太先不要著急，咱們慢慢來可好？」

于氏和趙氏二人見她這副驚慌的樣子，才驚覺自己太過激動了，歉然一笑道：「我們也是想著能幫妳做些什麼好報答妳對我們家的恩情，不會好心辦壞事了吧？」

見兩位長輩這般客氣又小心翼翼的表情，幼金也不知該說什麼，她哪裡會怪她們過於積極？連忙擺手道：「太太這般說才叫我羞愧呢！咱們如今住在一個屋簷下，端得上是一家人，既是一家人，哪裡來的這般客氣？」

見她這樣說，兩人才鬆了口氣，不是幫倒忙就好。

趙氏接了句。「幼金，妳既說咱們是一家人，那往後也別這般客氣地叫什麼太太不太太的了，不若也叫我們一聲伯娘吧！」

「對對對，弟妹說得是！」于氏連連點頭。若不是自家遭此劫難，大兒子已暴斃身亡，于氏此刻是真心地想要這麼一個兒媳婦的。幼金這孩子知書達禮，人品性情都不比那些京城裡頭的姑娘差，最要緊的是，這孩子難得的赤誠！只可惜，終究是有緣無分了。

幼金聽她二人這般說，便笑著應下。「只要兩位伯娘不嫌我粗笨，我就厚著臉皮跟兩位伯娘攀這個親了！」

見她立時就改了口，肖家妯娌二人眼角的笑意就更加深了。

自從幼金與蘇氏商議過後的差不多兩個月時間裡，蘇氏每日晨起就開始待在廚房裡，與家中的廚娘研究她自己記得的那些菜譜，並且試做。

「有不少菜都是祖父硬要我背下來的，畢竟當年家裡也是勉強能吃飽飯而已，哪裡能尋得來這些名貴的食材做。大家嚐嚐看如何？」蘇氏今日試做了兩道菜：龍井竹蓀、口蘑如意羹。

立春將菜分成數份，分別端到宋氏、幼金以及黃三爺面前。

黃三爺得知原來蘇家這位平日裡看著柔柔弱弱的寡母竟是前朝御廚的後代，又聽說蘇氏開始試菜，他就自告奮勇地上門來幫忙品菜了。

黃三爺舌頭靈，宋氏也是吃過無數山珍海味的，此二人自然是幼金選擇來試菜的最佳人選。

以清水漱口後，黃三爺拿起調羹盛了勺口蘑如意羹嚐了，感受鮮嫩的口蘑、冬筍與火腿等食材在口腔中迸散開來的絕妙滋味後，不由得又盛了一勺，再次細細品嚐，然後才滿意地放下調羹。「在黃某這數十年的經歷中，這道如意羹絕對是黃某嚐過的數一數二的羹湯。」

宋氏一樣嚐了口，也給出了中肯的意見。「口蘑如意羹味道上佳，不過龍井竹蓀，竹蓀泡得久了些，口感略微差了點。」

蘇氏認真記下他們給的意見，然後真心地謝過兩人。

黃三爺滿足地放下勺子，道：「這麼點時日下來，太太的手藝越發好了，黃某對蘇家宴可是越來越期待了。」

因著幼金對蘇家宴場地布置的要求比較高，加上冬日裡萬物冰封，施工進度慢了下來，蘇家宴的開張時間就定在了正月十五上元佳節那日。

蘇家如今人多，這個年過得尤其熱鬧。

大年三十這日夜裡，蘇家悄悄來了兩位小客人，使得團圓的氣氛更上一層樓。

「你們兩個怎麼這般大的膽子，竟敢跑來洛河州！」于氏又是歡喜、又是後怕地將分別了大半年的兒子一把摟住，眼淚是怎麼也止不住地往下流。

被她摟在懷裡的肖臨風嘿嘿笑了兩聲，解釋道：「我與臨文在西京都不知道家裡出了這般大的事，要不是我鬧著要回京，文叔也不會將實情告訴我！」說到這兒，肖臨風還有些生氣。家裡出了差點被滅門的事，爹娘還有大哥竟沒說一句，還早早地把自己送走！

「好了好了，今兒個是大年三十，咱們一家團團圓圓的就已是一大幸事，你們母子好不容易才團聚，合該高高興興的不是？怎地還鬧起來了？」坐在上首的宋氏笑睇了眼勸架。「只可惜你爹、你叔叔還有你兄長都在北疆回不來。」

「兄長不是──」肖臨風自然是通過肖文知道了兄長的事，但看老祖宗一臉神色怡然的表情，他不禁有些疑惑，難道是文叔的消息錯了？

于氏忙悄悄扯了扯他的袖子。

肖臨風看娘的表情不對，便收住話口，坐到宋氏下首。「老祖宗，臨風在您面前，您都不好好跟我說說話，往日裡您可是最疼我的！」

「好好好，你們都是好孩子，我都疼！」宋氏笑吟吟地伸手，一左一右地拉著兩個孫子，滿足得不得了。「人上了年紀，就只想著家裡兒孫都平安，只要你們都好好的啊，我這心裡就高興了！」

肖家所住的跨院裡頭本就只有兩、三個僕人負責灑掃等粗活，如今兩個孫子悄悄返回洛河州，自然得藏住人才是，因此所有下人都被遣了出去，連唯一能進入跨院的月洞門那兒也有肖護衛長親自搬張凳子坐著把守，不讓任何人進去攪擾了肖家人的平靜與歡樂。

「護衛長喝些羹湯暖暖身子吧，這大冷天的，喝酒終究是不好。」

月洞門的兩扇木門不知何時開了一扇，一個穿著水紅色織花錦襖裙，外頭搭了一件灰鼠襖子的年輕女子，此時端著一個木托盤從裡頭出來，柔柔地朝他笑著。

看她淺笑嫣然的模樣，肖護衛長只覺得醉意又多了三分，好一會兒才回過神來。「大姑娘？不、不用了，屬下不冷！」說罷，還自覺赧然，悄悄伸腿往後踢了踢地上的空酒瓶子。

不遠處抄手遊廊下紅彤彤的燈籠燭火映在女子淺笑的臉上，顯得格外好看。

肖臨茹將羹湯端著遞到他面前，兩眼靜如秋水，靜靜地看著他，彷彿他不喝，她就不甘休一般。

肖護衛長知曉她最是外柔內剛的性子，若是自己不喝，她定是要跟自己強下去的，這大冷的天兒，她又素來是最怕冷的，若是冷著凍著了，他豈不是罪過大了？想到這裡，肖護衛長深深地嘆了口氣，接過還冒著熱氣的羹湯一飲而盡。「多謝大姑娘。」

肖臨茹目的達成，也不再跟他強了，柔聲道：「辛苦護衛長了。」端著空空如也的碗，轉身回去了。

肖護衛長看著大姑娘離去的背影，卻沒瞧見她嘴角那抹得逞一般的得意笑花。

肖臨風與肖臨文到洛河州一事只有肖家人、蘇氏與幼金知曉。雖說如今肖家死刑已免，可肖海如兄弟二人還是流放在外的，肖臨風二人也還是逃犯的身分，一旦洩漏行蹤，不僅他們要完蛋，窩藏罪犯的蘇家也要跟著完蛋，是以這事真的是瞞得死死的，硬是一點風聲都沒洩漏出去。

肖臨風雖然渾，可也知道事關重大，確認家裡人都安好後，年都沒過完，便在一個風雪之夜中悄悄離去。

「此次分別，竟不知何時能再在娘親膝下盡孝，還請娘親多多保重自身！」肖臨風臨走前跪在雪地裡，「砰砰砰」地重重磕了三個響頭，眼眶憋得發紅卻還是強忍著。似乎一夜間成長起來的少年揮別了親人，深深地看了一眼同樣強忍著淚水的親人，飛身上馬，帶著堂弟與四、五個護衛，一行匆匆離開了洛河州。

于氏淚眼婆娑地看著兒子被夜風吹得高高揚起的披風的背影逐漸消失在沈沈夜色中，傷心欲絕。她只剩這個兒子了，可為著他的前程人生，不僅母子不能團聚，兒子還要從此改名換姓，只為延續肖家血脈。

「外頭風大，我扶伯娘回去吧。」幼金雖是偏瘦的體型，可力氣比一般女子大不少，于氏幾乎整個人的重量都壓在她身上，她也能扶著人走得穩穩當當的。

那邊肖臨茹也扶著趙氏。

一行四人回到溫暖的室內，又喝了杯熱茶，身子才暖和起來。

正月十五，上元佳節。

雖說早春的天兒還是有些冷，不過上元這日倒是難得的好天氣。

「前幾日還是雨夾雪，冷得要死的天兒，沒承想今日竟出日頭了，倒真是個好日子呢！」于氏笑吟吟地坐在蘇氏身旁，與她有一搭、沒一搭地說著話，以此來緩解緊張得有些木訥的蘇氏的情緒。

知道小兒子一切尚好，北疆那邊幼金也託了人前去打點照看，就連屍骨都沒找到的長子，幼金也用他曾贈予的碧玉簪作為遺物，為他在蘇家院子後不遠的竹林處立了衣冠塚，于氏只覺得自己如今所有記掛的事都有了著落。

這一切都多虧了良善的蘇家人，是以對蘇家宴的事，于氏就更加上心了，從哪裡要栽一株梅花、一叢翠竹，到喝茶、喝酒的杯子選購，她無一不盡心，為今日蘇家宴的開業，那真的是盡心盡力、事必躬親。

今兒是蘇氏御廚傳人手藝第一次正式亮相，她這心口如今跟鼓槌一般咚咚作響，寬大暖和的披風底下的雙手跟打了結一般死死纏在一起，整個人緊張不已，就連于氏跟她說話也是聽一半漏一半的。

洛河州蘇家宴裡頭，男女分別穿著竹青、藕紫兩色窄袖上衣配同色長褲，上衣左襟處還端端正正地繡了「蘇家宴」三個大字。所有人都有條不紊、各司其職，忙前忙後地布置、收拾著，只待吉時一到便可正式開業大吉。

黃三爺是洛河州有名的老饕，自然有自己的人脈，蘇家宴開張前，幼金還沒想到這茬，黃三爺就自己先找上門，為她出了個好主意——他們可以搞個開業品鑒宴席！他在吃食方面算得上略有小成，若是把洛河州叫得上號的老饕都請來，以蘇氏的手藝，要征服這些老饕不算難事，有了他們背書，蘇家宴定能一炮而紅！

幼金想都不想就同意了，至於邀請那些老饕的事，自然是由黃三爺去張羅。

黃三爺的面子也確實好使，不過兩日時間便邀請到十九位在洛河州有頭有臉的老饕前來，蘇家宴尚未正式開張，受邀的客人都已到了，迎來送往的蘇家宴門口還有舞獅隊在表演，吸引了無數人群圍觀。

幼金站在二樓廂房外的走廊處，看著一樓已經是熱鬧得不行的場面，欣然一笑。

「今日這般，也算沒有辜負大家辛苦幾個月的汗水了。」

蘇家宴主打中高層路線，從進入酒樓的第一眼就能看到櫃檯後面的菜單牌子，均是漂亮的正楷書就，按川、魯、粵、淮、點心、甜品、酒水七類分列其中，整整一面牆的菜單吸引了每一個走進蘇家宴的客人。

一樓大堂可容納客人桌數為四十八桌，分為梅蘭竹菊四區，每區十二桌，又以對應主題的屏風、盆栽、小型假山景觀相隔。大堂中央是引水而成的、約莫五人環抱大小的假山流水，中有錦鯉數尾，意趣天成。

順著中庭旁約莫四人寬的樓梯上了二樓，共有廂房二十四間，以二十四節氣命名。從二樓下去，穿過曲徑二十步左右，便來到蘇家宴後邊的廂房。原鋪子的後院加上後來買下的一畝大小的院子，接近兩畝大小的庭院依著于氏與趙氏的主意，與前頭大堂一般按梅蘭竹菊分成四院，每院有廂房四間，以注重客人的隱私為重，主要是為客人提供安靜舒適的用餐及臨時歇腳場所。庭院中假山奇石、汀蘭芳草，可謂是處處巧思。

黃三爺帶著他的客人在後院中轉悠時，前邊的幼金已點燃開業的鞭炮，燙金的行書寫就的招牌「蘇家宴」三個大字，在初春的陽光中顯得格外亮眼。

大堂中，跑堂的小夥計一個個忙得腳不沾地，負責上茶水的小丫鬟泡了一壺又一壺的蘇家茶為客人送上。

後廚中，單獨為蘇氏開闢的小廚房內，蘇氏帶著蘇家的兩個廚娘在忙著準備開業品鑑宴的席面。

小廚房外的後廚裡，川魯粵淮四個大廚也都各自分有自己的專用灶臺、二廚與學徒，每個灶臺都燃起亮堂堂的火苗，所有人都忙得不可開交。

這次應邀前來的客人大都是賣黃三爺一個面子的，他們好吃，也會吃，自然知道洛河州這地界裡邊有多少好廚子。近來也沒聽說哪家的大廚被挖走，想必這蘇家宴只是請了些名不見經傳的廚子坐鎮罷了，若不是顧著與黃三爺還有幾分情面在，他們今日是不會出席的。

黃三爺看見賓客中有不少人都有些心不在焉的，他面上笑意不變。他們這樣的態度是可以理解的，不過他對太太的手藝那可是有十成的信心！帶著他們轉了一圈後，後廚小夥計傳來消息，黃三爺便帶著眾多賓客進了早早就備下的廂房去品茗談天了。

「各位貴客，上菜了！」打頭進來的是在前頭已經忙完的幼金。

黃三爺此次召集這些老饕還有一個目的，就是把幼金推出去。如今蘇家的生意越做越大，她這個主子也需要一個合適的場面進入洛河州商場的圈子。今日來的賓客大都是在洛河州商場中有些臉面的人，自然是最合適的機會。

眾賓客聽到一個少女的聲音喊上菜，以為是酒樓的丫鬟，不過看著衣裳料子倒是富貴人家用的，一時間都不知該如何稱呼她。

黃三爺及時插話進來。「諸位，這位便是蘇家宴的東家，也是黃某人現如今的東家，蘇姑娘。這蘇家宴還有蘇家香、蘇家蜜，都是我們東家一手創立的。」

「原來如此，蘇姑娘巾幗不讓鬚眉啊！」眾賓客都為男子，大多數的年歲與黃三爺不相上下，看到這般嬌滴滴的小姑娘進來，本還以為是哪家的姑娘，沒承想竟然是近幾年在洛河州一下子就冒了頭的蘇家香的東家！

席中賓客的驚豔與賞識的目光落在幼金身上，幼金也只是淡淡笑著。「小女子不過小打小鬧，往後還要各位長輩多多照顧才是。」轉身端起第一道菜，放到特製的、仿照現代轉盤圓桌的木質圓桌上，一一為眾人介紹菜品。「如意羹、金腿燒圓魚、龍鳳呈祥、素山珍、桂花八寶鴨、陳皮牛肉、酸辣黃瓜、一品佛跳牆……小店初初開業，還請各位不吝賜教一二。」

從第一道菜上桌起，這群老饕的眼睛便都瞪圓了。

其中一個稍微年長、坐在首位的老者首先舉筷挾了塊醬得十分入味的八寶鴨進碗裡，嚐了口後，點頭笑道：「看來今日老朽沒有白來，黃三兒沒糊弄老朽啊！」

黃三爺笑得開懷，道：「誰人不知何五爺的舌頭最靈？小子若是沒點真材實料，哪裡敢請您老出山不是？」要知道，何五爺可是洛河州這群老饕裡頭地位最高的，若是他為蘇家宴打出好評價，那往後還用愁嗎？是以他三顧茅廬地請出了何五爺。果不其然，蘇氏的手藝得到了認可，黃三爺自己也悄悄鬆了口氣，幸好這事沒辦砸。

何五爺給了好評價，其他人也紛紛起筷，從第一筷子菜進嘴裡的那刻起，所有人都是眼前一亮的模樣，因為每道菜都真真正正地做到了「色香味俱全」啊！

幼金這才滿意地笑著，退出蘭苑。

自開業後，因著洛河州不少老饕都自願為蘇家宴背書，甚至連老饕圈子裡最德高望重的何五爺都不止一回地提到想再嚐嚐蘇家宴的如意羹，所以原本不被看好的蘇家宴一炮而紅了。

至於那些開業前婉拒了黃三爺邀約的老饕們，聽聞其他赴宴的老友一次又一次地咂嘴回味後，一個兩個臉色都變得十分難看，又打聽到蘇家宴規定那日的特色菜餚每日只限前十桌客人可點，每桌還只能點一道，不由得捶胸頓足，懊惱當初自己為何要拒絕人家！

可如今後悔也沒用了，蘇家宴的特色菜一日只得十道，每日才開門營業就立即被點完了，因此這些當初婉拒了黃三爺的老饕們，只得每日組團去蘇家宴排隊，只要一開門就立刻衝進去點菜，一點老饕的顏面跟尊嚴都不要了。

不過老饕既然可以被稱為老饕，為了美食排隊那又算得上什麼丟人的事呢？等到他們終於嚐到傳說中的蘇家宴特色菜後，不禁一邊流眼淚，一邊筷子打架地搶菜。流眼淚一是激動的，因為蘇家宴真的太好吃了；二是懊悔的，自己當初為何犯蠢要拒絕啊？不然當初就能吃到一整桌足足二十道菜了，而不用像現在這般，一日只能吃到一道，還不是每日都一定能吃到啊！

飢餓行銷真是太有效了！看著每日都呈直線上升的營業額，幼金這幾日的心情真是好到爆炸。

蘇家宴一炮而紅，連帶著蘇家的小姑娘們也進了洛河州富貴人家的圈子，尤其是蘇家長女。那些需要一個能斷事、理家務的媳婦的富貴人家，自然對蘇幼金這個僅憑一己之力就把蘇家從名不見經傳的外來戶，變成如今洛河州新貴之家的小姑娘青眼有加。

「蘇太太，那趙家可是洛河州綢緞生意做得數一數二的人家，趙家公子年方十六就已是童生之身，那趙家的老爺及太太也都是良善寬厚的人，我來之前人家可都說了，只要大姑娘嫁過去，那一準拿大姑娘當親生閨女看待——」一個身穿桃紅色套裙，頭上戴著喜慶的紅色絨花、年約四十的婦人坐在蘇家正院的花廳中，舌粲蓮花般地把要說親的對象趙家子誇得那是天上有、地下無。

另一個身材稍豐滿些、也是媒人打扮的婦人立即打斷方才那媒人的話頭。「趙家少爺算什麼？要我說，還是李家少爺好！人家李老爺可是舉人出身，家中更有良田百畝，李公子如今年方十七，已經是秀才之身，將來高中狀元、封侯拜相定然不在話下！咱們大姑娘若是進了李府，過幾年那誥命夫人的身分可都是板上釘釘的事呢！」

「妳這辛婆子說的話也不憑點良心！那李家公子都定了三回親了，每回不是未婚妻長病不起，就是未婚妻跟人私奔了！這樣的人妳也敢拿出來說親？真不怕人笑話！」先開口的那媒人被半路截斷了話，看不慣辛婆子這般，當即開口譏諷。

那被喚作辛婆子的媒人見她這般拆自己臺，心中也不樂意了，開口反駁道：「那是她們的事，跟李公子又有何干？妳也好意思說我？趙家太太多厲害的人啊，妳非騙人家說她是什麼良善之輩！方如花，妳這樣騙人就不怕折壽嗎？」

「妳說誰騙人呢？」

「說妳！」

眼瞧著兩人就快打起來了，一臉懵加一臉尷尬的蘇氏趕忙示意李嬸子拉開兩人，笑著婉拒了她們。「多謝兩位媒人好意，只是我家幼金如今年歲還小，我還想多留兩年呢！」

辛、方二人這才意識到自己失態了，都十分尷尬地乾咳了兩聲。

辛婆子臉皮厚些，笑著應道：「大姑娘今年也快十六了，那李家公子真是拔尖的人才，若大姑娘錯過，真是可惜了！」

「多謝二位美意，只是我們家幼金如今還未定性，我還想再留一、兩年磨磨她的性子，等將來要說親的時候，我一準先找二位幫忙相看！」蘇氏雖然頭疼，不過也不敢把媒人得罪，若是得罪了媒人，怕是將來孩子們說親的事就難辦了。

媒人這個行當講究的是伸手不打笑臉人，雖然兩人都很想做成蘇家這個生意，可人家姑娘的娘親都這般說了，她們還能怎麼辦？兩人只得悻悻地告辭。

出了蘇家大門，方如花就先開口罵人了。「好妳個辛婆子，我好好的親事說著，妳給我添什麼亂？」

「我什麼添亂？明明是妳自己紅口白牙地騙人！」能做媒人的婆子，哪個嘴是笨的？辛婆子自然也是不甘示弱地回擊。「那趙家婆娘多厲害啊！自家相公納個妾都要被她打得半死，妳還這般坑害人家姑娘，不是居心不良是什麼？」

緩緩關上大門的洪大爺聽到門外兩個媒婆還在那兒吵架，不由得邊嘆氣邊搖頭，女人真是可怕啊！

有人打大姑娘的主意，不過也有人打起三姑娘的主意……更準確地來說，是打蘇家香的主意。

蘇家三姑娘主管著蘇家香後廚，這個消息並不是什麼秘密。蘇家香的生意越來越好，開了分店生意也同樣好，如今蘇家香已然成了洛河州點心行業的翹楚，一些有心人便打起了三姑娘的主意，畢竟娶了這個媳婦兒，那就相當於娶個財神爺回家啊！

不過，蘇家大女兒說親都說不成，三姑娘還比大姑娘小三歲，怕是更加沒希望了。於是乎……

「啊！女俠饒命啊！」蘇家香分店後的小巷中，兩個混混攔住了孤身一人出來的目標，但還未來得及給那付錢雇他們的公子英雄救美的機會，自己就已被打趴在地。

精緻的繡花鞋用力地踩在已經疊在一起的兩個混混背上，幼珠笑得一臉嬌俏。「兩位兄臺有何指教啊？」她好激動，這還是她第一回實戰啊！要知道，平日裡跟護衛長對打，她永遠都是被打趴的那個，今兒才知，原來打架打贏了這麼爽快！

「我兄弟二人有眼不識泰山，還請女俠饒命！」被緊緊踩著背的混混只覺得自己胸口痛、嘴角痛，鼻子也好痛！這小姑娘看著嬌滴滴的，誰能想到她出手這麼狠？他們才將人攔下，不過一眨眼的功夫，自己先是被一拳打中鼻子，還沒來得及反應過來就被一腳踢到胸口倒地，還沒爬起來臉又被打腫了！這哪裡是小姑娘？明明是女閻羅啊！

另一個被壓在底下的混混被小姑娘用盡全力的一腳給踢中了子孫根，如今蜷縮在地上還爬不起來，男兒淚早就流了一地，痛得他連一句話都說不出來。那公子不過給了他兄弟二人二兩銀子，讓他們攔住這個小姑娘，卻沒說這小姑娘會功夫啊！失策！真是太失策了！

幼珠笑瞇了眼，收回了自己的腳，半俯下身子看著上面那個混混。「你們這般攔著我是要劫財還是劫色啊？」這可是她第一回碰到半路打劫的，還想好好玩玩呢！

「不、不！不是，小的哪敢打您的主意？是有人花錢雇我們的！」那小混混也沒什麼道德底線，毫不猶豫就出賣了雇主。「是有位公子花二兩銀子雇我們來為難姑娘，他好英雄救美，哪曾想到女俠您身手這般好……」

幼珠右手細細地撫摸自己握成拳的左手，笑得越發燦爛了。「哦？是嗎？那我的英雄在哪兒呢？怎麼還不出來救我呀？」英雄救美這種老掉牙的招數也敢拿出來獻寶，真是讓人笑掉大牙了！

「千、千真萬確！」不要再動手了啊！看見她握著拳頭，一臉意猶未盡的表情，兩個混混不由得都用力地嚥了口口水，趕緊指了指巷子口的方向，道：「小的只知道那公子左邊臉上有個豆大的痦子，他說只要我們把姑娘攔住，他就會出來！」

幼珠拍了拍手，看向空無一人的巷子口，擺擺手道：「我曉得了，你們走吧。只是往後可別再這般不長眼，不然就不是這麼簡單地放過你們了……」

看著她臉上陰惻惻的笑，那兩個混混只覺得背脊有些發涼，互相攙扶著，屁滾尿流地火速逃離現場。

早在蘇幼珠動手的時候，就帶著小廝火速逃離的「英雄」衛大郎，此時坐在茶樓裡感嘆。「幸好提前知曉了蘇三是個母老虎，若是這樣的人娶進家門，將來不得日日發雌威！」兩個混混她都收拾了，萬一連他也搭進去怎麼好？衛大郎此刻全身上下都在慶幸！他身嬌肉貴的，若娶了個母老虎回去，將來不得連夫綱都振不起來？

雖然早春還有些涼，不過衛大郎還是自命風流地搖著摺扇，看著往來的姑娘家，哪個好看就緊緊盯著人家看，直到小姑娘害臊躲開後，他才發出幾聲淫笑，繼續尋找下一個目標，真是快活得很啊！

不過衛大郎的快活沒能持續多久，第二日傍晚，在路過一條小巷子時，他直接被人拖了進去，然後被麻袋套著，讓人往死裡揍了一頓！

那揍衛大郎的人也不怕洩漏身分，一邊打還一邊罵道：「我讓你英雄救美、我讓你英雄救美！」下手那叫一個快狠準，打得他遍體鱗傷又無從反抗。

一旁將人按得死死的蘇家護衛一邊小心地閃躲著，生怕三姑娘誤傷自己，一邊用力按緊這個意圖對三姑娘不軌的小王八蛋，又是怕又是欣慰，三姑娘這是出師了呀！看看這一腳踢得多狠，看看這一拳打得多虎虎生風，真是越來越有女中豪傑的風範了！

半晌後，幼珠甩了甩有些發痛的雙手，伸了個懶腰，瞥了眼還被麻袋套著的人，道：「得了，把人給衛家送回去吧！不知衛公子得罪了什麼人，被打得奄奄一息，我蘇家路見不平，拔刀相助，這也是舉手之勞，就不用他衛家的謝禮了！」也不顧什麼姑娘家的儀態，直接往衛大郎身上啐了一口後，帶著丫鬟大搖大擺地走了。

蘇家的兩個護衛按著三姑娘的吩咐，晃悠悠地扛著已經被打得只剩小半條命的衛大郎，將他送回衛家。

可憐那衛大郎本想英雄救美，哪承想卻偷雞不著蝕把米，被蘇家的母老虎打斷了骨頭還不敢告訴爹娘實情，只得自己嚥下這苦果。

第二十五章

蘇家宴酒樓中，心情好到要飛起來的幼珠一進門就挽著大姊的胳膊不肯放，嘰嘰喳喳地跟她說著自己的「豐功偉業」。「大姊妳是不知道，那衛大郎長得瘦不拉幾的，一看身上就沒二兩肉，還想英雄救美，我看他是狗熊還差不多！我才輕輕一拳過去，他就倒在地上唉唉叫了，真是沒用！」

幼金被她纏得沒法做事，便打發蘇家宴的管事出去，好騰出時間來聽故事。「這麼說來，妳把人打了一頓，還把人送回去？妳就不怕那衛大郎往後報復妳？」

幼珠撇了撇嘴，她才不信那個慫貨還敢上門來找自己報仇呢！「怕什麼？他要是還敢來，我再好好收拾他一頓！」揮了揮自己的小拳頭，有些耀武揚威。「要知道，本姑娘的拳頭可不是吃素的！」

「罷了，這回的事就算了，原也是那衛大郎圖謀不軌在先，教訓教訓他也好。」幼金嘆了口氣，家裡這麼多妹妹裡，就數幼珠性子最是火爆，一點虧也吃不得，若是自己不在她身邊，真是不知能做出什麼驚天動地的大事來！點了點幼珠被劉海覆蓋的額頭，道：「不過妳回去後跟護衛長領罰，每日加兩刻鐘的紮馬步，為期一個月。」

「大姊！」幼珠聽完前半段還沒來得及高興呢，就被大姊後半段的話給打擊到了，抱著她的胳膊就開始撒嬌。「人家也沒錯呀！人家只是以牙還牙而已，為何還要罰我嘛！大姊——」

幼金被她晃得難受，趕忙拽住了她，道：「不許撒嬌！再糾纏不放，就改為一個時辰。」這小丫頭，如今性子越發刁鑽了，不給她好好磨一磨，怕是將來越發無法無天了。

幼珠見大姊這般，也知道自己是逃不過這一劫了，小嘴不禁噘得高高的，心中對那個該死的衛大郎又記上一筆。

可憐那衛大郎，養了好幾個月才將骨頭養好，後來時不時出街還要莫名其妙被暴打一頓，不過那都是後話了。

時序進入陽春三月，三月初六是幼銀的十五歲生辰，自然又是一場熱鬧。

特意從茶鄉趕回來的韓立將自己早就準備好的白玉簪作為及笄禮送給幼銀。

幼銀及笄後，兩人的婚事也再一次被蘇氏提起。「幼銀已經及笄了，那婚事是不是也該操持起來了？」

「幼銀才十五，還太小了些吧？」幼金坐在蘇氏身旁，微微活動著脖頸，太久沒運動了，今日這般忙一整日還真有些吃不消。

「妳看咱們五里橋這邊的姑娘家，哪個不是十五、六歲就出嫁的？幼銀還好說，倒是妳這孩子馬上就十六了，也不肯相看，難不成真要絞了頭髮當姑子去？」蘇氏一想到長女的婚事就頭疼得很，偏生長女最有成算，若她不願意，自己就算怎麼著也是拿她沒法子的。

「說著幼銀呢，好好地怎又說到我身上？」幼金被蘇氏這猝不及防的話題轉移嚇得嗆了一下，趕忙端起杯子來喝口水，並不想跟蘇氏討論這個話題。

蘇氏見女兒被嗆得臉有些紅的模樣，心中喟嘆一聲，問道：「幼金，妳老實告訴娘，是不是還放不下肖大公子？」

「噗！咳咳咳、咳咳……」如果方才只是無奈，這回幼金是真的尷尬到無地自容了。

蘇氏沒想到女兒的反應竟這般大，一邊為她拍拍背順氣，一邊惆悵道：「妳不說，娘也知道妳對肖公子的心思，可肖公子人都沒了，妳總不能守著這份念想過一輩子不是？」

「娘，不是這個原因。」幼金都不知道蘇氏什麼時候變得這般「不害臊」，都敢跟自己探討感情問題了。不過說到肖臨瑜，那就像是少女初戀的白月光一般，雖然午夜夢迴之際還能回憶起他撫摸過自己臉頰的手的溫度，可如今也是人鬼殊途，她總不能上演人鬼情未了吧？幼金自己心中千迴百轉，不過也沒拿到明面上跟蘇氏說，只道：「娘，感情的事是不能勉強的，若是女兒來日遇到心儀之人，定會跟娘說的。」

蘇氏見她不願多說，只好淺嘆了口氣。「罷了，妳總有妳的主意，娘也管不了妳這麼多，娘只是希望妳能好好的。」

月文生哥兒倆，如今依舊在蘇家住著，每日跟在陳老先生身邊讀書習字，一年多下來也大有進展。

「今日先生說，我今年可以下場試試看了。」用過晚膳後，月文生有些靦覥地將此事說與韓氏知曉，雙手背在身後，頗有些手足無措地半垂著頭，也不好意思抬頭去看韓氏。

韓氏聽完兒子的話，驚喜地抬起頭來，兩眼微微放光。「真的?!」長子早年雖讀過幾年書，可中間也中斷了一年多，可想而知這一年來長子有多辛苦！

「娘放心，兒一定會一舉考取功名，好好孝順您老人家的！」月文生雙手握拳，認真而凝重地抬頭看向韓氏，極度渴望得到韓氏的肯定。

韓氏的眼眶微微泛紅，拍了拍長子的肩膀，道：「娘相信文生一定會考取功名的。」韓氏心中又是欣慰、又是感慨，當年小小的一個白玉團子，如今已經長成很快就能頂門定居的少年了。

想到近日的煩心事，韓氏還是決定自己將這事解決了。如今已然三月初，童子試最晚不過四月，可不能為著這點子破事影響文生應考的心情。

月文生兄弟的戶籍已於去歲就重新入了戶，因著去歲文生還未成年，所以雖還是姓月，但入的是韓氏為戶主的新戶口，幼金直接花銀子進衙門為韓氏母子重新改了籍貫，他們已經從定遠月氏一族搖身一變成為洛河州月氏一族，算是與月家徹底劃清了界線。

聽說月文生要參加童子試，里正何浩那邊也二話不說就給他開了戶籍證明，又為他找了保人。

蘇家這邊直接派人拿著保書送到衙門，不過兩日就辦妥了報考之事。

「一日夫妻百日恩，咱們好歹也夫妻這麼多年了，娘子過上了好日子，總不能讓為夫在這兒跟人卑躬屈膝地過不是？」月長壽笑得一臉溫和的樣子，可說出來的話卻是十足十的不要臉。「百年修得同船渡，千年修得共枕眠啊娘子！」

韓氏手裡端著的杯子用力地放在桌上，強壓住自己心中的怒氣，咬緊牙關。「當初是誰不顧情分要將我的女兒賣給有錢人做填房的？是誰氣死了我娘？又是誰將我拋下，自己逃難去的？月長壽，你未免也太恬不知恥了些！」

「當初都是為夫豬油蒙了心，一時想差了，如今為夫浪子回頭金不換，咱們往後好好過日子，還請娘子就原諒為夫這回吧！」月長壽不愧是在雜貨鋪子做了十來年的人，練就的這套巧舌如簧的本事還真是比一般人厲害不少，這話說的，若是不知情的人聽了，指不定都要感動得流下幾滴淚水了。

可韓氏不是沒腦子的人，她自然知道月長壽不過是過夠了苦日子，想借此機會巴上自己，讓他可以繼續蹺著腿當他的三老爺罷了，哪裡會因為他這幾句花言巧語就心軟？

「你不必在這兒跟我巧舌如簧，我與你的和離文書是早已過了明路的，你我早已恩斷義絕，你也不必在此假惺惺。你究竟想如何？」韓氏真是一刻也不願跟他多待，可當初幼金為自己辦妥和離一事時就與自己說過，是尋了人哄騙月長壽簽的文書，加之當初那個狐媚子怕自己的孩子回去跟她爭奪那些蚊子腿大小的家產，才讓兩個「失蹤」了的兒子也跟了自己，好劃清關係。如今他還只是找到了自己而已，並不知道幼荷與文生、文玉兄弟倆的存在，若是被他發現兒女都在洛河州，指不定要怎麼折騰呢！

月長壽「嘿嘿」地笑了兩聲，道：「和離之事實屬為夫糊塗，如今為夫已然想明白了，浪子回頭，自然是想與妳破鏡重圓啊，婉清！」婉清是韓氏的閨名，以前兩人情誼未破之時，月長壽私底下也會這般喚她，她心中也總是歡喜的。說罷，他還伸出手跨過橫在兩人之間的木桌，想去拉韓氏的手。

韓氏眼疾手快，直接躲過了月長壽的動作，冷笑一聲。自己以前怎麼沒看清，原來跟自己同床共枕了十幾年的人根本不配為人！

月長壽自討了個沒趣，吶吶地收回了手，指天畫地般起誓道：「婉清，我是真的洗心革面了，妳相信我！我一定會把孩子們尋回來的，將來咱們一家四口還跟以前在定遠那般和和美美地過日子，妳在家享福，鋪子上的事都讓我來操心就成。」

「說了這麼多，不就是為了鋪子嗎？」韓氏冷笑一聲，眼神嘲諷地看向月長壽。「月長壽，你還真是跟狗見了肉骨頭一般，見著錢就撲上來！我只能告訴你，你的白日夢要碎了，你也不想想，在定遠時你賣了我家的鋪子，又捲著所有銀子跑了，我哪裡來的銀子開這般大的鋪子？」

月長壽被她這般夾槍帶棒的一番話堵得呆愣了好一會兒，才後知後覺地想起這一事來。是啊，當初賣掉韓家的鋪子是自己幹的事，錢都在自己手裡，韓氏是怎麼到洛河州來的？又怎麼會在這個一看就投入了大把銀子的脂粉鋪子進出？還有，當初那個騙自己簽了和離文書的人又是從哪裡冒出來的？難不成也是韓氏的人？月長壽越想越覺得不對勁，難不成……韓氏是傍上什麼有錢的富商了？

一想到自己頭頂可能一片綠油油的，月長壽的面色就變得十分難看。「難不成妳是遇著什麼貴人了？妳做了什麼，人家能費心勞力地帶妳到洛河州來，還讓妳在這鋪子裡進出管事？」餘光落在韓氏身上來回打量了幾圈，韓氏這一年多來看起來將養得很不錯啊！月長壽越想越覺得是她給自己戴了綠帽子，心中一腔怒氣卻只能死死壓著，為了過上好日子，綠帽子又算得上什麼？

「月長壽！你自己噁心不要臉，我還要臉！你給我滾！」韓氏被他氣得臉都白了，指著大門口低聲吼道：「再不滾我就喊人了！」幼金在蘇家的每個鋪子都安排了兩個護衛守著的，以防有人鬧事。

月長壽抿了抿嘴還想說什麼，不過瞧韓氏一副要與自己拚個你死我活的模樣，只得暫且歇了這份心思，強壓下心中的怒氣，柔聲道：「婉清，方才是我的不是，妳莫生氣。今日我先走，過兩日我再來瞧妳。」說罷，起身低著頭往外走。

「你做什麼！」幼寶身邊的丫鬟冬至眼疾手快地攔住了即將要迎面撞上自家四姑娘的中年漢子，杏眼圓睜地喝斥道。

月長壽心中本就不爽快，聽見聲音立即抬起頭來想罵人，不過見那姑娘穿的衣裳一看就不是一般人家穿得起的，且身邊還跟著一個高大的護衛正冷冷地看著自己，月長壽瞬間就慫了。「抱歉抱歉！是小人沒注意！」

幼寶看了眼這個前後轉變得有些太快的中年漢子，覺得他有點眼熟，可又想不出來，想來也不是什麼重要的人，便示意護衛放行了。「鋪子還要做生意呢，別在這兒鬧事。」

「是。」護衛往旁讓了一步。

月長壽心裡也鬆了口氣，趕忙千恩萬謝地走了，絲毫沒有認出少女竟是五、六年前連飯都吃不飽的二房六丫頭。

鋪子裡的人見東家來了，都笑著行禮。「四姑娘來了！」

韓氏與幼寶一起開的這間脂粉鋪子名曰「胭脂醉」，胭脂醉賣的主要是女子所用的脂粉、香皂、香露等物，因此鋪子裡的人也都是從蘇家其他生意上調過來的女子，對四姑娘與韓太太都十分尊敬。

幼寶淺笑著點點頭。「無事，妳們且忙，我不過閒來無事過來瞧瞧。我三嬸呢？」

三嬸最在意脂粉鋪子，平日裡是一步都不願離開的，怎麼今日卻不見人呢？

聽到四姑娘這般問，鋪子的小管事便回道：「就方才門口差點撞到姑娘的那人，他來找掌櫃的，不知何事，掌櫃的還在茶室裡沒出來呢！那人已不是第一回來了，每回他來過以後，掌櫃的都不大高興。不過掌櫃的不說，我們幾個也不敢問。」

幼寶聞言便進到茶室去，結果驚見韓氏眼角還未擦去的淚。

「三嬸這是怎麼了？」在幼寶的印象裡，三嬸素來是最俐落爽朗的性子，怎地會背著大家偷偷掉眼淚？她忙坐到韓氏身邊詢問。「可是出了什麼事？是鋪子上的人不服管教，還是客人給氣受了？難不成是方才那人……」

「幼寶妳見著他了?!他沒認出妳吧？」原還在急忙擦掉眼角淚珠的韓氏一聽幼寶說「方才那人」，立即就猜到幼寶應該是正好與月長壽撞上了！她眼中有些驚慌，雙手緊緊拽著幼寶的手。

幼寶被三嬸這般緊張的模樣搞得有些糊塗。「認出什麼？那人只是走路不注意，差點撞上我罷了。不過我瞧著他似乎有點面熟，還一副心不在焉的樣子，究竟是何人？」一向最是沈穩的三嬸竟然被嚇得這般驚慌失措，想必定是極可怕的人吧？

聽到幼寶這般問，韓氏倒是一下子不知該說什麼了。她們一家四口已經給幼金跟二房添了這麼多麻煩，如今月長壽只是尋到自己而已，絕不能讓他曉得二房的人現在過得這般好，不然定會鬧得二房眾人雞犬不寧的！想到這兒，韓氏就決定堅持自己一開始的想法，要獨自一人將此事解決掉。她拍了拍幼寶的手，強擠出一絲笑，道：「無事，不過是一個不重要的舊識，知道我也在洛河州，就來找我敘敘舊罷了。」

「是嗎？」幼寶的臉上寫滿了「不相信」三個大字，若是不重要的人，三嬸為何會驚慌失措到這種地步？

韓氏用力地點點頭。「是。」

幼寶雖狐疑，不過既然三嬸不願說，自己也不好一再強求，只好道：「好吧。三嬸若是遇到什麼麻煩事，一定要告訴我們，不要自己扛著才是，畢竟咱們是一家人。」

韓氏被幼寶這句「一家人」感動得鼻子有點酸酸的。「成，三嬸知道了。」心中更加堅定了不能將此事告訴二房的想法。二房的人，每個對自己一家都是真心相待的，自己不能知恩不報，還時不時給人家添麻煩。

韓氏一無錢財、二無權力的，她又能想出什麼法子對付月長壽呢？想來想去，想了好幾日也想不出什麼法子來，倒是月長壽又纏上了她。

「婉清，我遠遠瞧著就像妳，沒承想真是妳！幾日不見，妳倒是瞧著清減了些。」月長壽笑著攔住了今日出來採買的韓氏，絲毫沒看見韓氏難看的臉色一般，與她說著話。

韓氏一見是他，臉色當場就變黑了幾分，並不想搭理他，就想從旁繞過去。

可月長壽好不容易見著人了，哪裡會這般輕易就放她走？立即伸手拽住了韓氏。

「總歸是夫妻一場，妳這般未免也太絕情了些吧？我若是過不好，妳就不怕良心不安？」這已經是明晃晃的威脅了。

韓氏的臉色有些蒼白，寬大的衣袖下兩手緊緊握拳，強忍著心中的噁心與暴怒，壓低聲音問：「月長壽，你究竟想如何？」

「我知道妳如今是在為蘇家做事，想必妳也不忍咱們夫妻分離不是？」月長壽那日離去後又找人打聽了一番，原來韓氏如今是在為洛河州近幾年才發跡起來的蘇家做事。要知道，那蘇家光是在洛河州就有好幾間大鋪子，只要他能進蘇家的鋪子做事，就不怕沒銀子撈！「妳去求求東家給我安排個缺吧，我怎麼說也管了十幾年的鋪子，做個管事……不，做個掌櫃那都是綽綽有餘的！」

聽他提到蘇家，韓氏的心立時提到了嗓子眼，不過聽完他後面的話，一顆心又回歸原位，以一個譏諷的眼神看向他。「你還真是不死心！可我不過是蘇家的下人，哪有本事安排你進去蘇家做事？」

月長壽卻是不接受她這個回答的，他到洛河州已經一年多了卻一直一事無成，眼前這個原先被自己嫌棄的韓氏就是他飛黃騰達路上的墊腳石，他一定要抓住這個難得的機會才行！

彷彿聽不出韓氏話中的譏諷之意，他覥著臉笑道：「婉清，妳看妳現在綾羅綢緞穿著，金銀首飾戴著，總不能一直瞧著妳相公我受苦不是？」說她跟蘇家的東家沒什麼牽扯？鬼才信！她韓婉清若真只是個普通下人，還能戴得起這麼大一支銀簪子？還有手腕上那亮晃晃的鎏金纏枝蓮手鐲，隨便一樣都值好幾兩銀子呢！

韓氏被他沒皮沒臉的樣子氣得不行，又看見身邊過往的路人時不時會飄個眼神過來瞧熱鬧的，心中就更加不樂意與他糾纏了。「我懶得跟你廢話！我還有事，你趕緊放開我！」

「婉清，有什麼事能著急得過咱們夫妻敘舊？」月長壽是瞧出來了，韓氏這賤人根本就不想管自己的死活，所以他就更不能讓她走了！若是錯過這次，那他再想等到這般可以飛黃騰達的機會就難了。「我——」

「這是怎麼了？」

一個稍微有些沈的聲音打斷了兩人之間的拉扯。

韓氏抬頭一看，原來是路過這條街，正好瞧見她被人糾纏住而特意過來為她解圍的黃三爺，心中莫名鬆了口氣，又有些尷尬地與他打招呼。「三爺。」

月長壽被人打斷了話頭，原還有些不高興，可聽到韓氏這般稱呼眼前這個穿了一身暗紫色元寶暗紋綢緞褂子，腰間掛著好幾塊玉佩，長得有些圓潤富態，身後還跟著一個小夥計的中年漢子，誤以為他就是蘇家的主子，立即鬆開韓氏，微微彎下腰，笑著與他打招呼。「三爺好，我是韓氏的相公！」

黃三爺是大概知道韓氏過去的，他淡淡地瞥了一眼月長壽，又轉頭看向韓氏，以眼神詢問她，是否需要自己的幫忙。
韓氏微微甩了甩被月長壽抓得有些痛的胳膊，道：「三爺放心，太太吩咐買的東西奴才已買好了，這會兒就給太太送回去。」
黃三爺聽見她說這些莫名其妙的話也面不改色，反倒是與韓氏一同演戲。「成，別耽誤了太太的事就行。」
韓氏還未來得及接上黃三爺的話，就被月長壽半路截了話頭過去。
「三爺，我最擅長與人打交道了，三爺談生意不妨帶上我，我定肝腦塗地為三爺做事！」
韓氏面露不悅地瞪了眼月長壽，一臉歉然地向黃三爺賠不是。「實在抱歉，他這人就好胡說，三爺大人大量，切莫跟他計較。」
黃三爺倒是看出了些門路來了，笑道：「無妨。這位兄臺如何稱呼？既然兄臺這般毛遂自薦，我黃某人也算得上是惜才之人，只是今日確有急事，不若兄臺隨我一同前去如何？」
月長壽又驚又喜，連連點頭。「多謝三爺、多謝三爺！」然後屁顛屁顛地跟在黃三爺身後離去。終於抓住翻身機會的他已經被巨大的狂喜沖昏頭腦，哪裡還記得與韓氏說什麼？更別說要想起「為何韓氏的主家明明姓蘇，而這個三爺卻姓黃」這個問題了。

月長壽得了機會，自然要盡力表現自己。平心而論，月長壽是有幾分口才的，在定遠時跟在韓老爺子身邊管了十幾年的雜貨鋪子，韓老爺子對他也是用心教導，因此他也算是練就了一番見人說人話的本事，也會來事兒。

「今日多虧月家兄弟，我們這筆生意才能談得這般順利，這點子錢就算是給月兄弟的辛苦費。」黃三爺示意身邊的小廝遞上一個荷包。

月長壽接過荷包，那沈甸甸的感覺讓他的心更加澎湃了幾分，笑得也更加熱切了。「小人多謝三爺提攜！小人雖只有幾分薄力，但求三爺能給小人一個機會，小人一定為三爺鞍前馬後，鞠躬盡瘁！」

黃三爺「哈哈」笑了幾聲，拍了拍月長壽的肩膀，道：「我黃三歷來愛才，成，如此你明日便到西市的萬家樓找李掌櫃，就說是我叫你去的，他自會為你安排。」萬家樓是黃三爺自己的產業，一座主打平民路線的小茶樓。雖然比不上蘇家宴這般名頭大，不過對月長壽來說已經是極好的去處。

「多謝三爺、多謝三爺！」月長壽只差沒跪到地上給黃三爺磕幾個響頭了！他感激涕零地送走心情極好的黃三爺後，才將方才黃三爺賞的荷包塞進懷裡，歡天喜地地回家去。

月長壽與嬌娘如今還住在西城門外的毛驢巷子，月長壽今日心情極好，買了酒肉、哼著小曲回家，與在家盼了他一日的嬌娘吹噓自己今日的豐功偉績。「妳家老爺今日不過在黃三爺談生意時美言了一、兩句，黃三爺就賞了我十兩銀子！嬌娘，再過不久，咱們就能過上前呼後擁、錦衣玉食的好日子了！」

當初月長壽簽下和離文書一事也有嬌娘在一旁煽風點火，如今見月長壽果真是傍上了貴人，嬌娘就覺得自己當初實在是有遠見！

可沒承想，月長壽就只是從荷包裡取了零碎的銀子塞給她！

嬌娘手裡緊緊握著月長壽給她的二錢銀子，心裡一邊罵著月長壽摳門得要死，得了十兩銀子就給了她兩錢，一邊又挨近他，柔若無骨般地依偎著他，吐氣如蘭道：「嬌娘相信老爺定能飛黃騰達的！」對月長壽描述的出入有下人伺候、穿金戴銀的日子，她也是嚮往不已。

一夜好眠後，第二日一大早，月長壽便穿上自己最好的衣裳，尋到了西市的萬家樓。

萬家樓是坐落在西市一座兩層高的茶樓，占地面積不算大，勝在位置好，廚子手藝也不錯，是以每日生意還不錯。

站在萬家樓門前，月長壽看著與自己心裡預期的差別有些大的店鋪，咬咬牙還是進去了，攔住了一個小夥計問道：「請問李掌櫃在嗎？是黃三爺叫我來的。」

李掌櫃自然也是得了主子吩咐的，見了月長壽便給他安排了跑堂的活計。「如今沒有什麼空缺的位置，你先暫且做著，三爺交代過了，只等有好的缺，一準讓你上！」

月長壽沒想到昨日那般好說話的黃三爺竟然是給自己安排了一個跑堂這般沒皮沒臉的活計！他的臉色頓時就變得不太好，可又不敢當場拂袖而去，只得咬咬牙接下了這份工作。

不過黃三爺也是表現了一點誠意的，給月長壽的工錢是一般跑堂的兩倍，也算是給他面子了。月長壽知道了這個內情後，暗自想道：想必黃三爺是有心招攬我的，不然也不會開出這個工錢給我！

那廂月長壽還在沾沾自喜自己終於找到翻身的機會，作著不日就能當上黃三爺心腹、往後每日都能吃香喝辣的美夢時，這邊韓氏也找上了黃三爺，一是多謝他昨日為自己解圍，二是向他賠禮。因為自己的破事還牽扯到外人，她昨日回去後，整夜都睡不著，又是惱月長壽，又是愧對黃三爺。

黃三爺聽完韓氏將前因後果大略說了一遍後，不禁嘆了口氣。「妹子，不是我說妳，我也知道妳是不願攪擾了蘇家的安寧，可若是月長壽繼續這般糾纏妳，將來總有一日會發現妳那幾個孩子都在洛河州的，到時妳又該如何？」

韓氏聽他這般說，才後知後覺地覺得背脊有些發涼，一時間也沒了主意。「三爺是否有主意？此次三爺若願伸出援手，小婦人定然記住三爺的大恩情！」韓氏知道自己這般其實是不對的，可她也實在沒法子了。黃三爺見多識廣的，想來他總會比自己有法子。

黃三爺微微嘆了口氣，有些憐憫地看著坐在下首的韓氏，思索片刻後道：「成，既然我都已經在裡頭插一腳了，就乾脆送佛送到西吧！」知道月長壽是圖財，那一切都還好辦。

黃三爺與韓氏商議過後，將月長壽的去處安排得明明白白的。

「我這邊倒是能安排好，只是妳確定不跟妳的孩子們說一下此事嗎？月長壽總歸也是他們的父親。」黃三爺與月長壽的接觸不多，他只是覺得若他是月文生，應該也是想知道這些事的吧？

韓氏抿緊唇，搖了搖頭。昨兒一夜沒睡好的她眼下一片烏青，堅決道：「文生還有不到一月就要參加童生試了，我不能在這時候給他添煩心事。」如今就算有天大的事，也不能耽誤了文生的前程。

黃三爺這才想起是有這麼一件事！他喟嘆了一聲，說道：「也是，如今一切還是要以孩子的前程為重。既然妳心意已決，月長壽那邊就由我來安排吧。」月長壽既然是圖財，只要能賺錢，那就不一定非要待在洛河州不是？炸藥既然不知道何時要爆，那就把它送得遠遠的，即便要炸也炸不到自己。

韓氏按著黃三爺的話去找了月長壽，將自己事先在心中排練了無數次的話一股腦兒都說完，然後靜靜地看著月長壽。

「妳要我離開洛河州？」月長壽有些狐疑地看向韓氏。「我為何要信妳的話離了洛河州？到時若銀子掙不到，那我不就人財兩失？」月長壽才不傻，他如今是靠著韓氏才巴上黃三爺的，他不是不知韓氏對自己的厭惡，若是離了洛河州，黃三爺轉臉把自己踢了怎麼辦？

韓氏見他果然是這般反應，心中暗恨他竟沒皮沒臉到這個分兒上！將手腕上一對鎏金鐲子、耳上一對小小的赤金耳墜子全摘下來擺到月長壽面前，道：「我身上就這麼點值錢的東西，你若是應了，我便都給你；若是你不應，我便到衙門告你騷擾良家婦女！若是這般上了衙門，誰輸誰贏，怕是沒什麼好猜的吧？」韓氏淡淡地撫了撫鬢間的銀簪，道：「我如今可是蘇家主子太太跟前的人，你說是蘇家有錢有人，還是你月長壽本事大呢？」見月長壽的面色變得有些難看，韓氏不由得在心中竊笑。這招狐假虎威還是黃三爺親傳的，果真是管用。

月長壽沒想到才分開一年多，原就厲害的韓氏竟變得這般以權壓人，心中又氣又急，可又拿她沒法子，暗啐了一口。這賤婦真是走了狗屎運，原本應該死在定遠的人，沒死就算了，竟到了洛河州，還靠上蘇家這棵大樹！

其實第一次找上韓氏的時候，月長壽是想與她破鏡重圓的，畢竟能在蘇家做管事，想來每月得的銀子也不少。可韓氏明裡暗裡嫌棄之意表現得太明顯，月長壽試了幾回都沒法子，這韓婉清的脾氣還是像以前一樣，跟茅坑裡的石頭一般又臭又硬，再想想家裡溫柔魅人的嬌娘，月長壽就放棄了這個莫名其妙的想法，改為想從她身上榨出些油水來。

韓氏與月長壽就這般僵持不下了好一陣子，最後還是月長壽敗下陣來，不過他還是獅子大開口了一番。「我可以走，一百兩銀子拿來，我立時就走！」若是有一百兩，他換個地方也能繼續逍遙快活，買鋪、買地都不是什麼難題。

「一百兩?!月長壽，你怎麼不去搶！」韓氏倒是不願再讓步了，她是想讓月長壽離自己遠遠的，可也不代表她沒有底線。「既然這般，咱們就衙門見吧！」

月長壽沒想到她竟然這般決絕，忙拉住起身欲走的韓氏，冷笑道：「韓氏，妳可別後悔！我離了妳，男子漢大丈夫，何患無妻？妳那幾個孩子指不定早就死透了，妳若離了我，將來別說養老送終，就是死了連燒香祭拜的人都沒有！」月長壽將韓氏摘下的首飾一一掃入懷中，最後還想哄騙她一把。

「我有無人送終與你無關，我的孩子還活著與否那也跟你無關！你既收了我的東西，咱們以後便再無牽扯，我做什麼都與你無關，往後若是再到我面前來，我就是求了我家主子，也要把你送到大獄裡去！」說罷拂袖而去，絲毫不怕月長壽再來找她麻煩一般。

那月長壽得了韓氏的金首飾後全都拿去換了現銀，在黃三爺的安排引薦下進了一個南來北往的行商隊，帶著嬌娘離開了洛河州。

知道這個消息的韓氏總算是鬆了好大一口氣，而眼看著也終於到了月文生下場的日子。

「兒啊，下場莫緊張，這次不成咱們還有下回，娘給你準備的乾糧記得要吃。」洛河州州學考場外，韓氏提著裝滿乾糧還有乾淨衣裳、枕頭等東西的大包裹，站在月文生身旁細細叮囑。「這包袱裡有些止腹瀉的藥丸，還有驅蚊的香料，都在裡頭了，你記得要用才是。」

大豐縣試為每日一場，連考五場，每日暮鼓響起便是結束一場。韓氏準備了足夠的東西給兒子，生怕他在裡頭一時缺這短那的，影響應試的心情就麻煩了。

「娘且放寬心，相公前日已考究過文生的學問，說是過縣試不成問題。」今日是三房的大日子，幼荷自然也是早早就跟過來了，生怕娘給弟弟太大壓力，便寬慰了幾句。「相公是經歷過縣試的人，想來他既如此說，文生中選問題不大。」

月文生看考場外排隊進場的隊伍開始動了，便接過韓氏準備的包袱，朝娘親及姊姊鞠了一躬。「娘、姊姊，文生去了。」

韓氏與幼荷互相扶著對方，看著月文生邁著堅實的步子進了考場，兩人這心裡又是欣慰、又是感慨。

幼金知道韓氏這幾日心裡定是亂糟糟的，便叫幼寶多去脂粉鋪子看看，讓韓氏全心照顧考試的月文生。

縣試的難度並不算太大，五日下來月文生的狀態也還好，不過陳老先生心疼學生，考完的第二日與他評判了一番應試題目後，便給他放了兩日假，讓他好好休息一番。

不過月文生這段日子為了準備童生試，每日睜眼就是讀書，閉上眼睛也是想著經史子集，如今驟然放鬆，一時反倒還有些不適應了。

「文生堂兄真幸福，不用讀書。」課堂間隙，蘇康無力地癱在被畫了不少墨跡的酸枝木桌面上，突然來了這麼一句感慨。讀書好累啊！

坐在蘇康邊上的月文玉與韓爾華也有氣無力地趴了下來，小聲地哀號。「真羨慕大哥（文生哥）！」他們也好想不用上課，好想出去玩啊！

「要不咱們蹺課吧！」

蘇康這話才說出來，韓、月二人先是眼前一亮，繼而想到上回蹺課被先生跟幼金姊姊告狀後，他們抄書抄到手軟，還一人挨了二十下手板子的痛苦記憶。

三人從對方的眼神中都看到了抗拒。「我（你）當你（我）沒說！」還沒付諸行動便立即死了蹺課的心。

今日帶人到侯家灣看春種進度的幼金沒來由地打了個噴嚏。

一旁抱著薄披風的秋分見狀，立時就想為她穿上披風。「外頭有些風大，姑娘還是穿上披風吧！」

幼金揮了揮手示意不用，笑道：「如今都是四月裡了，哪裡還會冷到？指不定是誰在念叨我呢！」

見姑娘這般，秋分也不再強求，只緊緊跟在姑娘身邊，打算只要姑娘再打一個噴嚏，她就不管如何也要給姑娘穿上披風才行！

侯家灣當年的荒山如今已經都規劃得井然有序，大部分都納入了蘇家的林地範圍，如今的侯家灣荒山上奼紫嫣紅一片，遠遠看去跟那天邊的紅霞一般，甚是好看。

「今歲荷塘裡的荷花也長得甚好，如今有些早的已經冒出小花苞，端午前就能開花兒了。」侯家灣的管事一邊跟著大姑娘走向山腳下的荷塘，一邊十分用心地介紹道：「化冰不久後，新一批的魚苗都投進去了，如今長勢十分不錯。前日我還叫人撈了兩條上來，才下水兩個月的魚，如今已長有二指寬了。」

蘇家的荷塘是去年春日裡開挖的，位於蘇家山林腳下一片十幾畝的灘塗荒地，蘇家買下後開挖成四個一畝見方的池塘，還有一個連成一片、約莫十畝大小的小型湖泊。其中最大的那片用於種植蓮藕，兼之養些草魚、鯽魚、鯉魚；另有兩個塘專養河蝦；剩餘兩個位於水塘入水口處，水質最好，用於飼養售價最高的鱖魚。

春日裡正是捕撈鱖魚的時候，幼金等人還在山坡上就瞧見鱖魚魚塘裡有一群人在忙活著。幼金到時，一群六、七個漢子泡在半人高的水裡，拉著大大的漁網正在捕撈鱖魚，岸上婦人們則忙著將撈起來的魚裝進大木桶裡，每個人都忙得腳不沾地又井井有條，效率甚高。

「大家辛苦了！侯管事記著，這兩日叫何嬸子多殺幾隻雞給大家夥兒添添菜。等忙完這幾日，活計閒下來以後，每人安排輪休兩日。」幼金素來大方，畢竟要馬兒跑得快，那也得給馬兒吃得飽才行。

侯家灣這邊如今也就著山腳與荷塘邊蓋了兩排青磚瓦房及一個小院，供賣身給蘇家的下人還有長工居住，那何嬸子原是侯家灣村裡養著三個孩子的寡婦，為蘇家在侯家灣幹活的人做一日三餐，不僅自己的一日三餐都有了著落，每月還能得三錢銀子，倒是比種地來得輕鬆，也掙得多些。

眾人聽到東家體恤下屬，又是給他們放假，又是加菜的，嘴都快咧到後腦勺去了。「多謝大姑娘！」與大姑娘說完話後，眾人手裡的動作更快了，不過片刻又裝滿一大桶鱖魚。

岸邊的騾車上已裝滿了一桶，這桶滿後，那駕車的車夫便甩著鞭子，趕車往城裡去了。

自去歲蘇家的藕塘有進益後，洛河州不少飯館酒樓都選擇從蘇家這邊進些魚，畢竟洛河州這般大規模養魚、種藕的只有蘇家一家，品質、數量都有所保證。

幼金乾脆就在原蘇家香、現如今柳家的雜貨鋪子邊上又買了一個小鋪子，交由柳家人幫著打理，作為蘇家山上地裡出產物的售賣點。

柳家的小麵攤已收起來不做了，柳老漢夫婦倆、柳老漢家的姪子，還有柳秦氏家的弟弟等四人就負責打理兩家鋪子，每日光是那買魚、買雞、買鴨、買蔬果的客人都不曉得有多少，更別說大宗買賣了。

幼金也是存了幫幼荷一把的心，是以那鋪子的收益以二八分成，每月初會分上個月的收益給柳家。可即便是二成，一個月最少也能分到二、三十兩，碰到端午、中秋這些重要節日的月分，還能高達四、五十兩！是以如今柳家的日子越發好過，柳秦氏對兒媳婦幼荷那更是拿她當親生女兒看……不，是比親生女兒還要好！畢竟都是因為娶了幼荷，柳家的日子才能一日千里地好起來呀！

那趕騾車拉著鱖魚進城的便是柳秦氏的娘家弟弟，自從跟著姊姊家一起做事後，他每月少了能分到二兩，多了能分到四兩銀子的工錢！去歲才跟著大姊做了不到一年就得了將近三十兩銀子，今年一開春就把去歲掙的銀錢拿出來蓋了一棟又大又漂亮的青磚瓦房，如今在秦家村裡，只要說到他秦大勇，那有誰不羡慕的？

想到這裡，秦大勇就更加得意，做事也更盡心盡力。他一邊哼著不著調的小曲，一邊小心翼翼地趕著騾車，這兩大桶可是售價不菲的鱖魚，他可不能顛著碰著，若是賣不出銀子，那就虧大了。

秦大勇趕著騾車走後，蘇家負責在侯家灣送貨的車夫則還在候著，他今日要送五十尾鱖魚到洛河州的林舉人家中去。明日是林家老太爺的六十大壽，林家要大擺宴席，三日前就找到蘇家預訂了一斤半重的鱖魚五十尾。

柳家鋪子那邊只負責長期訂貨的配送以及日常零售，像這種臨時接的大宗訂單，都是由侯家灣這邊的車夫專職配送到家的，也為大戶人家的採買減輕了不少壓力，是以洛河州的大戶人家如今只要是辦宴席要用到什麼食材，第一個想到的大多都是蘇家，畢竟方便嘛！

「這是今春的最後一塘鱖魚，再等下回開塘，那便是秋日裡旁邊的蝦塘了。」侯管事跟在大姑娘身邊，事無巨細地稟告。蘇家生意越做越大，大姑娘的行程也越來越忙，如今十天半個月才來一次侯家灣，他自然要好好表現一番才行。

幼金了然地點點頭，看完捕撈後又轉去看了蓮藕的長勢，與專門負責打理藕塘的老張叔說了會子話。

吃過午飯後，幼金又在侯家灣這邊專門給蘇家人留著的院裡歇午覺，躲了躲中午還是有些熱辣的日頭，下午又到地裡去看了糧食的情況，直到日暮西山才打道回府。

再說肖家的女眷們在蘇家住下後，于氏與趙氏對於自己一家四口在人家家裡白吃白住一事總覺得心裡有些過意不去，之前一直無奈於她們一無銀錢、二無能力去報答蘇家什麼，不過自過年時肖臨風偷偷前來洛河州，走之前將他身上帶的五千兩銀票全都塞給了于氏，于氏有了銀子後，妯娌倆的心思也就開始活泛起來了。

幫著蘇家宴開張以後，于、趙妯娌二人每日得了空就坐在一處，神神秘秘的不知道在商量著什麼，三不五時還自己坐騾車到洛河州去。

起初幼金只以為她們倆是自己閒來無事，想著兩人有心思出去走走也是好的，哪曾想到兩人忙活了一個多月後，竟然找上了她。

「伯娘您慢些說，您是說，您們要開書院？」幼金有些不可置信地看向坐在自己對面的于、趙二人。「兩位伯娘怎麼突然生出這般想法？」她印象中，于、趙二人都擅長管家務是沒錯，可她們不都是大門不出、二門不邁的大家閨秀嗎？怎麼突然想著要出去開門做生意了？而且還是開一間女子學院？

于氏掩唇輕笑，道：「女子學院在京城並不少見，京城富貴人家的未嫁之女大都是要到女子學院讀書的，說是讀書，其實也是為了拓寬交際圈子，以便將來能更好地選婿。像妳臨茹姊姊，當年可是她們學院榜首結業的。」

「女子求學本就不比男子容易，況且不是每戶人家都請得起住家女先生的，若是咱們辦個女學，一來能提升蘇家在洛河州富人圈子中的名望，二來也是生財之道不是？」當初這個想法還是趙氏提出來的，所以她解釋起來也是頭頭是道。

幼金其實一開始也不反對此事，聽著兩位長輩妳一言、我一語地說著，就更加支持她們兩個去做一番事業了。「兩位伯娘既然都想好了，那需要我做些什麼呢？」其實她也是有私心的，讓兩位長輩找些事來做，也好分散一下兩人的精神。

見幼金不反對，于、趙二人都歡喜地笑了。「好孩子！伯娘就知道妳一定會支持我們的！」

她們找上幼金確實也是有所求，于氏笑過之後，臉上有些尷尬地說道：「我跟妳趙伯娘如今都是官奴之身，若學院開起之後，山長由我們誰來做都不合適，所以我們想著，要不幼金妳來……」于氏也知這個想法有些不妥，畢竟幼金如今尚且年少，做山長怕是不合適，可總歸比她們倆來得好不是？

聽到于氏這般說，幼金臉上的表情微變，不過很快就恢復如常，笑道：「我年歲尚小，若是擔當山長怕是不能服眾。伯娘們只管放手去準備旁的，所需銀錢儘管從公中支，至於山長的人選，我一定給安排得妥妥的。」幼金心中已有人選，那人不缺銀子，可這女學若是辦成，她的名聲就更好了，應可一試。

見幼金這般胸有成竹，于、趙二人也就信了她，徹底放開手腳去準備女學所需的一應人事物還有場地。

「夫人，蘇姑娘到了。」秦知府府衙內，身穿皂色衣裳的家丁站在後院月洞門外，朝坐在花園涼亭內賞花的秦夫人稟報道，他後頭跟著的正是前日就遞了帖子求見的蘇幼金。

幼金今日穿了一身月白色圓領對襟浣花錦薄衫配鵝黃纏枝花襦裙，梳著隨雲髻，配了一對玉蘭花玉簪。她記得秦夫人是最不喜小姑娘做老成打扮的，這樣正好，落落大方之餘又不失小姑娘的年輕活力。

「蘇家丫頭來了？」雖然當時是經由肖家介紹了蘇家丫頭與自家搭上關係的，不過後來她也確實喜歡這個又懂事、又能幹的小姑娘。雖然肖家倒臺了，但如今蘇家風頭漸起，秦夫人也還是願意見一見她的。

幼金走到秦夫人面前還有五步之遙便恭敬地止步，屈膝行禮。「許久不見，夫人一向可還安好？」說起來，她上回見到秦夫人還是蘇家宴開業不久，秦夫人上蘇家宴訂了桌酒席宴客，幼金特意破例為秦夫人上了四道蘇家宴的限量菜，讓秦夫人在赴宴的貴婦人之間掙足了面子。

「妳這丫頭，最是多禮！」秦夫人笑罵了一句，示意幼金坐下說話。「上回我設宴，還未多謝妳那般鼎力相助呢！今日妳倒是難得上門來，咱們正好一處說說話。」

幼金淺笑，依著秦夫人的意思坐了下來，與她說了好一會子話，才說明今日的來意。

「我就說妳這丫頭是最鬼精的，還當妳是想我才來找我說說話呢，不承想是有備而來的。」秦夫人笑嗔了句。「妳倒是敢想，只是我也不過一介婦人，哪裡做得了什麼山長不山長的？」雖然是婉拒，但說不心動那也是假的。秦夫人自己也是知書達禮的，自然曉得書院的山長那可都是文人圈裡有頭有臉的人物，若女學真成了，她可就是洛河州最有臉面的婦人了啊！

然而，此事若是做成了自然名聲不愁；可若是沒成，她豈不是要淪為洛河州貴婦圈的笑柄了？這般一想，好像也有點不大划算。她現在這樣也算過得去，雖然那幾個武夫家的婆娘總是要與自己別苗頭，不過總比日後讓人踩在腳底下嘲笑好不是嗎？

幼金也知此事頗有些風險在裡頭，秦夫人不樂意也是可以理解的，雖有些失落，不過她也沒失了分寸，笑道：「夫人不妨再考慮考慮，我過幾日再來叨擾夫人，到時再求夫人給個準信如何？」

秦夫人見她這般說，也不好再直接拒絕，只得點點頭應承道：「成，那我再好好考量一番。」雖然嘴上這麼說，可她心裡其實已是拒絕的，不過是讓大家面子情過得去才這般說罷了。

與秦夫人說了兩刻鐘的話之後，幼金便告辭了。

「夫人，那蘇家姑娘說的不是挺好的嗎？若做了山長，夫人在洛河州的名望肯定能再上一層樓不是？」秦嬤嬤看著蘇家姑娘的背影消失在月洞門那頭，才疑惑地問了句。

秦夫人斂起臉上的笑，端起茶杯喝了口茶才道：「這事能不能成還難說呢，若是成了還好，可若是不成，那我將來的面子要往哪兒擱？」與其將來叫人嘲笑，還不如維持現狀呢！

秦嬤嬤卻有些憂心。「可若是蘇姑娘去請那幾家的夫人出任山長呢？」那幾個武將家的夫人可跟自家夫人是死對頭來的，若是請了她們出任山長，那不就是打夫人的臉嗎？

「那幾個都是草包，蘇幼金要是有點腦子就不會做出這種事來。」秦夫人對這點還是有信心的。她不接這個燙手山芋，那幾個蠢婦也不可能有這個機會。

見自家夫人都這般說了，秦嬤嬤也無啥好說的了。

這事在秦府裡，便算是翻了篇了。

第二十六章

幼金也知道秦夫人那邊是沒戲的了，只能另想他法，尋找旁的人選。又要有才名，又要有名望，還要願意出任，還有誰呢？幼金眉頭緊皺，苦苦思索了許久都沒有更好的人選。她閉上眼睛重重地嘆了口氣，覺得人生好艱難。

幼金思前想後，最後實在沒辦法了，就找人搜集了一份囊括了洛河州所有有名望、有才華的富貴人家的女眷名單，打算從中挑選出最合適的人，就算是求也要求來才行。

「姑娘，您喝盞茶歇歇吧！」秋分端著一杯刺玫花蜜茶進來花廳，小心地擺到幼金身旁，柔聲勸道：「您都看了半日了，仔細眼睛疼。」

幼金放下名冊，重重地嘆了口氣，端起七分熱的茶喝了一口後又放下。「這人選著實是太難定了些！」其實洛河州兼具才名與德高望重的人選不是沒有，她也叫人去遞了帖子，可是連本尊都沒見著就被打發走了。接連從秦夫人與魏老夫人那兒鎩羽而歸，一開始還自信滿滿的幼金，還真是有些受到打擊了。

「丫頭這兩日在忙些什麼，怎都不來找我老太婆說話了？」宋氏在肖臨茹的攙扶下，拄著枴杖走到花廳門口，看到一臉愁容的幼金，便笑著問道：「難不成是嫌老婆子煩人了？」

「老祖宗這話可折煞幼金了！我是這兩日有些事忙不開身來，又聽臨茹姊姊說老祖宗這兩日睡得不甚安穩，所以不敢輕易擾了老祖宗的清靜。」自幼金改口稱于氏二人為伯娘後，便也隨肖家眾人一般稱呼宋氏為老祖宗，如今整個蘇家上下都這般稱呼她，外人不知道的只以為是蘇家嫡親的老太太呢！

在兩個孩子的攙扶下坐在花廳的首位，秋分立即上了宋氏愛喝的白毫銀針。

宋氏坐下來後擺擺手，讓兩個孩子也都坐下來。「妳們也別這般拘著，老婆子是來看看妳的，可不是為了膈應人。」

聽她這般說，幼金與肖臨茹相視一笑，便一左一右地在宋氏身邊坐了下來。

「我聽家裡人說妳最近在找女學的山長？瞧妳這丫頭眼底下都有烏青了，可是事情不順？」宋氏淺啜了一口茶水，才緩緩問道。

幼金見她這般問，有些赧然地笑了笑，承認了她能力不足的問題。「如今是有些不順，有屬意的人了，不過她們都不願出任。」幼金其實也知道原因，畢竟蘇家一無功名在身，二無名儒先輩，人家憑什麼拿自己的好名聲陪她蘇家賭這一局？

宋氏一臉慈笑地拍了拍幼金放在桌上的手，說道：「好孩子，跟老祖宗說說妳瞧上的都有哪家的貴人？」她雖然離開洛河州已四十多年，可在洛河州老一輩身上還是有幾分情面在的，只要孩子們過得好，她就是豁出去這張老臉又有什麼要緊的？

雖不明宋氏的意圖，不過幼金還是乖乖將自己心中最屬意的幾個人選都說了一下。「一個是秦知府家的夫人，一個是洛河州府學魏山長家的夫人，還有一個是洛河州兵馬劉家的劉老夫人，不過前兩個都已經明確拒絕了。」

聽完幼金說的這三個人選，宋氏眼中盡是讚賞地看向她。「妳這孩子倒是敢想敢做，只是她們這些人也不傻，妳前腳一出人家府宅，人家後腳就都打探清楚妳的身家底細了，她們最是愛惜羽毛，哪裡肯拿出來跟妳賭這一場？」

幼金一聽便輕輕拉著宋氏的衣袖，又是撒嬌、又是耍賴一般求起她來。「好老祖宗，幼金曉得自己人微言輕，也實在沒法子了，您老人家有什麼妙招，還請快快說與我知曉才是呀！」

「好了好了，妳這丫頭，越發愛跟我這老婆子耍賴了是不？」宋氏被她這般晃得有些發暈，趕忙拉住她的手，道：「既然前兩個妳已見過，她們也明確拒絕過了，那我們也沒什麼必要再去拿自己的熱臉貼她們的冷屁股。至於州兵馬劉家，還是老婆子我親自去走一趟，看看我老婆子的面子還有沒有用吧！」

「老祖宗?!」幼金與肖臨茹不約而同都驚呼出聲了。

宋氏是最不愛出門的人，自回到洛河州後幾乎沒出去過，就連清明時節于氏等人回洛河州肖家祖墓祭奠她都沒去，只說是她這個當家主母沒做好，無顏見肖家的列祖列宗，可如今宋氏竟然自己提出要幫幼金出面求人！

「老祖宗，外頭的事有我操心就成，您老人家如今最要緊的是頤養天年，不然肖家兩位伯父遠在北疆那兒也不能安心不是？」幼金想都不想就開口否決了宋氏的想法。她當初救她們回來就是不願讓肖臨瑜的家人要寄人籬下看人臉色過一輩子，哪裡能這般委屈家中年歲最大的老人？

肖臨茹也是這個意思，也一臉緊張地看著宋氏，暗自希望她能回心轉意。

宋氏拍了拍兩個擔憂地看著自己的孩子的手，笑道：「妳們不用這般，老婆子雖然老了，可也知道自己在說什麼。妳們且放心去做吧，州兵馬那邊就由我出面，我與劉老夫人也算得上有幾分情面在，想來她會樂意賣我這個面子的。」

木已成舟，幼金與肖臨茹也只得認命，由宋氏的性子去了。

宋氏親自出馬，山長的人選問題果然就解決了。

爾雅女學選址在洛河州城內東市，距離府學不遠的甲子巷內，占地約有五畝，裡頭一應教室、宿舍、食堂、茶室、庭院等設施設備齊全。女學中主要修習的學科為琴、棋、書、畫、詩詞歌賦，選修科目為舞蹈、騎術、女紅、茶藝、花藝五門，每個學科都有專職的先生，于氏、趙氏、幼金與黃三爺四人前後張羅了好些時日，終於在端午前湊齊了洛河州及北疆地區有名的先生。

女學開張的日子定在了五月初五這日。

雖說是端陽節那日才開學，不過在四月初就已開始了招生工作，並且派發開張那日的請帖。

洛河州所有有頭有臉的人家都收到了爾雅女學的請帖，一開始幾乎所有人都嗤之以鼻，覺得這是在瞎胡鬧。不過後來也不知從哪兒傳出的消息，說擔任山長的竟是州兵馬劉家的劉老夫人！

劉老夫人是何等人物？那是洛河州唯一一個三品誥命的老夫人啊！三十年前喪夫後，她一個人拉拔著三個孩子長大，其中一個兒子後來成了洛河州中官級最高的州兵馬，另一個兒子則在京城翰林院當差，而唯一的女兒更是嫁入王府成了王妃娘娘！如果要說洛河州最尊貴的女人，就真的是劉老夫人了。

可劉老夫人自五、六年前就不再出席任何宴席活動，不承想這次這個名不見經傳的爾雅女學竟然請動了劉老夫人？

雖不知這消息是真是假，不過那些人家知道後，便都動了將閨女送往爾雅女學的心思，尤其在得知劉兵馬家的三個姑娘都報名了以後，洛河州那些聞風而動的人瞬間就多得數不過來，不過三日就已有一百二十七人報名！

五月初五這一日，爾雅女學正式開學。

一大早，穿著統一樣式衣裙，胸襟處還繡有「爾雅女學」四個小字的各家閨秀們，都乘著馬車或轎子到了爾雅女學。一百二十七個女學生加上蘇家的幼銀、幼珠、幼寶三姊妹及柳家幼荷的兩個小姑子，共一百三十二人。經過四月二十七那日的摸底考試後，已經分成五個班，今日既是開學，也是第一日上課。

至於名譽山長劉老夫人，在吉時前一刻鐘也來到了爾雅女學，與宋氏一起，在于、趙等人的陪同下乘坐小轎參觀女學。

參觀過後，劉老夫人又到了其中一個庶出孫女所在的班說了兩句話，精神有些乏累的她才在劉嬤嬤的攙扶下又上了小轎，到女學大堂去與那些來參觀的家長們說了幾句話，最後笑著與眾人告別，上了劉府的馬車離開。

那些學生的家長們見劉老夫人竟真的出現了，原就有些震驚，又見那爾雅書院的人跟在劉老夫人身邊有說有笑的，心中更是疑惑，這爾雅書院的人到底是何方神聖？怎麼還跟劉老夫人這般熟稔？心中一半是疑惑，一半是告誡自己要跟爾雅書院背後的東家搞好關係才行啊！

爾雅女學因為有劉老夫人的鼎力相助，聲勢一下子就抬高了，就算後來的人想再開女學，那也越不過爾雅女學山長的身分，一舉奠定了爾雅女學在洛河州女學第一的地位。

起初很多人家只是因為想與劉家攀上些關係，才把閨女送到爾雅書院去的，不過才過了不到半個月，就發現自家閨女去上學還真的有些用處，詩詞歌賦會得多了，琴也彈得比以前好了，連社交圈子都寬了不少，還有的是通過自家閨女牽線做成了幾筆大買賣！嘗到甜頭的人家這才覺得，啊，原來這個爾雅女學還真不錯！不就一年一百兩的學費嗎？讀！

至於蘇家的銀珠寶三人，則是被大姊強制要求入學的，姊妹仨一開始雖不樂意，不過在女學待了一段時間後，交到了不少朋友，也有個小姑娘的樣子了，幼金這才心滿意足。幾個妹妹為了家裡的生計，個個都是少年老成的，總是少了些年輕小姑娘的模樣，如今跟那麼多同齡人在一起，倒是變得活潑了不少。

至於柳家幼荷的兩個小姑子，也同蘇家的小姑娘一般是免費入學的，一開始有些同窗見兩人的衣著打扮不像是有錢人家的姑娘，還有些輕視她們，不過後來曉得柳家大哥年紀輕輕就已經是秀才，還跟蘇家是親戚，兩個小姑娘在女學的處境才日漸改善，也愛上了每日上學。

蘇家的荷花開了，幼金還特別雅致地弄了個牌子掛在藕塘的入口，名叫「千荷湖」，並在藕塘邊搭了幾座涼亭，坐在涼亭中欣賞接天蓮葉與映日荷花，倒是別有一番意趣。

這次爾雅女學文字班的聚會是由劉大人家的嫡女劉語齊首先提出，然後在一眾要參加聚會的小姑娘們的投票後決定，這次要到蘇家的「千荷湖」去賞荷。幼珠作為文字班中唯一的蘇家人，自然責無旁貸地要準備招待客人的一應物品。

「對了，你叫人拉些冰塊過去，我瞧著今日的日頭有些大，擱幾個冰盆在涼亭那兒，既涼快些，還能冰些酸梅湯、綠豆湯備用。」幼珠今日早早就到侯家灣這邊準備著，生怕遺漏什麼細節。

蘇家知道三姑娘今日要宴客，又得了大姑娘吩咐，自然是可勁兒地配合三姑娘作妖……不，宴客。

荷塘邊上，五艘小舟已經搭上了棚子，涼亭裡熏香、冰塊、酒水、點心也都一一準備妥當，就連涼亭外頭也掛上了月白色的紗帳用於阻擋日頭與外人的視線。

「十里荷塘，果真是極好看的。」千荷湖入口處，幾輛馬車停在路邊，劉語齊在身邊丫鬟的攙扶中下了馬車，迎面便是開得熱烈的荷花，在接天蓮葉中顯得格外好看。

跟在劉語齊後邊的是劉家的庶女劉語然，聽到姊姊這般說，便笑著附和了兩聲。劉語齊與庶妹雖算不上親近，不過在外頭還是給足了面子，不鹹不淡地應了聲。

跟在劉家兩位姑娘身後的是文字班的學生，都是年輕的小姑娘，看到這番美景，自然是歡欣雀躍的，個個嘰嘰喳喳地說著話，這個說那朵白荷好看，那個說這朵紅荷好看，真是好不熱鬧。

作為主家的幼珠聽到外頭有動靜，自然是快快迎了出來。「妳們來啦？快快請進！」

「幼珠，你們家這千荷湖的景致倒是不錯，看來今日我們確實沒白來。」劉語齊走在最前面，與落後她半步的幼珠笑道：「就是這大熱天的，辛苦妳準備這些了。」

如今是六月天，自然是有些熱的，不過眾家姑娘一進到涼亭，便只覺一陣沁人的涼意迎面撲來，頓時疲熱感盡消。

「哎呀，我說怎這般涼爽，原來是放了三個冰盆！幼珠，妳想得真是周到！」

眾人才落坐，荷塘深處便傳來悠揚的的琵琶聲，然後一個婉轉動聽的女聲隨著琵琶聲如同水落玉盤一般緩緩而出——

「江南可採蓮，蓮葉何田田……」

「幼珠這東道主做得確實好，我竟不知洛河州竟還有歌聲如此美妙的伶人！」一曲過後，劉語齊笑著鼓了鼓掌，十分滿意蘇家這般安排。

幼珠坐在劉語齊身邊，笑道：「劉姑娘謬讚，只要大家玩得歡喜便是好的。」又轉頭朝各家姑娘說道：「家僕已備下輕舟，各位姑娘有興致的可泛舟其中，採些荷花、蓮子，也是好玩的。」

一聽還可以到湖裡遊玩，眾家姑娘便都來了興致，嬉鬧著便出了涼亭。

四人一舟同乘，蘇家的家僕拿著長長的竹篙往水裡一撐，小舟便如同離弦之箭一般離開湖岸，往荷塘深處去了。

那伶人的歌聲不斷，眾家姑娘在荷花叢中穿梭著，邊走邊停，又有船篷子擋住毒辣的日頭，清爽的和風迎面吹來，個個都玩得盡興非常。

「蘇家這千荷湖真真是如同瑤池仙境一般！」

眾人在湖中遊湖賞花摘蓮蓬，玩了約莫半個時辰，才三三兩兩地靠岸。

岸上冰鎮的桂花酸梅湯、綠豆湯也早早就備好了，各家姑娘一上岸便有蘇家的家僕端來放了幾瓣荷花的清水供眾人洗手，可以說是無微不至地照顧了所有參加這次聚會的人。

一頓豐盛而頗具野趣的午餐過後，眾家姑娘才意猶未盡地上了馬車離去，每個丫鬟懷裡還抱著姑娘們新採的荷花跟蓮蓬。

送走了同窗們，幼珠才重重地吁了一口氣，癱坐在涼亭中。「往後可別再來了才是，累死人了！」

經過文字班的學生們將千荷湖一日遊的事大大宣傳後，賢字班與雅字班的學生也都找上了自己班上的蘇家小姑娘，於是乎，原還在一旁看熱鬧的幼銀與幼寶也都重複了一回幼珠的疲累。

不過經此一事後，蘇家的三個小姑娘也算進入了洛河州富貴人家姑娘們的交際圈子了。

爾雅女學的先生聽說了蘇家有一個千荷湖，索性就與兩位副山長商議了一番，將千荷湖作為外出繪畫的固定地點。

經此一事，千荷湖便成了洛河州民眾外出踏青賞景的好去處，打洛河州南城門乘坐小船順流而下，順帶賞了兩岸的鄉野景觀，到了侯家灣蘇家千荷湖邊，便下船步行進入千荷湖去賞景。不過為著不破壞荷塘的生長，蘇家只供行人在岸邊的涼亭賞玩，至於遊船則只有蘇家自己邀請的客人才有資格。雖然只是岸邊賞荷，不過也夠洛河州的民眾有個好去處的了。

千荷湖的名聲越發地大，直到秋日到來，荷謝藕成，遊人才都不再來，熱鬧了一整個夏天的千荷湖又開啟了另一番豐收的熱鬧。

對於洛河州的民眾而言，千荷湖只是一個遊玩踏青的好去處，可對於蘇家人來說，這滿塘都是銀子啊！

風調雨順的，加上藕農精心伺弄，十畝荷塘到蓮藕秋收時共收了約莫一千八百斤蓮子，其中大部分用於蘇家香製作新研製的糖蓮子，剩餘一小部分則入了蘇家宴用於製作甜湯，另留了五十斤自家用，並各送了十斤到柳家給幼荷以及黃三爺家中。剝得的蓮心則全部賣給了洛河州的醫館，倒是一點都沒浪費。

那蓮子也是有錢人家中常用的，知道蘇家今歲蓮子豐收，本還有不少人想著等上市以後採買一些的，哪承想蘇家自己就把那將近兩千斤的蓮子包圓了！在蘇家宴嚐過蘇家蓮子的味道，確實比洛河州現在市面上賣的好不少，因此不少人就暗暗交代家僕，明年一定要記得採買蘇家的蓮子！

再說那秦夫人，本來還為著自己推掉了蘇家的麻煩事而覺得有些沾沾自喜，可沒想到打臉來得如此快，名不見經傳的蘇家竟然請動了劉老夫人出任山長！就連秦知府知道了此事後，還隱隱有些怪她動作太慢，以至於讓劉家撿了個便宜的意思。

「如今洛河州之中，何人不知爾雅女學？誰人不知爾雅女學的山長是劉家的劉老夫人？那劉家在洛河州的風頭可是一時無兩了。」

秦夫人有些心虛地瞥了眼自家老爺，端起杯子抿了口茶，一時間都不知道接什麼話才好。

「罷了，錯失了山長的位置，還有副山長。我記得今年春日時，蘇家的小丫頭不還來府上找過妳嗎？想來她也會賣這個面子給妳的。」

秦大人一句無心的話反而讓秦夫人更加心虛了，春日時蘇家小丫頭上門來找自己，就是為了請她出任山長一事啊！

見妻子久久不接話，秦大人略微有些不悅。「夫人以為如何？」

「老爺所言極是，只是妾與蘇家丫頭已有數月未曾往來，這貿然的……」秦夫人回過神來，想到要自己拉下臉去求蘇家的小丫頭，心中便有些梗得難受。叫她去求人，這讓她的面子往哪兒擱？

「還請夫人也為為夫考慮考慮，如今已輸了劉家一頭，若風頭都讓劉家占盡了，那我秦某人將來在洛河州還要如何立足？」想到劉知川那副得意的嘴臉，秦大人就覺得自己嚥不下這口氣，他劉知川是有一個好弟弟跟一個好妹妹，可同樣是平級，憑什麼他劉知川就事事都要壓自己一頭？

秦夫人也知道自家老爺與劉家私底下並不對盤，雖然自己的臉面重要，可那也翻不過老爺的臉面去，只得猶猶豫豫地點頭應承了此事。

送走了心滿意足的秦大人後，站在廊下的秦夫人望著有些高的天兒，不由得喃喃自語道：「難不成真是我錯了？」有誰能告訴她，自己到底該如何走好這步廢棋呢？

跟在她身邊的秦嬷嬷也不敢多言。

幼金是在帶著自家孩子們去侯家灣放風回來的時候收到了秦夫人的帖子的。

「邀我去賞菊？」幼金看著帖子上娟秀的字跡，不由得有些疑惑。自秦夫人明確拒絕自己的邀約後，她們似乎已經小半年沒見了，怎麼突然想起給自己下帖子了？

同樣是坐在花廳的月文生聽聞此事，想到那日自己聽到同窗說的閒話，便道：「莫不是為著爾雅女學之事？」月文生在春試中取得三十七名的好名次，如今已是童生身分，就讀於洛河州府學。

「此話怎講？」聽到月文生這般說，幼金倒是有些好奇了。她這個堂兄最是少年老成，怎麼還知道這些八卦？而且還是跟爾雅女學有關的八卦，那就更加讓人覺得有趣了。

月文生乾咳了一聲，道：「我也只是那日在書院中聽到同窗閒話了幾句，說什麼劉大人與秦大人宴飲，提及爾雅女學，眾人皆讚揚劉老夫人女中諸葛、深明大義，又誇劉家是書香世家，培養出來的女兒那都是好的。」

「還有這麼一齣？」幼金看著話說著說著就臉紅的堂兄，不由得有些想笑，這小孩子還真是容易害羞。「那秦夫人若是因為此事找上我，難不成是她又要來當山長不成？」想到這兒，幼金還真有些想笑。當初自己第一個去請她的時候，她推三阻四的，如今又想從中分一杯羹，真是什麼好事都要讓她占盡了不成？腹誹歸腹誹，可該赴的約還是要赴的。

秦夫人的目的確實就是要爾雅女學，人家不圖利，只圖名。

幼金也不是死強的人，自然不會以卵擊石地拒絕秦夫人，按照秦夫人的意思，給安排了監祀一職。

監祀只需在重大節日露面，代表書院行祭祀之禮即可，既滿足了秦夫人要在眾家貴婦中露面出風頭的心理，也不需要她過多地關注書院中的實際事務，對於秦夫人這般嫌麻煩的人正好合適。

當然，秦夫人的加入也讓爾雅女學的名聲進一步地提升了，雖早說明了一年只有一次集中招生的時間，不過如今才入秋，已有不少有錢人家又找上了于氏及趙氏二人，想安排自家的姑娘明年到爾雅女學讀書。

爾雅女學作為洛河州第一女學的地位算是徹底鞏固了，哪怕後來也有人開辦女學，不過都沒有一個能超過爾雅女學的，這都是後話。

如今蘇家各項工作都有專人負責，外頭不僅有黃三爺，蘇家還新網羅了一個管事，名叫艾昌的白胖中年男子，負責管理蘇家宴。艾昌也是個能幹的，蘇家宴在他的管理下，生意是蒸蒸日上。幼金算是徹底閒了下來，就開始張羅起幼銀的嫁妝了。

幼銀春日裡就已滿十五，如今已是秋日，與韓立的婚期定在明年二月十八。因著韓立無父無母，幼金與蘇氏商量過後，決定在蘇家宅子的左邊新建一棟三進三出的宅子作為小倆口未來的家。

韓氏知道蘇家要新建宅子，自己也動了這個心思，這大半年來她經營胭脂鋪子也掙了些銀子，便買下蘇家宅子右邊的兩畝地，與蘇家一前一後都開始動工。

如今的五里橋河西邊已不是幾年前蘇家人剛來時那般荒涼瘆人，因著幾里外就是水運的碼頭，是以不少原先住在河東邊的人家開始慢慢地往河西官道兩邊遷移，如今河西邊除了蘇家的宅子，還有四、五戶人家都蓋了新宅，倒是熱鬧了不少。

「聽我娘說，小寧妹子的親事定了下來，不知定的是哪裡的人家？」蘇家大門外，牽著幾條大狗出門散步剛返家的幼金正好碰到收攤歸來的趙春華，兩人便在河邊說了會兒話。

趙春華如今不像以前那般每日風吹日曬地種地，倒是養白了不少，整個人看著都比幾年前年輕，她笑道：「定的城西張家村里正家的二兒子，婚期定在臘月二十，到時幼金妳可一定要來啊！」趙春華笑得開心，對女兒的這門親事十分滿意。

「我也算是看著小寧妹子長大的，就是嬸子不請，我也還記著要去給我妹子添妝呢！」幼金笑盈盈地應下了趙春華的邀約，又問了句趙春華孫女兒的情況。「我聽說小妮妮最近不大好？我家中還有些滋補的藥，一會兒打發人送去給嬸子。」

何軒海的媳婦兒蓮花兒今年春末時生下了一個瘦瘦小小的閨女，小妮妮生下來便有些胎裡不足，如今都已快半歲了，也總是三不五時的有些不大好。

說到唯一的孫女兒，原還笑著的趙春華臉上的笑也沒了，嘆了口氣道：「不是我嚼舌根，只是我這兒媳婦的心思總是太重了些，妳說哪個女人生了孩子下來不都是疼著寵著孩子的？幼金妳是不知道，我們家小妮妮才五個月不到時，就連奶水都沒得吃了！我是真不知道這蓮花兒是怎麼想的？」

幼金聽她這般說，也不接話，畢竟這是人家的家務事，自己一個外人插嘴像什麼樣？便也只是一笑而過，道：「嬸子做祖母的，總是要多辛苦些。我一會兒打發家裡人送點補品過去，嬸子看看用不用得上。」

趙春華看了看如今已經出落得十分好看的幼金，又懂事、又體貼，再想想家裡那個三不五時就要作妖的兒媳婦，不由得又嘆了口氣，都是命啊！

兩人說了將近一刻鐘的話才各自分開，誰也沒將此事放在心上。可誰也沒注意到，不遠處的田裡，一個身影佝僂在低處，將兩人的話一句不差地都聽了去。

幼金到家後，便叫李嬸找出了一盒還未開過的、品相一般的燕窩，另加兩根細細的山參裝好，然後一起送到何家去了。

送走了李嬸，回到正廳裡打開盒子一看的趙春華頓時愣住。「這是……燕、燕窩？」本以為只是一般滋補的藥材，沒想到竟然是四盞燕窩另加兩根山參！雖然趙氏沒有見過真的燕窩，可也聽人說過好幾次，大概也知道這是多珍貴的補品。

「什麼燕窩？」坐在榻上抽著水煙的何浩聽到自家婆娘連話都說不索利了，好奇地問了一嘴。

趙春華還愣愣地盯著盒子沒回過神來，隔了好一會兒才說起今日遇到幼金一事。「……我原以為只是一般的滋補藥材，哪承想這孩子竟送了這般貴重的東西過來！不行，我拿去退還給蘇家才是！」說罷就合起蓋子，準備還回去。

「等會兒、等會兒，妳這收都收了，還回去又是幾個意思？」何浩趕緊攔住了她，道：「幼金既然叫人送了過來，那就是她的心意，妳就留著吧，燉著妳們娘仨吃了補補也是好的。」

見當家的都這般說了，趙春華也就將東西留下了。「成，那我明日就燉上一盞給蓮花兒補補。」雖然趙氏如今是有些不喜這個心思太重的兒媳婦，不過有什麼好的還是想著她的，畢竟人家也是城裡人嫁進了自己家，還給他們家生了個小孫女。

第二日一早，趙氏就上蘇家去請教了蘇家的廚娘要怎麼燉燕窩，午後燉好了一盞燕窩，給兒媳婦跟女兒一人一半分了，自己就只兌了些水，稀稀拉拉地嚐了個味兒。

再說那蓮花兒，昨日就瞧見蘇家的人送了一大盒子的東西過來，可今日卻只吃到了這小半碗的燕窩，心裡頭就更憋屈了。「有啥好的都給自己留著了，只給這小半碗燕窩是拿我當乞丐打發嗎？」說罷，重重地將碗摔到桌上，「咚」的一聲，把睡在炕上的小妮妮給嚇得哇哇大哭，孩子的哭鬧聲鬧得她心裡更難過了，想到自己嫁入何家這一年多以來受的委屈，一時間忍不住，索性也趴在桌上哭了起來。

第二日，何家大人都不在家，何小寧也關著房門繡嫁妝，住得離院門近的蓮花兒聽到院門響，出來開門見是那人，怕對方又是來借糧的，便冷著個臉問道：「妳來做啥？」蓮花兒知道這人，不僅她，他們家在五里橋的名聲都不大好，這人都已十八了還沒嫁出去。

來的正是陳老三家的大女兒陳小紅。陳小紅一直嫁不出去，理由很簡單，那好些的人家聽說她是陳老三家的女兒，就根本不會往她身上考慮；至於那些不在意名聲的人家又拿不出彩禮銀子，大哥也就不肯把自己嫁出去，一來二去的，她就成了五里橋人人皆知的老姑娘。

「嫂子妳別誤會，我今兒個不是來借糧的。」陳小紅眼疾手快地擋住了蓮花兒差點就關上的院門，腆著個笑臉跟她套近乎。「我是昨日聽到了些跟嫂子有關的事，我思來想去還是覺得不能瞞著妳，畢竟嫂子妳是個好的，我實在不忍心啊！」

聽她說了這麼多有的沒的，蓮花兒有些不耐煩。「妳到底要說什麼？」她真是一點也不想跟這個穿著打補丁的粗麻衣裳，身上還有股臭味的人有什麼接觸。她身上這套衣裳可是用夾綢的細棉料子做的，若弄髒了可怎麼是好？

陳小紅強忍住心中的不悅，只當看不到蓮花兒嫌棄的眼神，笑道：「嫂子，我真是為妳想的，要不妳先讓我進去？」

蓮花兒雖然有些不樂意，不過瞧著她一副煞有介事的樣子，還是往後退了半步，讓她進了院子。

趙春華今日一回到家，便發覺家中的氛圍有些奇怪，不，是兒媳婦的態度有些奇怪。

往日裡蓮花兒雖然話不多，可對自己那也算得上敬重，怎地今兒個一看到自己就兩眼惡狠狠的，像是要吃人一般？

「妳嫂子怎麼了？這眼神瞧著像要吃人一樣。」飯後，趙氏抱著小妮妮到何小寧房裡跟女兒說著話，看了看外頭沒人才小聲地問道：「今日有什麼人來過家裡不？」

何小寧有些不明白娘親的意思，不過還是乖乖回答。「午後的時候好像是陳老三叔家的小紅姊姊來過。」她當時正好出去上茅房回來，瞧見了。「不過她跟嫂子關在房裡，我也不知道她們說了什麼。」

「陳小紅？」趙春華對這個算得上是命苦的陳小紅其實沒什麼好感，家裡窮點苦點確實不容易，可陳小紅整日裡就想著東家借、西家偷，還時不時想去蘇家訛詐。那年她實在看不過去陳小紅在外造謠，說蘇家人殺了陳老三，就將陳老三冒充山賊擄人而被官府判刑的事實說了出去，後來那陳小紅才消停下來。

何小寧點點頭。

她怎地趁著自己不在家時找上了蓮花兒？趙春華想都不用想，心裡已認定了是陳小紅在兒媳婦面前造謠了，當即抱著孫女兒就往東廂房去，畢竟一家人的日子總還是要過下去的。

「蓮花兒啊，妳這有什麼事要跟娘說，別什麼事情都憋在心裡啊！」趙春華將小妮妮放在炕上，笑得一團和氣。

蓮花兒心中一聲冷笑。妳都出去跟別人說我的壞話了，如今還在這兒假惺惺地做什麼姿態？她心中對婆母的怨恨更多了，可嘴上不說，只淡淡地搖了搖頭。「我沒事。」

趙春華臉上的笑容僵了一下，她一個做婆婆的這般好聲好氣地跟兒媳婦說話，反倒是熱臉貼了冷屁股，便也不想再搭理她了。「小妮妮方才已經把過尿了，妳一會兒記得再把一下。」然後便出了東廂房。

婆媳倆誰也不說破，可各自心裡都有一根刺在那兒，家裡的氣氛越發地緊張。就連一向不怎麼管家裡事的何軒海都發現了家裡人的不對勁。

可蓮花兒哪裡肯說？她心裡只認為何家的人都拿她當作外人對待，婆婆還跑去跟相公心裡的人兒說自己的壞話，蓮花兒覺得真是比扒了自己的衣裳在街上走還讓她覺得羞恥！

陳小紅自從去了一趟何家攪事，瞧著趙春華這些日子臉色都陰沈沈的，心裡真是樂開了花。不過她的計劃可不只這些，這日趁著何家的人不在家的時候，她又找上了蓮花兒。

蓮花兒聽完陳小紅的主意後，心中有些打鼓，遲疑道：「這樣不好吧？」雖然她是挺恨蘇幼金的，可要把一個女子的清白給毀了，這簡直就是把人往死路上逼啊！不過一想起丈夫曾在睡夢中念叨過那人的名字，她心裡又生出「若是蘇幼金死了那就萬事都好了」的這種想法。

「嫂子妳可別傻了，妳為人家想，那誰為妳想？」陳小紅真是紅了眼地一心要騙蓮花兒跟她一起做這事。「再說了，我們這是幫她尋了一門好親事，哪裡是毀她清白？嫂子，只要事成，我便給妳一千兩銀子！」

聽到這話，蓮花兒真覺得陳小紅有些太恬不知恥了，不過陳小紅給出的條件倒是讓她很心動，那可是一千兩銀子啊！蓮花兒雖有些嫁妝，嫁進何家後婆母也會給些銀子當零花，可她手裡也不過就十幾兩銀子，若是有一千兩銀子，她在家中也能直起腰板來說話了！

蓮花兒一想到自己也可以像蘇幼金那般穿金戴銀，還有家僕可以使喚，眼眶都不由得有些發紅了，鬼使神差般地應下了此事。「成，但是我只給妳銀子使，旁的事我一概不管。」

陳小紅就是來找她要銀子辦事的，見她終於點頭，自然也樂開了花，接過蓮花兒遞過來的一小錠銀子，笑呵呵地說道：「嫂子妳放心，這事一準能成！」

兩人誰也沒注意到東廂房的窗臺下，一個咬著唇生怕自己發出聲音的少女把她們倆的對話全都聽了進去。

聽到東廂房裡傳出動靜，何小寧忙弓著身悄悄走了，回到自己房裡才大口大口地喘著粗氣，驚魂未定地坐在炕上，思前想後還是覺得此事要告訴爹娘。

何浩與趙春華聽女兒將白日裡發生的事一五一十地說完後，夫妻倆的臉都黑了，一家三口就這麼靜靜地坐著，誰也不言語，也不知道該說什麼。

「這事不能瞞著軒海，畢竟蓮花兒是他媳婦兒。」何浩打破了沈默，水煙抽了一筒又一筒，也沒想出個好章法來，他只知道，若是兒媳婦真幹了這麼一件事，蘇家那邊勢必不會放過他們家的！他讓何小寧去喊兒子過來。

「如今蘇家不說旁的，光是護衛都有十幾二十個，她陳小紅是腦子壞了還是想銀子想瘋了！」趙春華氣得倒仰，又是生氣、又是冷笑的。她這好兒媳婦也是個膽子大、沒眼力見兒的，什麼事都敢做！

正在房裡溫書的何軒海被妹妹叫了過來，還不清楚出了什麼事，只瞧見爹娘都一臉凝重的模樣，他心中一凜，莫不是家中出了什麼大事了？

「軒海啊，爹娘也不想打攪了你讀書的心思，可這事還跟蓮花兒有關，所以就把你給叫來了。」何浩嘆了口氣，將方才女兒說的話又複述了一遍給兒子聽。「我不曉得蓮花兒是怎麼想的，咱們家如今雖說日子好過了不少，可去跟那蘇家作對，就跟拿雞蛋砸石頭一般啊！」

何軒海雖然平日裡與妻子之間的溝通不算多，可他一直以為妻子是一個溫柔嫻靜的女子，如今驟然聽到這事還真讓他有些接受不了，又想到那個當年動過心的蘇家姑娘，不禁坐在長條板凳上，久久無言。

何家一家四口終究還是商量出了法子，第二日一早，何軒海便跟書院告了假，回家接了蓮花兒跟小妮妮，準備一起回去蓮花兒的娘家。「如今家中秋收事忙，小寧也忙著繡嫁妝，我怕妳一人在家中無人照拂，特意跟爹娘說了，讓妳回娘家小住幾日。」

何軒海說這話時面無異常，蓮花兒以為真是叫她回娘家小住，便也高高興興地跟著何軒海進城了。

那頭小倆口才進城，這頭趙春華便去了蘇家找幼金說了此事，不過言語中把此事的全部責任推給了陳小紅，只道是小寧無意間聽到的。不是趙春華想護著蓮花兒，她只是怕蘇家會因為蓮花兒的原因怪到自家頭上，連累了自家一家老小。

那陳小紅還在作著自己要過上蘇家那樣好日子的白日夢，全然不知已被何家抖了個底兒掉了。

「幼金啊，妳也別太衝動，那陳小紅不是個好東西，妳別為了這樣的人氣壞了身子。」趙春華看見幼金氣笑的樣子，心中微微鬆了口氣，幸好沒說出全部的事情，若是幼金知道蓮花兒與此事有關，怕是真的不能善了了。

說完事後，幼金送趙氏到大門外。「嬸子放心，此事我自有分寸，這事嬸子就別插手了，省得也給你們惹得一身腥。」

蓮花兒不知道五里橋的事，她在娘家住了八日，相公才來接她回家。可回到五里橋數日了也不見陳小紅再上門來，她覺得疑惑，稍微一打聽，才知道原來陳小紅已被陳家大兒子賣給一個過路的行商了！陳家的大兒子因欠了賭場一大筆銀子，連老娘跟小妹都賣了，自己也不知所蹤，陳家這一家算是徹底消失在洛河州的地界了。

聽完何小寧的消息後，蓮花兒只覺得有些心驚肉跳的，心中暗想：難不成是蘇家知道陳小紅的打算，所以出手了？不然怎可能這般湊巧，不過七、八日時間就一家人都出事了！

看著嫂子一臉驚魂未定的表情，何小寧心中有些憋悶，也與蓮花兒更加疏遠了。

經此一事，蓮花兒雖然依舊多思，可再也沒敢把心思動歪了，生怕自己就是下一個陳小紅。一個惡意尚未開始，就已全部被扼殺在搖籃之中。

「真是便宜了那蹄子！姑娘也太心善了些。」秋分是知道陳小紅的事的，一想到陳小紅竟然惡毒到想要毀掉姑娘的清白，她這心裡就氣得直顫。偏生姑娘還這般心軟，只是把人弄出了洛河州，要換作是她，非得剝皮抽筋了才能順氣呢！

幼金倒是不在意這些小事，知道這事時也不過是跟宋叔交代了兩句，宋叔就將此事辦妥當，她也就懶得管了。

入秋以後，千荷湖裡的蓮藕慢悠悠地挖了近一個月，總算是挖完了。

蘇家宴那邊為著應景，還弄出了個「蟹色藕鮮」美食活動月，所用的蝦蟹、鯉魚、草魚以及蓮藕均產自蘇家；蘇家香那邊也同時推出糖蓮藕、藕粉桂花糖糕等蓮藕點心。這個秋季，蘇家可以說是掙得盆盈缽滿，名利雙收。

幼銀與韓立未來的新家落成後，韓氏蓋的房子也在初雪前蓋上最後一片瓦。如今往來水路、陸路的行人遊客遠遠就可以瞧見只有一牆之隔的三幢漂亮又不失鄉野意趣的宅子佇立在陣陣竹濤之前，綠色的竹海與湛藍的天空映襯著碧瓦白牆，顯得格外好看。

「新家裡的一應家具物件，就都選酸枝與紫檀兩種木材。另外院子裡的梅花也才從山上移植下來，你們負責照料花草的平日裡要盡心些才是。」幼金帶著六、七個家僕，在已經打掃得乾乾淨淨的新家裡邊走邊吩咐著。

「大姑娘放心，這梅樹老奴是每日都不敢疏忽的，保准今年就能開花！」蘇家的花匠拍了拍胸脯跟大姑娘打包票。他知道梅花是二姑娘最喜歡的花，這宅子又是給二姑娘婚後居住的，他自然是精心又精心地伺弄著，生怕出什麼岔子。

至於幼金給新宅選的管事葛四叔也亦步亦趨地跟在她身後，將姑娘提出的意見一條一條全都記錄下來，然後再分派到各人身上去解決。

從一門外轉到最後一進，幼金將新家所有房間角落都轉遍了。「這宅子是將來二姑娘要住的，我平日裡事情多，一時顧不上也是有的，葛四叔你這邊就多辛苦些，哪裡缺東少西的找宋叔那邊要就是，務必一切都要妥當了才行。」

這是幼銀的婚房，如今家中境況也算不上差，自然要一切盡善盡美地給弄好才是。

「大姑娘放心，小的一準給辦得妥妥當當的。」葛四叔是從蘇家主宅那邊經過重重篩選才選出來的新宅管事，自然也明白大姑娘對此事的重視，哪裡敢耽誤一點？

幼金只從蘇家主宅那邊選了六人到新宅這邊來負責管事、帳房、廚房、正院等重要的家務事，其餘的灑掃、茶水這些準備再從外頭買些人回來使。

被選出來的六人知道這是自己在主子跟前得臉的好機會，自然是一個比一個盡心，如今可算是熬出頭來，那都不知道是多少人羨慕得背地裡紅了眼的，自己可不能出什麼岔子，萬一讓旁人把自己的位置給頂了，那可就功虧一簣了。

「秋分，妳一會兒去請宋叔過來，我有事跟他商量。」帶著人出了新宅，沿著乾淨的青石板路走了不過三十步便回到了蘇家主宅，幼金交代新宅的人都去忙後，又吩咐秋分去請宋叔過來。

幼金才回到書房，那邊秋分已經跟在宋叔身後，走到迴廊拐彎那兒了。

主僕二人坐在書房中議事，秋分端著下邊的人泡好的茶進來為姑娘與宋叔上茶後，自己便乖覺地守在書房外，不叫旁人打攪了姑娘議事。

「依著姑娘的意思，洛河州東西市各一處鋪子，另在城東五里處的魏家溝那兒置辦好了莊子，良田兩百七十畝，旱地三十九畝，山地八十七畝。」宋叔知道大姑娘找自己來是為著二姑娘嫁妝的事。「另外也跟慶喜銀樓那邊打好招呼了，赤金、珍珠頭面各六套，寶石頭面四套，另有鎏金、純銀首飾共計三十六件。」

幼金算得上是下了血本為幼銀準備嫁妝，房子、鋪子、莊子，以及各色首飾珠寶、綾羅綢緞等等，共計將近一萬兩，另再加八千八百兩的嫁妝銀子。這份嫁妝別說在洛河州，就算放眼整個大豐也是十分可觀的。

「成，宋叔你這邊盯緊點，另外等新進的人到了，也要煩勞你跟李嬸那邊辛苦些，趁著還有幾個月的時間調教好，別到時一時要用人還無人可用。」在幼金看來，幼銀性子太軟和，也是因著這般，幼金真是絞盡腦汁地想，怎麼安排才是好的，生怕委屈了幼銀一絲一毫。

不僅幼金操心，那幾個小的也跟著操心，每個人都在想著要給二姊準備什麼嫁妝？這個說要添東，那個說要添西，蘇家上下都是喜氣洋洋的。

可有一人卻如同感受不到這份喜悅一般，自回到洛河州以來就一直鬱鬱寡歡，像是有什麼心事。

「我有事想與妳說。」輾轉反側了好幾日的韓立還是找上了幼金。

看了眼站在迴廊中如同一座小山一般擋住自己去路的韓立，他黝黑的臉上有些說不清、道不明的不安，卻又一臉慎重、非談不可的樣子，幼金便打發了跟在自己身邊的人退開。「你有什麼事？」

「蘇家對我有大恩，我不能恩將仇報，我與幼銀的婚事就作罷吧！」韓立站在幼金面前半垂著頭，似乎滿不在意的樣子，可緊緊握拳的雙手卻洩漏了他此刻煎熬至極的心情。「還請大姑娘成全！」

幼金臉上的笑容頓時消散得一乾二淨。「韓立，你曉得自己在說什麼嗎？幼銀知曉此事沒有？」明明一直好好的人，怎麼突然會想著要退婚？見韓立咬緊牙關不言語的模樣，幼金眉頭緊皺，問道：「你是有了旁的相好？」見他猛力地搖頭，幼金心道不是變心就好，又繼續問道：「那為何突然說要退婚？如今都十一月了，你可知距離婚期只有不足三月？」

可韓立哪裡肯說什麼？只一個勁兒地低頭不語，彷彿這樣便可以解決一切問題般。幼金被他這種要死不活的態度惹得有些生氣。「當初說要娶幼銀的人是你，如今要退親的人也是你！韓立你可想好，若是退了親，將來就算你反悔了，我也絕不會再同意這門親事的！」

韓立閉上雙眼，心頭湧上一陣難以言喻的苦楚，可想到自己的苦衷，還是痛苦地點了點頭。「我曉得。」

「既然韓公子都已經作出決定了，那就請你自己去跟幼銀說吧！」幼金惡狠狠地瞪了他一眼，直接拂袖而去。

她其實原也不想讓幼銀跟韓立在一起的，是他先招的幼銀，幼銀自己也喜歡，對著自己又是哭、又是求的，她也是冷眼看了許久，覺得韓立的人品還算可以，才同意給他一個機會歷練，同意這門親事。可事到如今，既然是他先反悔的，那就讓他自己去了結這段感情吧！

是夜，一臉不安的韓立與緊跟在他身邊一直為他加油的幼銀，再次敲開幼金書房的門。

瞧著並肩站在自己眼前的兩人，幼金低下頭去，淡淡說道：「這是要反悔了？還記得我白日裡跟你說的什麼不？」不管什麼原因，她蘇幼金也不是閒著沒事做就讓人拿來涮著玩的！

「大姊！」幼銀知道大姊生氣，也知道是未婚夫惹的，可她好不容易才勸得韓立說出心裡話，這萬一大姊太凶，把他又嚇退縮了可如何是好？

幼金沒好氣地瞪了眼幼銀，這還未嫁呢就知道撒嬌護著外人，等將來嫁了過去，還不得被人家吃得死死的？

韓立也沒注意到蘇家姊妹倆的眼神往來，徑直撩起袍子，雙膝彎下就跪到地上，然後朝幼金「砰砰砰」地磕了三個響頭。

「怎麼？這是用苦肉計來逼我不成？」幼金也不閃躲，就坐在椅子上冷眼看著韓立。

韓立抿了抿唇，依舊跪在地上，低沈著聲音將自己的苦衷與難處一一道來。「其實，我與爾華就是當年被護送出來的韓廣宏大將軍的後人……」

這事也不複雜，無非就是當初肖家老爺子與另兩個有義之士，為著保住韓家的一點血脈，找人拚死將韓家的後人帶出了京城，韓爾華便是韓廣宏一脈留下的唯一嫡親孫子，而韓立則是京城韓氏一族上任族長之孫，即韓廣宏將軍的姪孫。

兩人被護送出京城後便一路逃亡，後在北疆被沖散了，韓立為著保護弟弟，兩人偽裝成乞丐，一路從北疆流浪到洛河州。

「若是我們的身世被有心人翻出來，那會連累整個蘇家的！」韓立不擅言辭，能將當年之事說完，又將自己心中的苦衷說出來已不容易。

幼金瞪了眼站在他身旁的幼銀，肯定是這丫頭哄著韓立說出實情的，不然都這麼多年了，怎麼可能到現在就突然肯說了？

幼銀感受到大姊責怪的眼神，微微縮了縮脖子，然後也跟著跪了下來。「大姊，當年之事已經過去這麼久，誰能想到兩個小孩兒能從北疆走到洛河州來？肯定不會有人發現的！」

幼銀知道大姊心軟，見她這般跪著，肯定會同意的。

韓立沒想到未婚妻也跟著自己跪了下來，原想將人扶起來的，可幼銀卻一把拉住了他的手，一對小情人就這麼十指相扣，齊齊跪在地上。

可是幼銀一直跪到膝蓋都痛了，大姊也沒讓自己起來。

幼金淡淡地反問：「韓立你可想好了？」想好不去復仇，想好安安穩穩地在洛河州娶妻生子，想好一輩子不能認祖歸宗。

韓立明白她的未竟之言，重重地磕了個頭。「還請大姑娘成全！」韓立原是不願耽誤幼銀的一生，可不承想自己才開口沒幾句，幼銀就已經將他的苦衷猜到七七八八，還說若他要退親，她就絞了頭髮做姑子去，又是哄又是勸的，讓他來跟大姑娘坦白，求大姑娘的諒解。

「那幼銀呢？妳可想好了？」幼金看向一旁笑得燦爛的幼銀，不要以為她看不出來，肯定是這小丫頭慫恿的！

幼銀笑彎了眼看向韓立，微微點頭。「想好了！」

幼金覺得自己彷彿是被這兩人拿來涮著玩，可又沒法子，只得道：「此事就算是翻篇了，若是再出什麼么蛾子，我可不會這般算了！」看著歡歡喜喜離開的小情侶，幼金重重地嘆了口氣。

第二十七章

臘月裡，何小寧出嫁了。

何浩是五里橋的里正，何軒海如今也是有幾分臉面的秀才之身，加上何家近幾年漸漸發家了，何小寧這個何家唯一的女兒要出嫁，排場自然是小不了。

曬嫁妝那日是難得的晴天，下了幾日的小雪也停了。

幼金也帶著幾個妹妹去添了妝，算是給足了何家面子。

入了正月，還有一個多月就是二姑娘與韓立公子的婚禮，要忙的事就更多了。加上韓氏那邊也準備過完年後要搬出去，是以蘇家這個年過得是又熱鬧、又忙碌。

「幼銀姊姊，等妳跟哥哥成親以後，我還可以跟哥哥住在一起嗎？」韓爾華趴在窗臺上，一雙大眼珠子看著裡頭已經收拾得妥妥當當的新家，好奇地問道。

今日幼金帶著幼銀還有韓立一同到新家來參觀，順便做最後的檢查，以免有什麼遺漏之處。

幼銀站在韓爾華身後，笑吟吟地說道：「自然是可以的！爾華想住哪裡呢？」爾華是韓立在這個世界上唯一的親人，加之可能是年少受了不少苦難的原因，爾華如今性子倒是沈靜懂事，她對爾華又是心疼又是喜歡。

韓立站在兩人身後，看著未婚妻與弟弟之間溫馨的活動，閃著亮光的眼中也染上了笑意。想起當初離開京城前夕，爺爺跟自己說過的話，只要自己跟弟弟能好好活著，他們在天有靈想必也會高興的吧？

韓爾華不知道哥哥在想什麼，聽到未來嫂子說要給自己選院子，自然是選了一處離將來兄嫂要住的正院最近的東跨院。「只是這樣一來，我就不能與康兒一起住了。」在蘇家之時，爾華與蘇康是住在同一個房間裡的，兩個年齡只差三、四歲的小孩玩得很好，想想日後要跟蘇康分開住，爾華的小心靈還有些難過。

「無事，左右只隔了一面牆，你也可以回那邊住，或者康兒過來住，大姊說呢？」幼銀笑吟吟地跟在幼金後邊，給韓爾華出了個主意。

聽到幼銀姊姊出的主意，韓爾華立即眼巴巴地看向大姑娘，生怕她不同意。

幼金被兩人的動作逗笑了，道：「這個自然是無妨，只是不管住哪兒，學業和武藝可是一樣都不能落下。」家裡只有康兒一個男孩子，能有韓爾華這樣一個玩得好的玩伴，她自然也不會拒絕，只要兩個孩子能一起玩得開心、一起進步，也沒什麼可說的。

在新家轉了一圈後，幼銀還折了兩枝紅梅要帶回去，新家的一應事宜總算齊全了。

二月十八，宜嫁娶。

「一梳梳到頭，富貴不用愁；二梳梳到頭，無病又無憂……」蘇家請的全福人正在幼銀的閨房裡為新娘子進行梳頭儀式。

銅鏡中映出精心妝點過、如同芙蓉花一般嬌柔的少女臉頰微微羞紅了，半垂著頭任由喜娘擺布。新娘子周圍則圍了四、五個與她年歲相當、梳著少女髮髻的小姑娘，她們都是幼銀在爾雅書院認識的朋友，每人臉上都洋溢著笑，又是新奇、又是驚豔。

幼銀的閨房如今是人進人出，十分熱鬧。蘇家的家僕今日也都換上代表喜慶的紅色系衣裳，整個蘇家早在前兩日就已全部布置好，只要一進入蘇家大門，就像被紅色的海洋淹沒一般，又喜慶、又熱鬧。

「可收拾好了？」今日幼金特意穿了鵝黃並蒂蓮圓襟襖子配桃紅色的曳地裙，連平日裡最喜歡的碧玉簪也換下了，換成了赤金累絲鑲紅珊瑚荷花簪，鎏金纏枝蓮項圈下掛著的墜飾則是雕成半開荷花的紅玉，與繡在袖口裙尾的荷花相得益彰，既彰顯了蘇家長女的身分，也沒有刻意搶今日主角的風頭。

「大姊。」幼銀透過銅鏡看到站在她身後的大姊，有些羞地笑彎了眼，心想幸好今日妝上得濃，不然自己這臉兒肯定紅成猴子屁股，招人笑話了。

幼金接過秋分遞過來的花冠，然後交到全福人太太手上，由她為幼銀戴上。看著鏡子中自己從小養大的妹妹，如今已長成十六歲亭亭玉立的少女，即將出嫁為人婦，幼金一時沒忍住，也紅了眼眶。

「好漂亮的花冠！」圍觀的少女看到戴在幼銀頭上的花冠，個個驚嘆出聲。那是一頂由純金與上好的紅寶石共同打造的，薄如蟬翼的海棠花與並蒂蓮因著幼銀的動作而跟著微微晃動，細碎的紅寶石鑲嵌其中，如同熟透的果子一般嬌豔欲滴，尤其是那顆主寶石，是一顆如成人大拇指指甲蓋大小的粉色珍珠，粉色珍珠本就少有，這般大而圓潤、毫無瑕疵的，就更是難得一見了！

幼銀也看到銅鏡中這個熠熠生輝的花冠，又是驚喜，又覺太過貴重。「大姊，這也太貴重了些……」大姊與娘親已經給自己準備了超乎常人想像的嫁妝，如今竟還特意準備這般珍貴的花冠，她著實有些不敢接受。

「大姊雖無多大本事，卻也希望我們家幼銀今日是最美的新娘子。」眼眶微紅的幼金暗暗收拾好情緒，站在妹妹身後，拍了拍她的肩膀。「這樣才是我們蘇家的女兒，正正好。」

本來看到幼銀那一抬又一抬的嫁妝就已經夠讓人羨慕的了，如今看到這頂花冠，她的幾個閨中密友就更加羨慕了。

「幼金姊姊妳可真好！」

「幼銀，妳戴上這花冠真美！」

幼金笑了笑，道：「辛苦妳們這麼一早就來陪幼銀，家裡今日事多，有什麼招待不周的還請多多諒解才是。」又吩咐今日負責二姑娘院裡事兒的嬤嬤好好伺候，自己才告罪退了出去。

幼金與蘇氏還在前院陪客人說話，外頭就傳來嗩吶鑼鼓聲，原來是迎親隊伍到了。

韓立今日穿得又喜慶、又精神，騎著高頭大馬從城裡出來時，只覺得所有人的目光都落在自己身上，讓這個原就少言寡語的青年更緊張了些。站在蘇家大門口，他有些緊張地整理了下衣裳，才示意今日充作新郎這頭人的文生與柳卓亭喊門。

看著新郎官緊張得初春的天兒裡都額頭冒汗的樣子，圍觀的五里橋村民都「哄」地笑了。「新郎官別緊張啊！怕丈母娘不讓進門不成？」

蘇家的大門依舊緊閉著，不過裡頭傳出了幼珠帶笑的聲音。「誰來接新娘子了？聽不清啊！」

聽到三姑娘作怪地回應，這回不僅五里橋的村民笑了，蘇家的下人們也都抿著嘴「嗤嗤」地笑了。

連坐在正院裡遠遠聽到三女兒聲音的蘇氏也沒好氣地笑了。「讓諸位見笑了，我這三女兒年歲還小，總是愛鬧些。」

「三姑娘性子活潑，倒是討喜的！」一個坐在左側、身穿暗紅色纏枝蓮萬福襖裙的婦人笑吟吟地應道，這是蘇家生意上有往來的客戶家的娘子。

這回是蘇家第一回辦喜事，自然是有些往來的人家都送了請帖，而收到請帖的人家也幾乎都來了，畢竟如今蘇家一日快過一日地富貴起來，多個朋友總是沒錯的。

正院這邊又是喜慶、又是客套地熱鬧著，前院那邊幼珠攔了許久，直到喜娘說時辰差不多了，才放已經急得團團轉的韓立進來。

不過一會兒，已蓋上紅蓋頭的幼銀與韓立各持一端牽紅到正院向蘇氏行跪拜禮。

蘇氏眼眶紅紅地看著堂下跪著的二女兒，趕緊叫人將她扶起來。「好孩子，快快起來，今日過後你們便是夫妻了，今後還要互相扶持，好好過日子才是。」想到幼銀才出生時跟一隻瘦弱的小貓兒一般，如今都已經長成大姑娘要嫁作他人婦了，難過與不捨瞬間湧滿心頭。

鴛鴦戲水大紅蓋頭下的幼銀聽到娘親有些哽咽的聲音，不由得也紅了眼眶，不過想到喜娘說的大喜日子不能掉眼淚，還是強忍住了淚水。

「娘，幼銀不就住在隔壁嘛，等三朝回門後，連吃飯都可以一起吃呢！」幼金站在蘇氏身旁，柔聲寬慰道：「這大喜日子的，您合該高興才是呀！」

蘇氏手裡拿著暗紅色的帕子擦了擦眼角，點頭稱是。「娘這是高興的，快去吧，別耽誤了時辰。」

韓立朝著幼金拱手彎腰行禮後，才牽著幼銀出了蘇家大門。

迎親的隊伍接到新娘子後，熱鬧喜慶地往洛河州城裡回。大婚前三日，韓立與幼銀要住在去歲幼金為幼銀在洛河州城裡置辦的宅子裡，喜宴則是由蘇家宴的大廚們精心操辦的。

迎親的隊伍走時，蘇家門口連著撒了三籮筐的喜錢，熱鬧了好一陣，看熱鬧的村民才各自散去。

韓家並無長輩在世，是以幼銀與韓立在婚禮上只拜了天地與祖宗牌位，行禮結束後，新娘子在喜娘的攙扶下回了早已布置得十分喜慶的婚房裡。

夜色才起，宅子內外早就人聲鼎沸，傳菜的、上酒的、勸酒划拳的，還有那搭起來的戲臺子上咿咿呀呀地唱著鸞鳳和鳴的摺子戲，真真是熱鬧極了。

「姑娘要不先吃點東西墊墊吧？」立冬聽到外頭傳來隱隱約約的熱鬧聲，小聲地勸著幼銀。「想來姑爺也還沒這麼快回房，姑娘可別餓著自個兒了。」

紅蓋頭底下的幼銀只看得見紅茫茫一片的蓋頭，雙手有些緊張地交疊在一起，柔聲道：「我無事，妳讓大家夥兒也去熱鬧熱鬧，吃些東西歇會兒吧，我這兒有妳一人便成。」

立冬知道自家二姑娘是喜靜的，便將喜娘等人都打發到外頭去歇一歇。「各位今日辛苦了一日，外頭廚房也備下酒菜了，大家吃些酒菜，鬆泛鬆泛吧！」

再說韓立在前邊招待客人也是心焦，男客這邊瞧著新郎官滿臉通紅地告罪暫時離開時，一個個都心照不宣地開起黃腔來。「哈哈哈，年輕人還是猴急了些！」

雖然平日都是人五人六的，可喝了酒，氣氛熱鬧，這些男客也就歡騰得不行了。那年歲輕點的乾脆就一群人擁著新郎官往新房去。「咱們也去瞧瞧新娘子的模樣有多好看，才叫新郎官這般焦急！」

大豐國素來有鬧洞房的習俗，不過也只是調侃兩句新郎新娘、逗逗新人而已，是以在院子那邊以屏風隔開的女客區招待客人的幼金，聽下頭人說客人要去鬧洞房也沒有過去，只吩咐道：「李嬸，妳帶幾人過去瞧著，別叫人鬧著幼銀了。」

李嬸得了大姑娘的吩咐，便帶著三、四個丫鬟婆子往新房去了。

幼金則笑著繼續招呼客人。「諸位太太吃好喝好，有啥需要的跟小女子說便是。」

兩方是一起辦喜宴的，韓家沒有長輩，加之今日請的客人絕大多數都是蘇家生意上有往來的，所以幼金招呼客人自然是義不容辭。

「蘇大姑娘放心，要有什麼需要我們一準跟妳說！」那幾個太太也喝得微醺，靠在椅子上，眼睛轉都不轉地盯著戲臺子，嘴裡有一句、沒一句地跟著哼，對蘇家這般安排可以說是十分滿意。

新房裡，六、七個來鬧洞房的年輕小夥子被柳卓亭、月文生以及蘇家的兩個家丁緊緊地攔住不讓進新房內室，只隔著一層紗帳眼也不眨地盯著要揭蓋頭的韓立。

韓立只覺得雙唇有些乾得難受，拿著綁了個紅綢緞的秤，小心翼翼地勾起鴛鴦戲水紅蓋頭的一端，便瞧見一雙如同白玉般的手交疊在身前緊緊握在一起，透露出雙手的主人如今也是緊張得不行。

「妳別怕，是我。」韓立的聲音有些啞，柔聲安撫心上人。

「嗯。」似有若無的一聲應答隨著蓋頭掀起來，精心打扮過的小臉兒如同夜裡的曇花盛開在瑩瑩燭光中，甚是嬌媚動人。

「哇！」韓立還未反應過來，外頭瞧熱鬧的後生便迫不及待地吹起口哨來了。

幼銀這才發現還有這麼多人圍觀，羞紅了臉垂下頭，殊不知這般讓她如芙蓉花一般的臉蛋更顯動人，連頭上戴著的花冠也微微顫動，如同芙蓉泣露一般，著實動人。

柳卓亭最先反應過來，好言相勸。「諸位，今日是韓賢弟小登科之喜，你我既然熱鬧也瞧過了，君子有成人之美，我們在此打攪也著實不便，不如移步前廳，今日一醉方休！」

雖然眾後生說是鬧洞房，不過也都是順坡下驢的，正巧李嬸也帶著人到了，一行十數人便嘩啦啦地來，又嘩啦啦地走，真是走到哪兒就熱鬧到哪兒。

立冬瞧著姑爺定定瞧著姑娘，姑娘還害羞地低著頭，不由得抿嘴直笑，不過也趕緊帶著喜娘等人退了出去，只剩一對新人留在新房內。

「妳、妳累不累？」韓立瞧著今日格外美的心上人，一瞬間有點連話都不知道該怎麼講，只跟個木頭一般站在原地，站也不是，坐也不是的。

幼銀杏眼含光，微微抬眼看了眼他。「你怎地這時候就回來了?也不怕惹人笑話！」

看著她一副小女兒嬌態的模樣，雖說是怪罪自己，可韓立卻「嘿嘿」地傻樂。「我怕妳一人在房裡悶著、餓著，先回來瞧瞧妳。」

見他這般貼心，幼銀笑著站起來，然後拉著他坐到擺滿了豐盛菜餚的圓桌前。「既如此，你便陪我用些再出去招待客人吧。」幼銀聞到他身上的酒味，生怕他還未吃什麼就喝酒傷了胃，便拉著他一道用些菜。

小倆口坐在飯桌前，也不言語，安靜地吃著飯，約莫一刻鐘後，兩人用完飯，幼銀才急著推他出去。「你快去前邊招呼客人，只有大姊一人在總是不好的。」其實是她見他這般早回來心裡害臊得很，只想趕緊將人推出去。

韓立被新婚妻子推出去也不生氣，又叫了遠遠守在外頭的立冬進去伺候。「妳先伺候二姑娘梳洗，要是晚了就叫姑娘先歇下，我前邊估摸著還有得鬧。」

「是，姑爺放心。」立冬送走了姑爺，才又叫人準備好熱水香花，伺候二姑娘梳洗完畢後，在二姑娘的堅持下，她才從新房出來，忙了一日的她也終於能回去歇歇了。

初春的日頭悄悄爬上了晴空，熱鬧到大半夜的宅子如今還陷在沈沈的寧靜中，僕人們難得睡到天亮才起，如今一個兩個都在忙活著收拾昨夜喜宴留下的殘羹剩飯。

所有人都怕吵到正房裡還未有動靜的一對新人，連腳步都放輕了不少，還洋溢著新婚喜慶的偌大院子裡一切還是靜悄悄的，只有幾聲初春的鳥鳴聲傳入還安靜著的新房中，攪擾一對有情人的安眠。

新婚頭三日，溫柔繾綣，小意柔情，過得倒是極快。

三日回門這日，小夫妻倆用過早膳便坐著馬車往五里橋回，回門禮也是早就備妥的。小倆口走後，城裡宅子的下人也在葛四叔的指揮下收拾妥當，只留下兩個看門的人，其餘眾人都要搬回五里橋的新家去住。

再說蘇家這邊，蘇氏今日一早便起來張羅。雖然幾個孩子更多是靠著長女帶大的，可這一下子女兒嫁出去了，讓蘇氏心裡真不是滋味，又怕女兒不在自己身邊會冷著、餓著或者受委屈，老母親的心都快要操碎了。

「娘您消停些吧！」幼金又是好笑、又是無奈地拉著蘇氏坐下。「幼銀不過是嫁到隔壁，將來還是要回來吃飯的，您這操心也操得太過了些！」

成親前夕，韓立找到蘇氏與幼金，向兩人提了將來還是不分夥的想法，蘇氏習慣了家裡熱鬧，哪裡有不同意的？兩家還是併作一家過，那就再好不過！

見家裡孩子都捂著嘴笑自己，蘇氏才有些赧然地笑了笑。「娘是不是有點反應過頭了？」

「娘別著急，二姊應該快到了。娘要是太殷勤，二姊才覺得娘見外呢！」幼珠走到蘇氏身邊，笑咪咪地給她捏著手。「二姊又不是外人，娘這般見外做啥？」

「偏妳歪理多！」蘇氏笑著伸手點了點幼珠的腦門，不過還是聽了進去，也就安心坐著跟女兒們一起等著回門的新人。

其餘幾個小的見娘親這般，更加覺得好玩，一個兩個都笑嘻嘻的。

等幼銀進來的時候，便瞧見自己的幾個妹妹都捂著嘴在那兒笑，她自己也跟著笑了起來。「是有什麼好笑的事嗎？大家竟都這般歡樂。」

「二姊！」小八見是她回來了，第一個衝到她身邊，先是抱抱她，然後一雙肉乎乎的小手掌心朝上，對著韓立喊：「姊夫，紅封！」

幼銀被小八的動作惹得玉面緋紅。「小八！妳又調皮！」

韓立平日裡少言寡語，不過今日臉上也帶著淡淡的笑意，耿直地從懷裡掏出了紅包。「紅封。」

不僅小八，幼銀底下的幾個弟弟、妹妹全都領了改口紅封。至於蘇氏與幼金是長輩，自然是她們給小輩改口紅封的。

小倆口跪在柔軟的蒲團上，端著茶杯遞給蘇氏。「娘喝茶。」

蘇氏先是端起女婿的，喝了一口給了個紅封，又端起二女兒的喝了一口。「你們如今是一家人，將來有什麼事都要好好商量，夫妻恩愛，舉案齊眉才是。」

「是，女兒（小婿）謹遵娘親（岳母）教誨。」

改口敬茶過後，幼荷與柳卓亭夫婦也帶著快滿兩歲的小良玉到了。

月文生自從去了府學讀書後，越發與柳姊夫走得近，知道姊夫來了便巴巴地將人請走，說是要去與陳老先生一起討教功課。

「文生這孩子如今愈加發憤了，未來可成大器啊！」被請到正院來一起說說話的宋氏笑呵呵地看著兩個後生離去，笑著誇了一句。

坐在下首的韓氏聽到她這般誇獎自己兒子，笑眯了眼。「老太太可快別誇他了，我都不知該怎麼愁了，這孩子轉眼都十七了，這親事還沒著落呢，發憤讀書也少了個能為他添衣加水的人兒啊！」

「孩子還小，妳這般年紀輕輕的就想當祖母了不成？好良玉，快哄哄妳外祖母去！」蘇氏坐在宋氏身邊，臉上的笑也沒停過。

小良玉如今快兩歲，能說會走的，聽到蘇氏這般說，邊趔趄著張開雙臂，邊搖搖晃晃地向韓氏走去。「外祖母抱！」

逗得正廳裡所有人都「哄」的一聲笑了。

「哎喲！外祖母的好孩子！」韓氏一把接住小良玉，然後香了他好幾口，有些赧然地笑瞪了眼蘇氏。「嫂子如今越發會促狹人了！」

正院裡笑聲一陣連著一陣，外頭下人忙碌著上茶水點心的、準備飯菜酒水的，還有忙著收拾新房的，裡裡外外熱鬧得不行，倒比過年時還熱鬧不少。

與幼銀成親後，韓立與幼金商議過後，決定將茶鄉那邊的工作慢慢交接出去，往後他只需每個季度去一趟茶鄉便可，剩餘時間則留在洛河州準備新鋪子的事。韓立對蘇家茶的生意最是熟悉，加之洛河州本就地方大，南來北往的客人也多，兩人商議過後便決定在洛河州再多開一家蘇家茶的鋪子。

「雖說你我如今也算是一家，可帳目還是要分明些才是。」幼金合起帳本，將想法與坐在自己對面的韓立說道：「貨是我蘇家專供，不過銷路與客源就都要你自己操心，如此，刨去成本後，三七分帳，我只要三成如何？」

「五五吧！」韓立對幼金的做法沒有什麼異議，只把蘇家的分成提高了兩成。蘇家茶的鋪子也好、茶葉也罷，那都是幼金一手準備起來的，他也知幼金這是為了幼銀與自己，正是如此他才不願占太多分成。

幼金看了他一眼，然後垂下頭來，又翻開下一本帳本，道：「成，你前期準備需要什麼，只管找宋叔那邊支便是。」

韓立的動作也是快的，不過半個月就把所有事物都準備妥當。四月初三過完幼珠、幼寶十四歲生辰，又過了四月初八幼金十七歲生辰，到四月十三這日，新的蘇家茶鋪子便順利開張了。

韓立所開的蘇家茶鋪子，出售的茶葉價格從最低一錢銀子一斤，到最高五百兩銀子一斤，林林總總共有三十一種茶葉牌子掛在茶櫃前面，甚是壯觀。

大豐國人大多好茶，哪怕是一般鄉里人家，逢年過節也要準備些茶葉在家待客。蘇家茶便宜的茶葉雖然便宜，可品質卻遠比同等價位的茶葉好上不少，加之茶葉這種東西，有一點兒就能泡出好幾壺水來的，正適合那些家中稍有些銀錢，可又不捨得花大錢在這上面的人充面子，是以蘇家茶自開張以來，生意一直不錯。

次女成親了，可已經年過十七的長女還待字閨中，蘇氏這心裡又是著急、又無章法的，愁得整夜整夜的睡不著，只得與玉蘭吐吐苦水。

「妳說這孩子怎就這般死心眼呢？她都十七了還整日說不著急、不著急的！」蘇氏歪在榻上，眼下一片烏青，重重地嘆了口氣。

玉蘭為她續了半杯茶水，勸道：「太太您這愁也無用，大姑娘的性子素來如此，只能是多勸幾句罷了。」吾家有女初長成，奈何閨女她不肯嫁啊！

「我一人不成，那就挨個兒上！」蘇氏喝了口茶，將茶盞放下後說道，頗有些壯士斷腕的悲壯之氣在裡頭。「就不信說服不了她了！」

當日，趁著正主兒不在，蘇氏立即找上了宋氏、韓氏等人一一求教，請大家幫著勸說一二。「老太太，幼金素來敬重您，想必您若是開口，她必然會聽的。」

因著宋氏對內教導了蘇氏不少管家的事，對外又幫幼金解決過大問題，這兩年宋氏在蘇家地位越發地高，蘇氏也是真心拿她當作敬重的長輩看待。

「幼金那孩子性子執拗，就算我去勸，也不一定好使吧？」宋氏坐在主位，瞇著雙眼說道：「這孩子主意正，若是旁人強要作這個媒，怕是不成的……」

在外巡視的幼金坐在馬車裡看著外頭慢慢向後退的景色，沒來由地突然覺得鼻頭一癢，然後重重地打了個噴嚏。「阿嚏！」接過秋分遞過來的帕子擦了擦鼻子，喃喃自語道：「奇怪，這都快端午了，怎地好好的覺得背後一涼呢？」

秋分忙將馬車簾子打了下來。「許是這風撲著了。」

主僕倆都沒想到，是家中長輩正背著幼金在想法子解決她的終身大事呢！

「都已經五月初了，不妨事的。」幼金覺得這天兒有些熱，自己手裡還拿著繡了白貓撲蝶的團扇輕輕地搖著，心裡在想著生意上的事。黃三爺那邊打發人來，說是有筆大生意找上門，要她今日親自出面才好。

到了蘇家蜜門前，馬車停穩，幼金主僕便下了車。

黃三爺正站在大門口張望著，瞧見蘇家的馬車便趕緊迎上前。「姑娘，貴客已經到了。這貴客是打南邊來的，說是有大生意要跟主家談，瞧著派頭確實是個有錢人，不過我這邊沒打聽到什麼更詳細的消息。」

幼金聽完黃三爺瞭解過後的情況，點頭道：「既是大生意，咱們不妨談談看。」言語間，兩人已走到一樓會客室的門外。瞥了眼守在門口的勁裝護衛的眼神，幼金心頭沒來由地一個激靈，這人煞氣好重！

嚴威也不言語，只默默退了一步，讓出地方給兩人過去，然後自己挎著刀守在門口。

蘇家蜜的夥計遠遠看著，都不願過來，這也太嚇人了！

會客室內，幼金才走進去，便瞧見一個微微抬頭看著牆上掛著的紅梅圖出神，臉上戴著個玉雕面具，坐在輪椅上的青年男子。

看到他略微有些熟悉的側影，幼金心生疑竇，難不成是認識的人？不過還是壓下心中的疑惑，臉上帶著淺淺的笑。「小女子來晚了，有勞貴客多多擔待。」

男子回過頭來，隔著面具看向她，道：「無妨，某也是才到片刻，蘇姑娘請坐。」略微有些粗啞的聲音，卻陌生得很。幼金與黃三爺一左一右地坐了下來，幼金為來人續上半杯茶。「不知先生高姓大名？聽黃三爺說，先生有筆買賣要談，不知是何買賣？」瞧那人身上穿的是號稱一疋價值百金的玉煙錦，領口及袖口上的竹繡紋樣瞧著也是蘇繡，沒有點家底的人誰敢這麼穿？想來確實是有大生意。幼金這般想著，雖然心中那股怪異的感覺還未散去，不過還是嚴陣以待。

「蘇姑娘客氣了，某乃蘇州于氏，家中行三，虛長姑娘幾歲，姑娘若不嫌棄，稱我一聲于三哥亦可。」玉面男子微咳了幾聲，嗓子似乎有些乾啞。

幼金聽他這般說，心中莫名有些失落，可臉上表情依舊不變。「如此小女子便算是占便宜了。瞧于三哥有些咳嗽，不如用些我們店裡自產的枇杷露如何？」

「甚好。于某此番前來也正是要與蘇姑娘談談這蘇家蜜的生意，于某就沾沾光，先嚐嚐看了。」

于三看著也是誠心要與蘇家做生意的，言語間客氣，也有幾分交好的意思。

外頭的小夥計很快就用白瓷杯裝了半杯枇杷露進來，擺到客人面前後又悄無聲息地退出去，輕輕掩上門，一雙眼睛不敢到處亂看。

于三略嚐了口枇杷露後，放下杯子笑道：「不愧是蘇家蜜的招牌，入口順滑清甜，蘇姑娘有心。」雖然隔著一張面具，看向幼金的眼神中都是濃濃的笑意。

「于三哥過譽。于三哥若是喜歡，我一會兒叫下面的人備些給您帶走。如今正是換季的時候，天兒變得快，平日裡用些枇杷露兌水喝，倒也能緩解喉嚨乾啞不適之症。」

幼金對自家的宮廷秘製枇杷露很有信心，這方子是她與蘇氏按著蘇家御廚老祖宗留下來的方子一次次改良之後得出的，可以說是蘇家蜜的招牌之一，尤其到換季、秋冬季節，那都是銷量冠軍。

「蘇姑娘過謙了，于某這次前來正是要與蘇姑娘談一談這蘇家蜜的生意。」于三修長白淨的指節輕輕敲著茶杯邊緣，道：「于某有意將蘇家蜜帶往南邊，打通南方的市場……」

聽完于三的話，幼金兩眼發亮，若真如于三所言，他還有海運的路子，那蘇家蜜的貨物就能遠銷海外了，這對蘇家而言也是一件極大的好事。

「于三哥所言極好，只是小女子有一處想與于三哥再斟酌一二。」幼金雙眼亮晶晶地看著對方，像一隻狡黠的狐狸一般。「我蘇家負責出貨，刨去成本後，蘇家占利兩成，如何？」幼金對自家的產品還是很有信心的，畢竟如今會養蜂，還養了那麼多蜂的，在洛河州就只有她一家，而且蘇家蜜中的各種花露都是秘製方子所製成，只此一家，別無分號，所以她才敢這般獅子大開口。

「蘇姑娘倒是精明。」于三眼中的笑意更濃，連面具未曾遮擋住的唇角也露出了一絲笑意。「運輸、海運、銷售都是我于家出，蘇家只負責出貨，兩成未免有些多了，一成如何？」

幼金故作為難了片刻便應下此事，雙方都是誠心談成這筆生意的，當場就敲定了各樣合作的細節，順便還簽好了合同。

于三倒是少見的左撇子，清雋有力的正楷寫得極好，放下筆後，笑著看幼金。「往後自有我于家的管事與蘇姑娘聯繫，那就合作愉快了。」

幼金接過其中一份合同，看了眼上書的「于雅均」三字，雖然看不清他的臉，卻覺得人如其名。「往後還要仰仗于三哥多多提攜才是。」

于三為顯示自己的誠意，倒是十分闊綽，當場付了一萬兩定金。「這是定金，蘇姑娘就先按一萬兩的價格出貨吧！十日後我于家的船隊會到洛河州來，有勞姑娘這幾日辛苦些。」

生意上的事談完後，于三也不再叨擾，坐在輪椅上，微微點頭與幼金還有黃三爺道別：「二位留步，于某先走一步。」

目送于三離開後，幼金便與黃三爺也商議了一番。「有勞三爺這邊清點一下鋪子裡的存貨，我再去侯家灣那邊看看還有多少是可以開封的。」蘇家蜜所售的各類蜜露都是在侯家灣作坊內出產的，平日裡雖有存貨，不過一萬兩的存貨著實有些多，一下子不知夠還是不夠。

黃三爺點頭應道：「這一旦打通南邊的市場，侯家灣那邊的人手跟原料怕是都不夠了。」如今蘇家蜜只是做洛河州的市場，規模算是較小的，侯家灣的作坊裡也只有八、九人。

「三爺放心，咱們先把這一次的貨備齊了，餘下再慢慢兒來。」幼金倒是胸有成竹的模樣。「另外，還是有勞三爺再去打探一下這個于三的來路。」生意上的合作，還是要知些底細才是。

黃三爺的動作也很快，于家的船隊到之前，就把自己能打聽到的消息都打聽出來了。

「這于三確實是打蘇州來的，近幾年才冒頭，外號『于財神』，如今蘇杭一帶大片產業都是他名下的，還有兩個遠洋船隊。不過長什麼樣、年歲幾何、家世如何，確實打聽不出來。」今日與大姑娘一同到侯家灣視察的黃三爺，跟在幼金身後半步之遙的地方，將自己打聽到的消息一一說了出來。

幼金點點頭，看向已露出尖尖花苞的荷塘，道：「短短數年便有這番成就，想來也是有些本事的。若真如傳言中這般本事，那咱們也算是搭上好路子了。」

黃三爺又想起一事來，便道：「那于三還買下了肖家槐樹巷子的宅子。也不知是要長住洛河州，或是暫時的落腳點。」

肖家被抄家後，這宅子就被洛河州的一個富商買走了，幼金一直想買卻沒機會，不承想卻落到于三手裡。她淡淡笑道：「想來都是緣分，不屬於我的，終究也不會是我的。」

黃三爺知道她的心思，見她這般說，也就無啥可說的了。

「蘇姑娘日安。」幼金才從綢緞莊出來，便遇見了坐在輪椅上、由他的護衛推著走的于三。

幼金尊他為長，盈盈行了個晚輩禮。「于三哥日安。還以為于三哥已南下，不承想今日還能在此見著。」

于三趁著幼金說話的時候細細打量了她一番，今日她穿了一身月白色紗裙配鵝黃色花軟緞繡玉蘭對襟圓領窄袖上襦，她生得白淨，月白與鵝黃倒襯得日頭下的少女像會發光一般，若說原是八分的美貌，如今便有十分了。再瞧她鬢間僅以白玉狐狸簪妝點，于三眼中的笑意更濃了些。「蘇姑娘這髮簪倒是頗有些意趣。」

幼金有些尷尬地扶了扶髮間的簪子，她素來是無生意上的事才會用這支簪子，不承想竟然在街上遇見于三，便笑道：「不過是小女兒家的首飾罷了，于三哥見笑了。」

于三彷彿也看出她的窘迫，乾咳一聲後，道：「不知蘇姑娘今日可有空閒？于某到洛河州已有半月，今日難得空閒，卻不知該到何處遊玩，不知蘇姑娘是否賞臉為于某引薦一二？」

「于三哥客氣，這是小女子的榮幸。」幼金瞧著外頭的日頭有些大，便道：「不若今日就由小女子作東，請于三哥嚐嚐蘇家宴如何？」

「久聞蘇家宴大名，于某榮幸之至。」于三得她同意，自然是做啥都好的。

一男一女中間隔了兩步的距離，心思各異卻不露任何表情，慢悠悠地向蘇家宴方向過去。

于三還真拿幼金當作地頭蛇導遊一般用了，先是在蘇家宴用過午膳，又叫她帶著自己四處轉轉，一副「我都可以聽妳的」客隨主便模樣，倒是讓幼金不知該氣還是該笑。

「蘇姑娘是不願為于某帶路嗎？」于三似乎看透了她內心的抗拒，嘴角勾起一抹淡淡的笑。「既如此，于某也不好勉強。于某身患腿疾多年，早該習慣一個人在屋裡待著才是。」

話語裡盡是幽怨之意，惹得幼金一陣咳嗽。「咳咳咳……咳……于三哥言重了，如今日頭有些猛，著實不宜在外遊玩，小女子也只是擔心于三哥身子吃不消而已。」

「原來是這樣啊！」于三一副鬆了一口氣的表情。「那蘇姑娘哪日有空，于某好安排時間？」

幼金覺得事情的走向越發有些奇怪了，可也只能硬著頭皮應承下來。「成，三日後如何？如今千荷湖有些早開的荷花也開了，倒是踏青遊玩的好去處。」
「這般便有勞蘇姑娘了！三日後南城門見？」
「一言為定。」幼金如今只想趕緊送走于三。
站在于三身後的嚴威半垂著眼，推著木製輪椅出了蘇家宴，又將人抱上馬車，車夫才揮著鞭子趕著馬兒噠噠地離開蘇家宴。
站在門口撐著最後一絲笑目送于三離開後，幼金整張臉瞬間垮了下來，一邊轉身往回走，一邊喃喃自語。「這于三怎麼陰魂不散一般……」
而離開蘇家宴的于家馬車上，嚴威看著摘下面具後一張清雋的臉，還有那時不時動一動腿的主子，面色變了又變，最後還是決定啥也不說了，畢竟自己笨口拙舌不會說話，省得說出來的話惹主子不高興。
于三給自己揉了揉腿後，拿起下馬車前未看完的帳本繼續翻看，似乎完全沒有看到自家護衛那精彩的面部表情。

三日後，南城門外。
「蘇姑娘。」掛著「于」字牌子的馬車內，坐得如同端方君子般的于三透過打起來的門簾，向馬車外的幼金點頭示意，微微向上彎的嘴角透露出他此刻心情極好。

幼金規矩地回禮。「于三哥，前往千荷湖還有些距離，您稍微歇息，我在前頭馬車，有事您隨時叫我。」

雖說大豐民風比較開放，可未婚女子與外男共乘著實有些不便，于三雖然有些失望，不過也並沒有多說什麼，兩輛馬車一前一後往千荷湖出發。

千荷湖的荷花才開了些許，還不到賞荷的最佳時日，倒難得清靜得很，只有蘇家的僕人早早就按照大姑娘的要求備好茶水瓜果準備待客。

「十里荷塘，若再過些時日，萬荷齊放想來定是美景。」于三坐在輪椅中感受著清風拂面，嗅到風中淡淡的荷香，直覺身心都十分舒暢。

幼金走在他身側，笑道：「去歲有洛河州才子將此景畫了下來，名曰萬荷圖，此畫原作便收在我蘇家，于三哥若是喜歡，小女子便將此畫贈與于三哥。」

正是因為去歲的萬荷圖，讓蘇家的千荷湖名聲越發大，如今已經一躍成為洛河州十大美景之一，蘇家的名聲也隨之日益上升，倒是意外之喜。

「萬荷圖雖好，也比不上眼前美景。」于三端起石桌上的青瓷杯，細細品了口茶。「梅香悠然，茶香清雋，不愧是蘇家茶。」

幼金見他識貨，唇邊的笑又真了幾分。「此泡茶的茶水為冬日裡我收的幾罐子梅蕊雪水，今日得于三哥這話，想來也是值的。」

兩人之間交流也不多，只有一搭、沒一搭地說著話。

過了近兩刻鐘，于三才道：「美景難得，蘇姑娘不妨帶于某四處走走？」

幼金放下茶杯，便引著于家主僕往修整得十分平坦的荷塘四處轉轉。

「啊呀，我的畫！」

遠處傳來一群少女的嬉笑聲，隱隱約約隨風飄來，打破了兩人之間的寂靜。

「于三哥莫怪，今日是爾雅女學的學生外出繪畫的日子，我已跟家僕吩咐過，不會有人到這邊來攪擾您的清靜。」幼金站在他身邊解釋道：「因著女學那邊的教學日程都是安排好的，臨時也不好調整。」

「無妨，本就是我臨時起意要來的。」于三倒是個通情達理的，聽她提起爾雅女學，也十分讚賞道：「于某也聽說了不少爾雅女學的消息，蘇家著實大義，想來洛河州的女子都會感激蘇家辦學的義舉。」

幼金被他誇得有些不好意思。「是家中兩位伯娘一手操辦的，我也只是跟著沾些光罷了。」

見她無意細說，于三也不多問，兩人沿著岸邊走了兩刻鐘才往回折返。

「小心！」見幼金一時不察踩到低了一截的青石板，眼看著就要摔倒，于三忙一把抓住她的胳膊，然後用力往自己身上一拽，驚魂未定的幼金下一瞬就坐到了坐在輪椅的于三身上。于三沒有防備，被一屁股坐下來，不由得發出一聲痛吟。「喔！」

等幼金回過神來，秋分已經撲了過來。

「姑娘！」秋分趕忙將幼金從于三的腿上扶起來，然後遮擋住于三的目光，粗略地摸了摸姑娘身上有無受傷。

「我無事。」也不知是嚇的還是羞的，幼金臉上多了一抹紅雲，示意秋分讓開後，朝于三福了福。「多謝于三哥出手相助。」方才她走的是靠近荷塘的一側，若是掉下去那就不好玩了，雖然坐到于三身上有些尷尬，可總比落水強。

于三寬大的衣袖下，方才拉住她的那隻手緊緊握拳，心中也是鬆了一口氣。「舉手之勞，不足掛齒。今日本就是于某邀約，姑娘若是因此受傷，便是于某的罪過了。」面具下的臉微微有些發燙，于三此刻不知多慶幸自己還有張面具擋在臉上，不然就真的露怯了。

氛圍有些尷尬，幼金強行轉移了話題。「這片荷塘每年都能產出蓮子……」

于三卻沒有聽進去幼金在說什麼，他只覺得現在自己滿懷都是幼金身上淡淡的玉蘭花香與少女特有的香氣混合在一起的清雅香味，思緒早就不知道飄到哪裡去了。

幼金雖不說，心裡也是有些尷尬，兩人心照不宣，這場邀約就這般匆匆結束了。

送走了于三，幼金坐在涼亭中重重地吁了口氣，然後警告了站在一旁的秋分。「方才發生的事妳可別亂說，尤其不許告訴太太。」

「婢子省得的！」秋分重重地點了幾下頭，心中也是慶幸方才只有自己與于三爺身邊的護衛在，不然姑娘坐在于三爺身上這事若傳出去，姑娘的名聲可就毀了！也不是說她嫌棄于三爺什麼，可她家大姑娘，那模樣、性情、能力，哪點不是一等一的？配一個一輩子都只能在輪椅上度過的人，未免太委屈了些！

而于家回城的馬車中，嚴威看著抱著自己的袖子放到鼻尖下聞了一遍又一遍的主子，心中閃過一個念頭——他家主子不會是看上蘇家大姑娘了吧？

于三不知道自己的動作在屬下的心裡引起了多大的驚濤駭浪，只一遍又一遍地聞著這個讓人心安又舒服的味道，唇畔的笑一直沒散。

打那日起，幼金一連四、五日夜裡都夢到了那個已經許久沒入夢的、眉眼之間都是溫柔笑意的如玉公子，數次午夜夢迴間卻只覺心中空蕩蕩的。

「秋分，妳有沒有過這樣的感覺，就是兩個明明是截然相反的人，可妳見到這個人的時候卻總是想起另一人？」幼金接過秋分端來的半杯槐花蜜水，輕輕啜了口，倚靠在軟枕上，看著窗外廊下開得正豔的海棠花在陽光下舒展花葉。她吁了口氣，覺得歲月靜好，好想睡個懶覺。

秋分坐在榻下的矮凳子上做著繡活，聽到大姑娘這般問，手裡的活計便停了下來，仔細地想了好一會兒才搖了搖頭。「婢子也不懂。」

幼金瞧著秋分歪著頭、有些呆萌的樣子，不由得「噗哧」一聲笑了。「妳這什麼都不懂的，可真是辛苦趙武了！」

趙武是肖家護衛隊中的一員，不知什麼時候起與秋分開始往來，前不久才來向自己求親，這門親事也才定下來不久。

「姑娘！」秋分被大姑娘說得害臊了，圓圓的臉上染上幾分紅暈。

幼金被逗得直樂，倒暫且放下了心中的思慮。

說來也奇怪，自賞荷那日起，幼金倒是沒有再巧遇于三了。

幼金打發家裡人送了家中收藏著的萬荷圖到槐樹巷子如今于家的宅子去，于三那邊回了一幅不知貴重多少倍的前朝名家所作的夏日賞荷圖來，然後兩人便再無來往。

等到幼金聽說于三離開洛河州南下的消息時，已經是半個月後的事了。之前有些虛無縹緲的詭異感覺也隨著于三的離開而漸漸消失，因此幼金也不再多想什麼，每日只一心撲在生意上，時間過得倒也快。

第二十八章

幼珠、幼寶辦了體面的及笄禮，一雙女兒已長成了大姑娘。

自從幼珠、幼寶及笄以後，上蘇家來的媒人就更多了。也不知是從哪兒先傳出的「蘇氏八姝」的說法，加之如今蘇家產業遍布洛河州，還創立了如今風頭一時無兩的爾雅女學，倒是讓蘇家女也入了不少書香門第的人家的眼。

「如今真真是一家有女百家求了！」蘇氏送走今日上門的第二個媒人，這心裡又是喜、又是愁的。喜的是如今上門提親的人家一個比一個好，愁的是如今家中適齡的三個女兒中，有兩個都是極難搞的。

才這般想著，極難搞的老大就從外頭款款而入，眼裡還帶著淡淡笑意。

「娘。」

「妳來得正巧，方才是洛河州有名的魏家遣來的媒人，說是要來給魏家四少爺說親的。」蘇氏見大女兒來了，趕忙吩咐人撤下用過的杯子，上了盞刺玫花茶。「那魏四公子如今才十七就已是秀才之身，且去歲考上秀才時那可是整個洛河州前十名的！」不僅如此，那魏家往前數三代可是出過二品文臣的！那魏老爺子雖比不上先輩，可也是從翰林院退下來的老臣，這樣的人家能上蘇家來提親，那真真是極難得的！蘇氏越想心裡就越激動，若是這門親事真能做成，那幼寶將來掙個誥命也是有的啊！不過她倒是沒敢立時應下來，此時兩眼巴巴地看著長女。

「不知魏家是看中了哪個妹妹？」幼金自經營爾雅女學後，對這魏家也是有所耳聞，如今魏家二太太還在爾雅書院做兼職講師，每月初一、十五講一次詩詞課，想來魏家上門提親也是有魏二太太的手筆，若這魏四是個好的，這門親事倒也做得。

蘇氏整個人都洋溢著喜氣，不過還是強壓了下來，道：「看上的是幼寶！」

「幼寶在書院中倒是頗得魏二太太青眼，這魏四我記得好像是二房的幼子吧？這樣一來倒也說得通。」與蘇氏有八分相像的眉眼笑得彎彎的，幼金對這門親事也十分滿意。「不過咱們還是先找人打聽一下魏四的為人，還有幼寶那邊，總要她自己也樂意才行。」又狐疑地看了眼蘇氏，問道：「娘不會已經應下了這門親事吧？」

被長女用懷疑的眼光打量著的蘇氏沒好氣地拍了拍幼金的手。「妳把妳娘想成什麼人了？娘還不知道妳們幾個的脾氣嗎？哪裡敢自己就應下來？我只說要與家裡人說說看，過些日子再給她一個準信。」這個「她」指的便是魏家請來的媒人。

「沒應下就好。幼寶那邊我會去說的，只要幼寶樂意，那魏四也是個好的，等下回媒人上門來時娘再應下吧。」幼金對蘇氏的做法表示滿意，當即找了肖護衛長過來，將打聽魏家還有魏四品性一事交由他負責。

那廂蘇家為著幼寶的親事開始忙著打聽，這邊魏家也是為著這門親事鬧得雞飛狗跳。

原來魏四是個老成自持的，非說要先立業再成家，還是魏二太太想法子與蘇家那邊商量了一下，以上香為由讓兩個孩子見了一面，才動了魏四的凡心。

而幼寶也對這個曾在雨後的千荷湖偶然邂逅的男子有幾分心動，對這門親事自然也是含羞應下的。

因此，自白雲觀燒香回來後，幼金與幼寶細細地談過，確定幼寶是願意的，便告知了蘇氏。

魏家這回再遣媒人上門，蘇家便應下了這門親事。

納彩、問名、納吉等工作也緊鑼密鼓地準備好後，納徵時為顯自己對這門親事的重視，魏四特意將自己所作的荷花仙子圖裝裱好，親自以紅紙貼好，寫上「蘇姑娘親啟」五個蠅頭小楷後，隨著聘禮一起封箱送到了蘇家。

「共有三個日子，十月初八、十二月十七，另就是明年年初的二月十二，不知蘇太太覺著哪個日子好些？」媒人笑呵呵地坐在下首，魏、蘇兩家結親可是她牽線搭橋的，這門親成了，自己的媒人生涯又多了濃墨重彩的一筆，她自然高興得很。
蘇氏手中拿著魏家的聘禮單子看過一遍，對魏家這般重視幼寶的態度表示很滿意。「二月十二如何？」如今已過中秋，今年的日子未免太急了些，想來還是最後一個好。
媒人將蘇家選的日子送回魏家，魏家那邊自然沒意見，兩家的親事就定了下來。
幼寶雖然訂了親，不過還是在爾雅女學繼續上學。自收到隨聘禮一道送來的那幅畫以後，總時不時就能收到魏四送給自己的東西，有時是畫，有時是書，有時是零嘴，還有時候是一盒胭脂……兩人已經訂了親，倒也不怕什麼私相授受的嫌話。幼寶知他要準備明年秋試，尋得了好書也會託人送去給他，兩人雖不常見面，不過感情卻是一日比一日好。
忙碌的時間總是過得格外地快，轉眼時序已入深秋，天兒也漸漸涼了起來。
「吳掌櫃來信中提起，近來京中局勢越發緊張，想來也是快變天了。」幼金走在侯家灣的山腳下，與跟在自己身邊的肖護衛長小聲地說著。「若是新皇登基，會不會大赦天下？」
說到底，幼金還是想著肖家的事。若是能大赦天下，在北疆受苦的肖海如兄弟就能回來與于氏等人一家團聚了。

肖護衛長抿著唇，眼神有些晦暗不明，道：「若是朝中亂了，怕是邊疆也要跟著亂。」一邊疆一亂，首先要上戰場送死的就是肖海如兄弟這些被流放的犯人。

「內憂外患，這才安定了幾年啊！」幼金重重地嘆了口氣。「若是再來一回，這回可沒有劉大將軍了，又有誰能來抗敵？」

兩人說著這個沈重的話題，豐收的喜悅也沖不散憂心忡忡。

京城。

「聖上，藥好了，您先用藥歇會兒吧？」秦德海身後跟著熬好藥的太醫院院判，走到御書房正中的書桌前，然後接過藥放到桌上。「那摺子再重要也比不過您的身子重要不是？」

聖上看完又一個哭窮的摺子後，怒得大咳了數聲。「一個兩個都跟寡人哭窮！寡人竟不知如今連修地宮的銀子都沒了！」

摺子被扔得遠遠的，然後無力地落在地上，彷彿一團廢紙，卻無人敢動。

咳得滿臉通紅的聖上坐在龍椅上，接過秦德海端過來的蜜水，潤了潤嗓子後才接過藥，一口就喝完了。許是藥太苦，聖上本就已經皺成一團的臉皺得更厲害了。「這藥怎地越來越苦了？」

「稟聖上，昨日請完平安脈後，老臣又添了幾味藥用於平肝火的，許是苦了些。」太醫院院判端著木托盤，腰一直彎著，恭恭敬敬地回話。

聖上接過水漱完口後，揮了揮手。「得了，趕緊下去吧！」許是如今年歲大了，身子越來越差，他就越來越不想見到這些太醫。

秦德海這才將那些被聖上扔得到處都是的摺子一一撿起，然後摺好放到桌邊。才收拾好，便聽到外頭的小太監進來通傳。

「稟聖上，五皇子求見。」

「老五這個時候來做啥？」雖說有些煩躁，還是傳了進來。「你不在戶部觀政，跑來御書房做啥？」

當今聖上有七子，其中長子為先太子，十年前重病離世後，聖上再沒立太子；三子為當年與韓廣宏謀逆一案的主犯，撤掉皇家玉牒後，自縊於宗人府。如今便只剩下二、四、五、六、七子。

二皇子生母位分低微，外戚也無什麼助力，雖然當年在太子的請封下封了平王，可在五個兒子中並沒有什麼優勢。

反倒是五皇子，生母是後宮蘭貴妃，蘭貴妃的父兄均在朝為官，其父還是太子少傳。

五皇子算得上勤勉，近兩年聖上身子越發差，立五皇子為皇儲的聲音也越發多起來。

「兒臣聽聞父皇身子有恙，特來向父皇請安。」五皇子立與堂下，恭恭敬敬地跪下行禮。「兒臣前些日子得了一株上好的人參，特來獻於父皇。」

聖上聽到兒子這般懂事，面色倒是舒緩了不少。「還是你懂事。既來了也順道去瞧瞧你母妃吧，她前兩日還說身子有些不適。」

五皇子得了父皇的誇獎與賞賜，心情極好地出了御書房，往蘭貴妃所住的清泉宮去，卻在半道碰到正從宮裡出來的平王。

「數日不見，二哥怎麼瞧著有些憔悴？」五皇子攔住了平王的去路，如同一個勝利者一般睥睨著平王。

平王停下腳步，淡淡地看了眼異母弟弟，低咳了聲。「勞五弟掛心，許是換季身子有些不適，過幾日就好了。」

「瞧著二哥幾日沒上朝，還以為是為著李大人那事沒臉見人呢！」五皇子笑得一臉不懷好意。「原來竟是身子不適啊？弟弟府中還有上回過年時父皇賞下的幾盞燕窩沒用完，稍後打發人給二哥送去吧，二哥可得好好補補才是啊！」

李大人是平王的外祖父，一個六品御史，因月初大朝會上對聖上直言進諫——說得難聽點就是罵了聖上一頓——而遭貶斥，急火攻心地病倒在家裡，連個上門慰問的同僚都沒有。

「五弟的好意為兄心領了。為兄還有事，先走一步。」雖然五皇子說的話難聽得很，不過平王倒是一直淡淡的，也不生氣，朝五皇子點點頭後，帶著身邊的小太監走了。

「你跟那賤胚子有什麼好說的？」蘭貴妃聽說兒子方才在御花園碰到平王，還說了好一會子話，嘴角不禁撇過一絲嫌棄。

五皇子坐在蘭貴妃身旁，搖著扇子笑道：「我就是要讓他認清，就算他是王爺又如何？比我年長又如何？始終都是要被我壓住一頭的！」

「我兒，這些都是小事，你要謹記的是抓住聖心，只要聖心歸屬於你，何愁登不上至尊之位？」蘭貴妃看著自己染得極好看的指甲，雲淡風輕道：「宮中一切有母妃，外頭你可要多跟你外祖父走動走動。」

蘭貴妃生得美豔，已是中年，美貌卻依舊不減當年。想到無論是家世還是美貌、才華，甚至是子嗣都比不過自己的人，如今還安坐中宮之位，蘭貴妃眼中就閃過一絲瘋狂。

她做不成皇后，但是一定要做比皇后更尊貴的女人！

宮外，平王府。

「王爺，上半年的帳本都送回來了。」平王才回府不過片刻，王府的管事便捧著沈沈的帳本進來了。

平王淡淡地「嗯」了聲，淨手更衣後才坐到書桌前翻了翻帳本，又拿出夾在其中的密信看完後，放在書桌邊蠟燭上一燃而盡。

「才上半年就已經賺了這麼些銀子，這肖家果然是有些本事啊！」站在書桌旁的心腹接過平王遞過來的帳本細細看了一遍後，嘖嘖讚嘆。「看來當初王爺沒看錯人。」

平王唇邊帶著一點笑，顯然也對自己當年作出的決定十分滿意。

「王爺，王妃來了。」書房內兩人還說著話，外頭便傳來心腹護衛的敲門聲。

那謀士聽到通傳，也不用王爺示意，自己便將帳冊放回原處，拱手告辭。走到書房門口見到王妃，又行了個書生禮。

「妳怎麼來了？」平王素來清冷慣了的臉上只有在王妃面前才會變得柔情似水，他走上前接過她手中提著的食盒，扶著已有七個月身孕的王妃坐到書房中供平日裡小憩的榻上。「外頭風大，也不多加件衣裳。」

平王與王妃是少年夫妻，兩人雖已成婚近十年，卻一直恩愛如昔，府中除了王妃，便只有兩位聖上賜下的側妃，平王對那兩位側妃倒是一直淡淡的。王府中只有王妃誕下了一雙兒女，如今腹中懷的是王府的第三個孩子。

「妾無事，妾知王爺每回看望完母妃都是匆匆出宮，想來是沒吃飯的，一早便吩咐廚房給燉了燕窩。」王妃坐在榻上，手按了按略微有些發疼的腰，柔聲應道。

平王知她是操心自己，也不說什麼，端起燕窩便用完了。「妳如今身懷六甲，這些小事交由下頭人處理便是，若是有個閃失可如何是好？」平王素日裡話並不多，偏只在這個在外人看來出身低微、長相也只算得上清秀的王妃面前話多不少。

「母親昨日還託人送信來，說父親身子無大礙，如今正值多事之秋，王爺就莫要蹚這渾水了。」這才是王妃今日前來的主要目的。丈夫早年受教於父親，對父親頗有幾分濡沫之情。在旁人看來，自己是聖上刻意打壓平王的賜婚物件，可早在聖上賜婚之前，平王就已私下向父親求親了，聖上的賜婚雖來得突然，也算是求仁得仁。

平王聽到被杖責的岳丈還時刻牽掛著自己在朝中的安危，不由得嘆了口氣。「岳丈大人高義。」如今父皇越發昏聵，六部之中多是老五的人，自己現在可以說是舉步維艱。

老五並不是什麼好人，岳丈不過一個七品虛職文官，因著當日幫了外祖父進言一二，就被老五的人挖了個坑害了，清白一生的老頭子臨老竟因一個莫須有的罪名被杖責二十，這一下是面子裡子都丟盡了！如今老五只是受寵就這般為難自己的親眷，若是來日問鼎至尊之位，自己與妻兒怕是都不會有好下場的。

事到如今，自己已然沒有退路，若不能更進一步，便要墜落萬丈深淵。平王知道他這條路注定是要走得比旁人更難些，但他既選擇了這條路，便是拚個頭破血流，那也在所不惜。

「我如今公務多，府中一切還是要妳多費心些。」平王摸了摸妻子已經高高聳起的孕肚，對柔順又善解人意的妻子有些愧疚。

王妃靠在平王懷裡，柔聲道：「妾不苦，當初既選擇站在王爺身邊，就已想過有這一日的。」王妃心想，自己沒有一個強而有力的外家，不能像五皇子妃那般襄助王爺，起碼也要保證後院安寧，讓王爺沒有後顧之憂地去實現大業。

夫妻兩人都知府中的側妃不是聖上的人就是五皇子的人，是以夫妻倆都對那兩人淡淡的，兩位側妃一年到頭也見不到王爺和王妃幾次，更別說探聽府中機密了。

「主子，京城的回信。」嚴威從懷裡掏出一封信遞給站在窗下的男子。

聞聲回頭的男子不是肖臨瑜又是誰？他接過密信，確認上面的蜜蠟沒有被拆封過，邊打開信邊坐到了書桌旁，看完信後即放置燭火上燃盡。「三年蟄伏，便只等今日了，三日後返京。」

「是。」嚴威拱手應道，退出書房，未曾攪擾已陷入沈思的肖臨瑜。

三年了，終於要回京了。肖臨瑜揚揚頭，忽然有些近鄉情怯。這幾年來他東跑西走，重新組建起了遠洋商隊，又打通南北水路貿易，一刻也不敢讓自己停下來，生怕一停下就會憋不住心頭的那股思念。

這三年他去過北疆、去過北狄、去過西楚、下過南洋，唯一只在北疆與洛河州各停留了近一月時間，知道父母長輩如今雖比不得從前榮華富貴，可也都好好地活著，他便知道自己做的一切都是值得的。

平王曾允諾過自己，只要助他登上皇位，他定會盡力平反當年與韓廣宏將軍一案有關的所有冤情。這三年來效力平王，讓自己看到這個在京中並無名氣的王爺賢能的一面，也堅定了跟隨平王謀劃一番的心。

三日後，肖臨瑜換上平日對外的裝束，坐在輪椅上，由嚴威推著上了于家的內河船隊，啟程回京。

元化三十四年冬，當今聖上病逝，謚號世祖。

世祖駕崩前留下遺旨，立年僅十三的七皇子永澤為新帝。原本以為勝券在握的五皇子永濂被遺旨狠狠地打了一個大大的耳光，第二日便起兵謀反。

造反作亂的五皇子與麾下兵將上萬人從定安門入，直接破了定安門的御林軍，然後一路廝殺，直奔青陽主殿而去。

後宮，玉霜殿中，蘭貴妃指使宮人將尚未登基的七皇子永澤與其母嫻妃緊緊抓住。「不要以為先皇有遺旨在，妳何芸嫻就真的能安安穩穩地坐上太后之位！要知道，有些東西不屬於妳的，就不要亂拿，不然可是要付出生命為代價的！」

「孫蘭兒！妳要做什麼？快放開我！」嫻妃被兩個粗壯的嬤嬤死死地按在地上，眼中盡是驚恐，想要用力掙開卻是徒勞無功。

蘭貴妃冷笑一聲。「怎麼，妳還真以為自己是太后娘娘了不成？」示意身邊端著托盤的嬤嬤動手。「要怪，就怪妳的好兒子拿了不屬於他的東西吧！」

七皇子緊緊閉著雙唇，拒絕宮人給他灌入毒酒，可他不過一個十三歲的少年，哪裡有力氣抵得過三、四個宮人？被硬生生掐開嘴巴後，一杯毒酒落肚沒多久，七皇子只覺五內劇痛，不過片刻就失去了意識。

「永澤！永澤——」親眼看著兒子被灌了毒酒的嫻妃如同瘋魔了一般，竟突生神力掙開了所有桎梏，撲向已沒了氣息的兒子身邊，將七竅流血的兒子抱入懷中，放聲大哭。「永澤，你看看母妃啊！看看母妃啊！」

蘭貴妃得意地笑道：「這就是鳩占鵲巢的下場！」說罷也不管哭得肝腸寸斷的嫻妃，只留下兩個宮人守著，自己帶著其餘宮人往外走，她要到青陽宮親迎兒子凱旋到來。

御林軍被逼得步步後退，已退到青陽宮外，還傳出七皇子已被毒死的消息，御林軍首領江漢卻不肯認輸。「世祖屍骨未寒，又有遺旨立七皇子為新帝，五皇子逆天而行，其心可誅！眾將士隨我一同絞殺叛軍！」

「殺！殺！殺！」御林軍雖處劣勢，不過有江首領在，士氣還在，眾將士憑著最後一絲信念，死戰到底。

五皇子身穿明黃五爪金龍袍，騎著白馬走在叛軍部隊後方，聽得遠處還傳來已經苟延殘喘的御林軍的山呼聲，冷笑道：「先皇病得神志不清之際，被何家騙得立下此傳位詔書，何家已經伏誅，諸將士隨我一同清君側！」

「殺！」

三千御林軍只剩下幾百人，且大都身負有傷，正當江漢已經絕望之際，定安門外突然傳來整齊響亮的喊殺聲！

「殺！」

一個身穿鎧甲的男子騎著赤色寶馬，手持寶劍，身先士卒地殺出了一條血路。

「是平王！我們有救了！兄弟們，再堅持一下！」

眾御林軍等到援軍，個個臉上都露出鬆了一大口氣的表情，手中的刀劍揮舞得更加用力。

五皇子怎麼也沒想到，最後率兵來與自己抗衡的人竟然是平日裡被自己踩在腳下的老二！「是你？你怎麼會有調令？父皇竟然將京畿護衛軍的調令給了你？」

平王率領的部隊，正是如今駐守京畿的京畿護衛軍！

「老五，父皇雖然年邁，但並不是眼盲耳聾，你當真以為父皇不知你這些年的所作所為？」騎在赤色寶馬上的平王居高臨下地看著即將淪為階下囚的五皇子。「父皇臨終前，特召我進宮，你以為是為何？」想起父皇駕崩前召自己進宮的那一夜，行將就木的老人流下渾濁的淚水，囑託他好好輔佐七弟，帝王一生的驕傲雖不許他低頭認錯，可將京畿護衛軍的調令交給曾與太子及三哥交好的自己，就已是君王的認錯了。

京畿護衛軍，那都是在戰場上九死一生撿回一條命的將士，加之人數上也比五皇子率領的叛軍多了幾成，因此原已經快成功攻下青陽宮的叛軍如同被砍瓜切菜一般，不過一個時辰局勢就完全扭轉了。

敗局已定，想逃跑的五皇子永濂也被左前鋒帶人抓了回來，方才還不可一世的人，如今已然成了階下囚，那明黃華貴的龍袍沾滿血污，彷彿一個笑話般讓人難堪。

青陽宮內，蘭貴妃及其爪牙也全部被拿下，這場被後世稱為「元化之亂」的謀逆一案，最後以平王解圍，五皇子永濂被生擒，七皇子永澤暴斃，死傷將士無數作為結局。

原定的登基人七皇子已暴斃，狼子野心的五皇子被關在宗人府，帶兵解青陽宮之圍的平王永泓便成了登基呼聲最高的人選。

「先皇已逝，皇后懿旨，皇二子永泓勤勉恭謹，人品貴重，匡扶江山，功不可沒。秉承先皇遺願，今傳位於永泓，諸皇子當戮力同心，共戴新君。重臣工當悉心輔弼，同扶社稷。欽此！」

青陽宮正殿內，滿殿大臣皇子卻無一人出聲，聽完秦德海宣旨過後，才一呼百應地跪下行三跪九叩大禮。

「本王不才，叩謝母后恩典。」平王跪接懿旨。「還望諸公助本王共建海晏河清！」

「吾皇萬歲萬歲萬萬歲！」滿堂文武跪呼萬歲，不少低著頭的大臣卻不敢開口說什麼，他們其中大都是五皇子的人，如今五皇子已下大獄，他們躲都來不及，哪裡還敢有什麼動靜？

欽天監選定臘月十九為新皇登基之日。

新皇登基，年號常安，登基後，免全國賦稅兩年，重審當年三皇子與韓廣宏將軍謀逆一案，並行一系列安民清政新令。

「先皇五子永濂，誣陷先三皇子與韓廣宏將軍謀逆在先，後與北狄勾結入侵北疆，實乃大豐之罪人。然寡人念先皇恩澤，不忍手足相殘，賜永濂自盡，五皇子府中女眷革去皇家玉牒，貶為庶民，終身不得入京。」

已經是階下囚的五皇子呆坐在獄中聽完聖旨後，卻毫無反應。

秦德海將聖旨收好，遞到五皇子面前。「五皇子，接旨吧！」

五皇子卻如同發瘋了一般，直接打掉秦德海的手，明黃的聖旨飄落在污穢的牢獄中。「他永泓算個屁皇上？我才是天命之人！憑什麼賜死我？」

冷眼看著已有些癲狂的五皇子，秦德海嗤笑地搖了搖頭。「五皇子，成王敗寇，你如今已不是那個高高在上的皇子了，又何苦來哉？」說罷，帶著小徒弟出了又臭又髒的牢房，邊走還邊交代獄卒。「聖上仁愛，賜永濂自盡，你們可得警醒著些。」

「公公放心，小的明白。」獄卒點頭哈腰地送了秦德海出去。

韓廣宏、劉威兩位將軍的冤案已得平反，受這兩案牽連的有關人等終於沈冤得雪。收到吳掌櫃從京城送來的最新消息，得知全家可脫去賤籍、被流放到北疆的肖海如兄弟也可回鄉團聚，宋氏與兩個兒媳頓時淚漣漣。「如今一切都好了、都好了！」

幼金沒有攪擾肖家人的歡喜，將消息帶到後便退了出去，然後將肖護衛長喚來。「想來這消息很快便能傳到北疆，護衛長你辛苦些，親自跑一趟，去接肖家兩位老爺回來。」

肖護衛長自然不會推辭，預計第二日一早便帶著兩人快馬加鞭往北疆趕。

洛河州這邊眾人還沈浸在沈冤得雪的喜悅之中，京城中卻有另一部分人因為參與五皇子謀逆一案而落得如同當年韓、劉兩家一般家破人亡的下場。

作為沈冤得雪的其中一員，肖臨瑜終於可以摘下已戴了三年的面具，光明正大地跨入被朝廷歸還的肖府。

當年肖家抄家所得的財物早已不知流落何方，不過肖臨瑜也不在乎那些身外之物，他如今只急著要到洛河州，去接回他的家人，去見那個在自己一家最困難時還不顧一切伸出援手的人。「我要去洛河州一趟，府中諸事便都交由你與管事打理。」

嚴威對於主子丟下的這個攤子表示頭很痛，可主子早就帶著聖上賜下的御林軍護衛十人，一路往北去，他也只能認命地跟在肖府的老管事身邊打理雜事了。

前去北疆接肖海如兩位肖家長輩的隊伍在臘月二十八這日到了，飽經風霜的兄弟二人一到蘇家，連梳洗都沒來得及便先去跪見宋氏。

「兒無用，害得娘親受苦了！」

「回來就好、回來就好！」巴巴盼了數日的宋氏直到見到兩個鬢間已有白髮的兒子走到自己面前跪下的這刻，都還不敢相信這是真的，她淚流滿面，哽咽著示意兩個兒媳婦扶他們起來。「一路可還順利？」

坐在宋氏身邊的兩人點點頭，肖海如喝了口妻子遞過來的茶水後，添了不少皺紋的臉笑道：「蘇家姑娘一切都安排得極妥當，多虧她費心安排，這三年在北疆雖說不容易，也比旁人過得好些。回來的路上雖趕了些，不過我與二弟都是坐馬車，不曾受到什麼罪過。」

歷經了生離死別的母子三人在一起說了將近半個時辰的話，肖海如瞧著宋氏沒了精神頭，才示意于氏扶著老太太去歇息，自己與二弟則跟著蘇家僕人的安排去沐浴更衣，而後才各自回房歇下。

地龍燒得暖暖的室內，肖海如躺在鋪了厚厚錦被的雕花木床上，看著五福帳頂，眼窩深陷卻久久不能成眠，轉頭看向才從外頭進來的于氏，啞聲道：「這三年辛苦妳了。」

「我不苦，倒是老爺在北疆受苦了。」于氏掩上門，走到肖海如身邊坐下後，為他揉捏著僵硬的肩膀。「北疆風霜悽苦，老爺這幾年來辛苦了。」

肖海如嘆了口氣，拍了拍于氏的手，道：「再苦如今也都好了，只可惜臨瑜……」

肖家夫婦此時還在為暴斃的長子傷心，卻不承想第二日夜裡，死而復生的長子就敲開了蘇家的大門。

臘月二十九，肖海如換上了乾淨暖和的長袍，兄弟倆扶著宋氏一起到了蘇家正院，一家六口齊齊謝過蘇家後，也提出了搬離蘇家的想法。

「這三年多得貴府救我肖家於水火之中，如今我兄弟二人已然歸來，自然沒有再賴著不走的道理。」

「肖伯父這話便是折煞我們一家了，老祖宗與兩位伯娘還有臨茹姊姊自從住進我蘇家以來，不知幫了我多少呢，能與諸位同住，是我蘇家的福分。」幼金坐在宋氏身邊，倒不願讓肖家眾人搬走。

蘇氏也是這般覺得，柔柔笑道：「正是呢！老太太若搬走了，那我們家這些猴孩子們可不得日日跟我鬧？」

宋氏聽到蘇氏這般說，頓時就心軟了不少，一想到若是搬走就沒有幾個孩子繞膝的歡樂，還真有些捨不得。

肖海如見娘親這般依依不捨的，便看向二弟，兩人以眼神交流過後，肖海如才咳了一聲，然後道：「如今我們一家在京城也沒什麼可留戀的了，不若咱們就定居在洛河州，娘以為如何？」

洛河州是肖家發跡的地方，也是宋氏度過自己少女時期的地方，聽兒子這般說，自然是喜不自勝。「你說的可是真的？」

「如此，三嬸家旁有一塊三畝多近四畝的地，也是咱們家的，老祖宗要是掛念我們幾個，不若就一起當鄰居如何？」捧著個匣子笑吟吟的幼金也插了一句話進來。

「如此甚好！」于氏跟趙氏也是眼前一亮，她們一手辦起的爾雅女學，就這般離開，倒真心有些捨不得。加上這三年來與蘇家住在一處，患難見真情，倒是處出了很深的感情。「五里橋這邊環境好，空氣也好，地方又寬敞，是比城裡好些。」

幼金笑著走到肖海如夫婦面前，將盒子遞給于氏。「這是三年來蘇家茶的分成，雖然沒多少銀子，也總能頂些用。」

于氏等人到蘇家來過第一個年時，幼金便想著將蘇家茶的分成給于氏，可于氏等人覺著自己事事都要仰仗蘇家，並不肯收這份銀子。三年來幼金只得按蘇氏每月的月例銀子給于氏等人發月例，至於這五成的分成銀子倒是一直存著沒動。

「這麼多?!」于氏打開匣子，看到裡面放著一大疊面值全是五百兩的銀票。「幼金，妳這是……」

幼金看向肖家人又是疑惑、又是震驚的眼神，笑道：「蘇家茶的生意原就不錯，去歲還在京城開了分號，一年收益有兩、三萬兩銀子，三年下來，五成正好是五萬兩。」

「我、這……」于氏拿著厚厚一疊銀票，一時間都不知該說什麼了。

倒是肖海如「哈哈」笑了兩聲，道：「好孩子，我肖家記妳這個情！」肖海如自然看得出蘇家這小姑娘是真心要把這五萬兩銀子給自己家的，也不再推託，示意于氏收了下來。

蘇、肖兩家人熱熱鬧鬧地說了好一會子話，肖家人最終還是決定在蘇家繼續住一段時間，等到開春後肖家的房子蓋好再行搬遷。

肖臨瑜趕到洛河州時已經是臘月二十九半夜。今年冬日格外地冷，北風夾雜著雪花撲面而來，肖臨瑜一行十一人，個個臉上、身上都掛了不少冰霜，馬蹄聲卻不曾停下。

一路風塵僕僕終於趕到五里橋的肖臨瑜，不知父母長輩已經決定要留在洛河州，心中又是激動、又是緊張地敲響了蘇家的大門。

「大姑娘，前頭來人了。」提著一盞燈籠走到大姑娘閨房門口的秋分敲了敲大姑娘的房門，不過片刻就聽到裡面傳出動靜，秋分便提著燈籠進到室內，將幾盞蠟燭一一點亮。「說是打京城來的。」

「取我的斗篷來。」才睡下不久的幼金坐了起來。「這麼晚了是何人？」如今起碼是三更時分了，會是何人到訪？

秋分手腳俐落，不一會兒就從雕花黃花梨雙門大衣櫃中取出厚實的貂皮襖子，還有繡著精緻祥雲紋樣的斗篷過來。「婢子也不知，前院看門的春生還在外頭候著呢！」

主僕倆很快就收拾好了，幼金如瀑的青絲僅用白玉簪輕輕綰起，穿上暖和的斗篷後，主僕倆從室內出來。

外頭候著的春生見大姑娘出來了，趕忙提著燈籠在前方帶路。「大姑娘，門外有十餘人呢，除了打頭的那個，其餘都是穿鎧甲，還挎刀的！」

幼金聽了只覺更加疑惑，腳下步子也加快了不少。

格外寂靜的雪夜，從裡頭匆匆而出的腳步聲走到大門口便戛然而止。

背對著大門的男子聽到動靜，轉過身來，摘下玄色斗篷。「三年不見，妳一切可好？」

幼金沒來由地軟了一下腿，一旁的秋分十分警醒地一把扶住了她才不至於失態。

「你不是……你是……」

幼金看到這個據說已經死了三年的男子就這麼站在自己面前，一時間說不出是高興還是難過，兩人隔著一道門檻，就這麼互相對望著，也不說話。直到遠處傳來一聲長長的狗叫聲，才打破兩人間尷尬的沈寂。

「先進來吧！秋分，妳叫李嬸帶幾個人趕緊收拾前院的客房出來，夜已深，先別驚擾長輩們了。」幼金回過神來，有條不紊地吩咐著，看了眼跟在肖臨瑜身後那些挎刀的護衛，又加了一句。「再吩咐灶上的婆子煮些熱湯麵來，多煮些。」

肖臨瑜眼中盡是笑意地看著睫毛微微顫抖的女子強作冷靜的模樣，示意身邊的人按她的指揮到花廳暫時歇一歇，自己則跟著女子。

書房中，幼金已經從最初的慌張和不知所措中回過神來，冷眼看著坐在自己對面的肖臨瑜，也不說話。

「幼金，我……」肖臨瑜想解釋卻不知從何解釋起。

幼金端起小丫鬟上的熱茶喝了一口，覺得五內暖和不少後，才淡淡地開口道：「肖大公子無須跟我這個外人解釋這些，如今夜已深，肖家長輩都已歇下，明日一早你再去向他們解釋即可。」

沒錯，幼金是生氣了，而且很生氣！她自認這些年為肖家做的一切都問心無愧、盡心盡力，甚至還為他立了衣冠塚，逢年過節都不忘祭拜他，可沒想到人家這些年根本活得好好的，卻一點消息都沒傳回來！換作是誰都會覺得自己是一腔心意餵了狗！

肖臨瑜看著幼金薄怒得兩頰飛紅的樣子，莫名有些不安。「我……」

其實肖臨瑜這三年來也沒少吃苦，可一下子要他在心上人面前說自己有多不容易、多辛苦，他還真是有些開不了口。

幼金正在氣頭上，而肖臨瑜這輩子從沒哄過女孩子，甚至連幼金為何生氣都說不準，還怎麼開口哄人？直到門外頭傳來秋分輕敲門的聲音，才打破了兩人之間尷尬的沈默。

「姑娘，前頭都收拾出來了。」秋分方才也認出來人是肖家的大公子，自然不會沒眼力見兒地直接衝進來。

幼金瞥了眼只知道傻看著自己卻什麼都說不出口的肖臨瑜，心裡這口氣憋得難受，便衝著外頭的秋分說道：「妳帶肖大公子下去歇著吧，有什麼事明日再說！」

肖臨瑜自認這幾年來歷經風霜，年歲漸長，已不是當年那個愣頭青，可面對幼金時，闊別三年的揪心與手足無措的感覺竟又重新回來，讓他極不適應。「我這就去，妳別生氣。」

幼金看著他呆頭呆腦的樣子，心中的氣一下子就消了大半，卻還是強忍住笑意，故作冷淡。「嗯。」

直到肖臨瑜的身影消失在漆黑的雪夜中，幼金唇畔才露出一絲淺淺的笑。

年三十這日清晨，忙碌著過年的人打破冬日的寒冷與寂靜，遠處近處還時不時傳來幾聲鞭炮響以及孩子們的笑鬧聲，真真是熱鬧極了。

「老祖宗、爹、娘，孩兒回來了。」肖家暫居的別院正房中，已經換上一身乾淨暖和的綾錦袍子的肖臨瑜撩起長衫，直直地跪在肖家諸位長輩面前，重重地磕了三個響頭。

于氏早已哭成了淚人兒，就連自己歷難歸來時都沒說什麼的肖海如也紅了眼眶，夫妻二人坐在宋氏身邊，又是喜、又是哭的。

肖海如兄弟二人歸來時，就選擇了繼續瞞住長子的死訊，只告訴宋氏，肖臨瑜在北疆還有要事處理，因此一直被蒙在鼓裡的宋氏雖然也歡喜，卻不比看到兒子死裡逃生的于氏那般激動。

「好孩子，外頭風雪大，你一路趕回來辛苦了。北疆的事可都處理妥當了？」宋氏拉過長孫的手拍了拍，這般問道。「瘦了、瘦了！」

眼眶微微發紅的肖臨瑜站在宋氏身邊，道：「孫兒在外，不能在老祖宗身邊盡孝，還勞老祖宗這般掛心，孫兒實在不孝！」

肖二爺與趙氏坐在一旁，看著大姪子回來，心中一是高興，二是也有些想念自己的兒子，夫妻二人對望了一眼。

趙氏喃喃道：「若是臨文此時也在就好了……」

「只要孩子們都好好的，總會有相見之日。」肖二爺拍了拍妻子的手，安慰兩句。

肖臨瑜的歸來讓肖家人的年過得更加團圓，祖孫三代在正房說了好一會子話，肖海如與肖二爺才將肖臨瑜叫到跨院的一處小書房中議事。

「當初究竟是怎麼回事？」肖海如直直地盯著兒子，雖然兒子如今好好的是好事，可當初他是親眼看著兒子被人抬出去的啊！

肖臨瑜坐在下首，站起身朝兩位長輩鞠了一躬，然後娓娓將事情的來龍去脈說與兩位長輩知曉。「當初聖上便有奪嫡之心，無奈母族過弱，聖上一無銀錢，二無人脈，且國庫虛空，聖上亟需一人代他出面，賺取足夠的銀錢，加上咱們家當年與韓將軍之事聖上也知曉其中舊情，便派人來與我接洽。聖上承諾保我肖家滿門性命，並還我們家一個清白，我則效力於聖上，為聖上開闢商路，籌措資金，充盈國庫。」

聽完長子的話，肖海如呆坐在椅子上，有些不可置信。「你是說，是當今聖上救了你？」

「正是如此。當初父親與二叔被改為流放，也是聖上的手筆。」肖臨瑜點點頭，坐回原位。「先皇昏聵，朝中貪官酷吏橫行，國庫虛空，聖上有抱負、有遠見，我自當盡忠。」

「平王……不，聖上如今已經登基了，那朝中局勢如何？」肖二爺本就在朝為官，自然關心朝堂中事。

因著五皇子謀逆且毒害尚未登基的新皇一事事關天家顏面，聖上顧及先皇在天之靈與天家顏面，加之為穩定人心，因而五皇子謀逆與七皇子暴斃一事並未傳出，他自然不知。

肖臨瑜大略說了下聖上登基的經過，又道：「我出發來洛河州之際曾聽聖上言，要召二叔回京，想來過完年旨意便能到了。」

「果真?!」肖二爺雖歷受艱難，可濟世救民、匡扶社稷的一腔熱血還在，聽到姪子這般說，一時間竟有些失態，身子微微向前傾，又是懷疑、又滿懷希望地看著肖臨瑜。

「聖上當真這般說？」

肖臨瑜笑著點點頭。「聖上慧眼識英才，自然是真的。」如今聖上登基，也想清一清那些世家的勢力，肖二爺既有能力也不是世家的人，自是在聖上有意重用的人選之中。

聖上的旨意還有賞賜倒比肖臨瑜預計的早到，大年初二這日，正是幼荷以及幼銀等出嫁之女歸省的日子，一隊從南方騎著馬匆匆趕來的人馬已停在了蘇家大門外。

香案擺好後，那宣旨的太監便站到香案之後，蘇、肖兩家數十人嘩啦啦地跪了一片，靜靜聽那宣旨公公有些尖的嗓音抑揚頓挫地高聲唸著——

「聖上有旨，肖海豐接旨。今有……」

肖二爺跪在最前頭，聽那宣旨公公唸完後，老淚縱橫地接了旨。「臣肖海豐叩謝聖恩！」接過明黃聖旨的雙手還略微有些顫抖，他這不是官復原職，而是往前進了一步，成了正四品戶部侍郎！

那太監讀完第一道旨意後，又拿出了一道，這回是給肖臨瑜的恩典。「……封二等郡公爵位，賜號洛，賜永業田三十頃，另加六品戶部員外郎一職！」

「臣，叩謝聖恩。」一臉淡然的肖臨瑜跪在地上，恭謹地接了旨。

肖家眾人心中卻是激盪不已，一等郡公爵位啊！這意味著他肖家終於出頭了啊！還有第三道旨意，是賞給蘇家的，賞的是聖上御筆所書，龍飛鳳舞的「蘇氏出好女」牌匾，另有綾羅綢緞、珠寶首飾、時新宮花等兩箱御賜之物，讚許蘇家女有情有義。

「民女叩謝聖恩。」幼金面不改色，雙手高舉過頭，接過聖旨。

宣旨公公讀完三道旨意後，笑吟吟地站在已經站起身的肖臨瑜與肖二爺面前，道：「郡公爺，老奴來之前聖上特意交代了，讓您跟肖大人安心過完上元節再返京即可。京中的郡公府還在置辦，之前肖府的宅子都已修繕好了。」

「有勞公公大過年的還要跑這一趟，裡間已備了茶水點心，還請公公稍微歇息。」肖臨瑜雖然驟封郡公，不過還是不卑不亢的態度，臉上也是淡淡的。

那宣旨太監笑著點點頭，倒是跟著進內喝了盞茶，略歇了半日就急匆匆返京。

年初二正是熱鬧的五里橋村裡，不少村民都看到了那隊來去匆匆的人馬，有好事的去蘇家一打聽，得知原來是聖上親賜了聖旨還有賞賜下來！

不過半日，這蘇家得了聖上賞賜的消息就已傳遍整個洛河州，就連已經封印在家安心過年的秦知府都知道了，聽完底下人打聽回來的消息後，沈吟片刻道：「夫人備上兩份厚禮，咱們明日走一趟五里橋。」

聽到這個消息的可不止秦知府一人，有不少本就與蘇家交好的人家，也都紛紛備上厚禮，給蘇家遞了帖子，都想沾一沾真龍天子的龍氣，順便要是能與蘇家攀上一些關係，那就再好不過了。

因著聖旨與賞賜的緣故，這個年變成蘇家到洛河州以來過得最累人、最熱鬧的一個年，平日裡有些生意往來的客戶、洛河州大大小小的官員世家、五里橋好奇上門的百姓，還有快把蘇家門檻踏平的媒人全來了。

「這都是今日第幾個上門的媒人了？」已有一個月身孕的幼銀在韓立的攙扶下跨過門檻，看到李嬸送一位滿臉喜氣的媒人出去後，一臉促狹地道：「大姊可是挑花眼了吧？」

幼金捏了捏眉心，只覺得腦袋有些昏昏沈沈的，無力地道：「自從嫁人後，妳是越發促狹了。」不過瞧著妹妹臉色紅潤的模樣，幼金心中也是歡喜的。

「妳是不知，方才那個是來給康兒說親的！」蘇氏也有些頭痛。「這些人家也不知是怎麼想的。」

蘇家如今唯有幼銀是嫁人了，幼寶的婚事也定了下來。除了這兩姊妹，其餘的從老大到老八都不知被提了多少回。

「康兒還要再一月才滿七歲呢！這就上門來說親了？」幼銀聽娘親這般說，不由得也咂舌稱奇。「咱們家只是得了塊牌子就這般景象，那肖家那邊不得門檻都被踏破了？」

「妳這孩子，如今都快要當娘了反倒更不穩重。」蘇氏瞧著尚未顯懷的幼銀從外頭走來，不由得有些擔憂。「這大冷天的，妳巴巴地過來做啥？要是冷著凍著可怎麼是好？」一邊念叨著，一邊忙叫人換上蜜水。「那些茶啊酒的，如今可是碰都不能碰的，可曉得？」

「娘放心，我就是想偷偷吃，家裡也找不到呀！您是不曉得，韓立巴不得一把火將家裡的茶葉都燒了！」雖是說著抱怨的話，可幼銀唇邊的笑卻一直沒停過。

蘇家那邊母女熱鬧地說著話，肖家這邊也正是熱鬧的時候。

肖家平反的消息傳到西京後，肖臨風兄弟倆也顧不得旁的，一路快馬加鞭地趕到洛河州來，經歷了顛沛流離的肖家一家，隔了三年，總算一家團聚了。

「娘，過完上元節我與臨瑜便要返京了。」坐在宋氏身旁的肖二爺穿了一身暗紅色鑲邊袍子，整個人因為年初二的那道聖旨變得精神煥發。「委屈娘在洛河州再待一些時日，等開春後兒再遣人來接您回京。」

宋氏瞇著眼拍了拍小兒子的手，笑得欣慰。「人老了就該落葉歸根了，洛河州挺好的，娘就不走了。」宋氏從出生便是在洛河州長大，嫁入肖家後才入京的，雖說是闊別了四十餘載，卻是不願走了。

「娘？」原也是笑瞇了眼的肖海如聽宋氏這般說，有些驚訝地皺起了眉。原先說不走是因著京城沒了牽掛，可如今家中已不一樣了，怎地娘還這般說？

宋氏笑嘆了口氣，道：「京城雖好，咱們的根總還是在洛河州，娘老了，也不願折騰了，你們還年輕，就回京城繼續拚一番事業吧！」

「娘（老祖宗）！」肖家眾人聽到宋氏這般有些洩氣的說法，不約而同地低喊出聲。

宋氏看著兒孫們個個面有難色的樣子，又道：「你們也無須再勸，我這在洛河州有吃有穿的，規矩也少，不知比在京城舒坦多少呢！」說罷見兒孫還是面有戚戚之意，便轉移了話題。「倒是臨瑜，你也快二十六了，總該讓老祖宗抱抱曾孫了吧？」

突然被點名的肖臨瑜愣了一下才道：「孫兒……」

「幼金是個好姑娘，你若是沒這份心思就不要再耽誤人家了。」于氏抿了抿唇，淡淡地說道：「你若無意，娘便打算認她做義女。」

肖臨瑜倒不曾知原來娘親是這般想的，有些哭笑不得。「當初娘不是還嫌棄幼金是鄉下出身的？」

被長子提起陳年往事，于氏老臉驀地一紅，瞪了他一眼。「要你多嘴！」不是她說，就幼金這般的，來個國公相配都不浪費，更何況是自家這個呆呆笨笨的兒子？

全然不知自己在娘親心中已淪為「呆呆笨笨」的肖臨瑜苦笑道：「哪裡是我不願意？」

「哦？」聽出些端倪的宋氏眼睛一亮，難不成是孫兒去跟蘇家丫頭求親卻被拒了？

被老祖宗兩眼放光地盯得有些不自在的肖臨瑜乾咳了一聲，玉面微紅。「我自有打算，您們就別操心了。」

第二十九章

上元佳節，花市燈如晝。

「今日到處都是行人，你們跟在姑娘身邊的要警醒著些。」蘇氏有些不放心，偏偏孩子們都鬧著要去看花燈，她也只得多叮囑幾句。「別往那人多的地兒去，別踩著摔著了，可曉得？」

幼綾拉了拉有些皺的衣袖，站在幼寶身邊笑彎了一雙月牙眼。「娘放心，咱們家的女兒可不是誰想欺負就能欺負的呢！」

「幼綾說得是！」幼珠挺了挺胸，驕傲地說道：「哪個不長眼的要是敢來招惹本姑娘，我就讓他知道什麼叫後悔！」

蘇家的女兒都是自小習了些拳腳功夫的，如今長大後個個高眺苗條的，雖看著有些瘦弱，可那都是假象，真動起手來，兩、三個不會武的成年漢子都不一定是她們的對手呢！

蘇氏聽三女兒這般說，一時間哭笑不得。「妳呀！」都不知當年同意讓幾個女兒習武是好還是壞了。

「大姑娘，外頭馬車都備好了。」外頭春生來稟告。

蘇家的孩子們這才熱熱鬧鬧地往外頭去，就連如今性子養得十分沈穩的蘇康也都跟著去了，只留下幾個長輩在家，足見元宵燈會的魅力之大。

幼緞一手緊緊牽著大姊，一手指著花燈攤子上掛著的一個嬌憨可愛的玉兔燈。「大姊，我要這個燈籠！」

夜色才降臨，遊人如織的街上，花燈已四處亮了起來，遠處近處不時有煙花綻放在墨藍的夜空中，真真是火樹銀花不夜天。

幼金唇畔的笑未曾斷過，朝那個早就將小姑娘指著的花燈拿下來的攤販點點頭，然後朝還在糾結著不知選哪個燈好的幼綢問道：「幼綢呢？幼綢要哪個燈？」

長得與她有六分相似的幼綢半瞇著眼沈吟了許久，最後才選了盞鯉魚燈。

那小販十分有眼力見兒地點亮花燈裡的蠟燭後，那花燈便變成了紅彤彤的大鯉魚，十分好看。

跟在大姑娘身邊的秋分付了銀子後，忙跟上幾位姑娘的腳步，生怕姑娘們出什麼事。

再說蘇家眾人，幼寶才進城就被早早等在蘇家宴的魏四給接走了，上元節也是小情人們難得相處的機會，幼金自然不攔著，只交代幼寶身邊的冬至與護衛要保護好四姑娘；至於幼珠早就帶著幼綾、幼羅與爾雅女學的同窗們一道看花燈去了；康兒則跟著文生、文玉去玩。只留下幼金帶著最小的兩個逛逛走走的，倒也有意思。

「大姊快看！」雙丫髻上頭頂了個老虎面具的幼緞指著掛在洛河州主街道中心的，正是今年上元節的燈王。「好漂亮！」

今年的燈王是一盞四丈高的千手觀音花燈，慈眉善目的觀音菩薩在燭火的照映下更顯慈悲為懷，而觀音背後的千手則處處彰顯著工匠們巧奪天工的製燈技藝。

燈王一出便吸引了往來遊人的全部注意力，越來越多的人走到街口處便挪不動道了，兩眼直直地盯著花燈看，口中還不住地發出讚嘆。

「太好看了！」

「比去歲的百花仙子燈還好看呢！」

「要我說，還是前幾年的百鳥朝鳳好看！」

遊人越來越多，漸漸便有些水洩不通了。

被行人擠了好幾下的幼金為免兩個妹妹被磕著碰著，由兩個護衛走在前頭開道，自己與秋分則一人牽著一個妹妹，逆著人流往外頭走去。「小心點，別被擠著了啊！」

「小心！」

光顧著兩個妹妹卻忽略了自己的幼金，被一個突然衝過來的遊客撞到，眼看著就要往後摔倒，卻落入了一個厚實的懷抱中，原來是不知何時就一直跟在她幾人身後的肖臨瑜。

看到幼金差點摔倒的瞬間，肖臨瑜只覺得自己的心都快跳出胸膛了，忙一個箭步上去緊緊將人接住，扶著她站好。「妳沒事吧？」

幼金原以為自己要摔倒了，趕緊鬆開了幼緞，沒想到竟被肖臨瑜接住，好一會兒才彆彆扭扭地說了句多謝。

「臨瑜哥哥！」肖臨瑜在蘇家這半個月可沒少活動，幼緞與幼綢這兩個小叛徒早就被他收買了，如今見到是他救了大姊，都乖巧地與他打招呼。「大姊要帶我們回蘇家宴看燈，臨瑜哥哥要一起嗎？」

「好！」

幼金還未來得及說啥呢，就聽見肖臨瑜應了下來。她儘量控制自己的目光不去看他，其實她已經從于氏口中知道了這三年來他的不易，可一想到他假託于三之名來「騙」了自己，女孩子的矯情勁就上來了，沒有一個臺階給她下去，她就這般一直僵著不理他。

肖臨瑜感覺到她四肢有些僵硬地走在自己前邊，不忘細心地護著她，不讓旁的遊人再衝撞到她。他唇畔露出一絲寵溺的笑，他的小狐狸長大了呀！

街上遊人如織，蘇家的馬車也進不來，眾人只得慢慢地往蘇家宴的方向走著。

不知何時，肖臨瑜竟買了兩包糖炒板栗過來，將一包遞給前面的幼綢與幼緞分著吃，自己則拿著另一袋，認真地剝出一個完整飽滿的栗子，悄悄塞到幼金靠近自己這邊的手裡。「剛出爐的栗子，妳嚐嚐可好？」

幼金只覺得被塞了一顆板栗的手裡暖暖的，淺淺地「嗯」了聲，將還有些燙的板栗輕輕放進口中，板栗香糯清甜的味道立即隨著牙齒的咀嚼瀰散在口中。

肖臨瑜見她沒拒絕自己，唇畔的笑紋又深了些，不過片刻便又剝了一顆塞到她手中，兩人一個剝，一個吃，連著吃了五、六顆，幼金覺得喉嚨有些乾，肖臨瑜才作罷。將剩下的板栗遞給跟在自己身後的小廝，肖臨瑜緊跟著女子的腳步，趁著前邊路口被堵住時，兩人的手幾乎都快牽上了，他才半低下頭，柔聲問道：「幼金，不要再生我氣了，可好？」

幼金被他低沈沙啞又有些撒嬌的聲音弄得潰不成軍，只覺得左邊身子都微微酥麻了，半垂著頭也不回他。

肖臨瑜看著女子優美的脖頸在花燈燭火的照映下如同上好的白玉一般精緻動人，不由得嚥了口口水，道：「往後有何事我都不瞞著妳了可好？僅此一次，下不為例？」

也不知等了多久，前頭的行人總算疏散了些，往外走的人流又開始緩緩挪動時，肖臨瑜才聽到女子似有若無的一聲「嗯」。

直到眾人走出最擁堵的街道，總算能呼吸到初春清冷的空氣時，只見跟在最後的肖臨瑜一臉志得意滿地笑著，大姑娘卻不知為何兩眼有些飄忽，雙頰緋紅，甚是奇怪。

「咳、咳，咱們趕緊回去吧，指不定一會兒又被堵住了！」幼金乾咳了一聲，強忍著心中的羞惱，趁著眾人齊齊往前走的時候，往左邊撇過頭去，惡狠狠地瞪了眼肖臨瑜，似乎是在無聲地說著：都怪你！

肖臨瑜卻笑得更加開心。

一行數人雖說是往回走，可一點都沒耽誤遊玩，加上肖臨瑜刻意地討好，又是泥人兒、又是糖葫蘆的，幼綢、幼緞姊妹倆倒是玩得十分盡興。

今日是上元佳節，蘇家宴自然也是賓客盈門。白胖和藹的艾昌才笑呵呵地從二樓雅間與客人寒暄幾句出來，便瞧見主家姑娘們來了，他立即如同一顆飛奔的土豆般，骨碌碌地就到了眼前。「大姑娘回來了！後邊雅間都收拾妥當了。」

「店裡事多，艾叔辛苦些，就不必管我們幾個了。」幼金笑盈盈地應了句，牽著兩個妹妹往後院去。

艾昌看到她身後的男子，先是兩眼一亮，在男子眼神的示意下轉瞬又低下頭，為主子們讓出一條路來。

真好，主子回來了！

艾昌圓滾滾的白臉上，一雙眼笑得瞇成一條縫。當初他得了主子的命令到了洛河州來為蘇家效力，本以為再也見不到主子了，如今見前主子與現主子這般，看來他很快就可以有兩個主子了呀！

蘇家宴的花園中也十分應景地掛上了艾昌專門找工匠製作的上百盞花燈，各色花燈交相輝映，庭院中間的假山上掛著的主燈蓮花仙子燈也格外好看。

蘇家宴花園的雅間都是要提前預約的，洛河州有些身分的人都曉得蘇家宴自己也有燈會，又想著外頭街上人擠人，倒不如在這兒安安靜靜地看花燈來得舒坦，是以上元節的雅間早早就已全部訂了出去。

「蘇姑娘安。」一個頗有幾分文質彬彬書生模樣，手持一把摺扇的青年男子，攔在了蘇家一行人的前邊，自以為笑得風度翩翩。「小生張寒，久聞蘇姑娘芳名，傾慕姑娘已久，今日一見方知姑娘遠在傳聞之上。」

被當眾表白的幼金還未來得及做出什麼反應，一旁的肖臨瑜就先黑了臉。

「瞧著也是個讀書人，竟這般無禮，真是辱沒了先賢聖人的名聲！」

張寒是花了重金才進到蘇家宴的，就為了能一舉俘獲佳人芳心，不承想半路竟殺出個程咬金來，心中甚是不悅，不過為著保持自己風度翩翩的樣子，還是笑著回他。「兄臺為何無故出言傷人？古語有云，窈窕淑女，君子好逑，我既為君子，有何不妥？」

「君子可做不出月下攔路的行徑！」肖臨瑜玉面微沈，甚是不悅。

幼金無奈地瞪了眼亂吃飛醋的男子，她才剛鬆口，怎地還打蛇隨棍上了？

被她瞪了眼的肖臨瑜卻十分幼稚地別過頭去，淡淡地「哼」了一聲不理人。

張寒看著兩人之間的互動，心中驚覺不妙，忙道：「上元節時，洛河中會放花燈，成千上萬朵花燈映襯著水面波光粼粼，甚是好看，不知蘇姑娘是否有興趣一同前往？」

要說張寒此人，原也是富貴人家出身，無奈他老子是個渾不吝的，年輕時縱情聲色，還流連賭場，萬數家資在張寒不到十三、四歲時便已差不多敗光了，如今只剩洛河州東市一個三進三出的老宅及二、三十畝地佃出去，再無他財。可張寒自負不凡，哪裡過得了粗茶淡飯的生活？因此去歲中了童生後，便決心要尋個才貌雙全、家境殷實的女子為妻。

張寒對自己的樣貌也頗有幾分自信，蘇家大姑娘如今都已二九年華，想來能有自己這樣的人品來相配，她定不會拒絕才是。

幼金不知此人是何底細，冷眼看他雖是書生打扮，卻兩眼目光閃爍，並無半點君子端方的模樣，心中甚是不喜，不過面上也不露，只淡淡道：「多謝公子美意，小女子不過蒲柳之姿，不敢與公子相較，還請公子稍移尊駕。」

張寒可是等了許久才等到這個機會，哪裡肯就這般讓開？可他還未來得及說什麼，就見蘇大姑娘身後的男子手一揮，然後兩個挎刀穿鎧甲的護衛就上前一步，直接把自己抬開了！

斯文碎了一地的張寒被緊緊抓住，狼狽地大喊：「你們這是做什麼？我可是有功名在身的！我定要稟明秦大人，讓他治你們的罪！」

可惜蘇家女卻連看都不看他一眼，一行人往前去了。

其中一個把自己抬開的護衛直接從懷裡掏出一塊權杖，遞到他面前晃了下，然後面無表情地走了。

張寒看了以後，雙腿發軟，直接就癱坐在地。「御、御……御林軍?!」方才那兩個護衛若是御林軍，那指揮他們的男子難不成是……洛郡公?!一想到這兒，張寒在大冷天沒來由地驚出了一身冷汗。不知過了多久，見沒人發覺自己的存在，這才一腳輕、一腳重地離開了蘇家宴。

蘇家的兩個小姑娘玩了大半日，如今回到廂房中，睏勁倒是一下子上來了，沒多久就都乖乖被牽著到後頭榻上睡覺去了，只留下臭著一張臉的肖臨瑜與幼金隔了一丈距離遠遠坐著。

秋分與其餘幾人見大姑娘與肖大公子這般僵著，想到太太之前曾交代過自己的話，便一言不發地悄悄退出去，只開了房門為著避嫌。

肖臨瑜見她遠遠坐著不理人，只得嘆了口氣，乾咳了聲後站起身來，踱著步子走到距離幼金不過隔了一張小茶几的椅子坐下，然後眼巴巴地看著她。「我明日就要走了……」求和之意不言而喻。

幼金瞪了他一眼，道：「郡公爺如今多威風，巴巴地跟著我做啥？」幼金果然是又生氣了。「你驟封爵位，位置都還沒坐穩呢就這般耀武揚威，若是傳出去，旁人該如何想？」

想到自己方才的所作所為，肖臨瑜有些心虛地低下了頭，只是一想到那人竟色膽包天地敢打幼金的主意，胸膛就有一股氣沒處撒。知道自己錯了的肖臨瑜自然也不敢駁嘴，只由得她教訓，乖乖點頭認錯。「我只是見不得他這般輕薄，若影響妳的名譽可如何是好？」

幼金聽到他這話就更生氣了些，什麼叫影響她的名譽？他肖家一家老小都住在自己家了，那時候沒想著影響自己的名譽？人家不過是來邀自己去賞燈河，這時候就影響自己名譽了？

莫名又被瞪了一眼的肖臨瑜卻不知自己哪裡又做錯了？他心中早已認定自己的妻子只能是幼金一人，是以新帝登基後，他才這般著急，一刻也不願等地趕來洛河州，就是怕再次錯過了她。本就是一家子，哪裡還怕什麼影響名聲？

瑩瑩燭火中，女子芙蓉面因微怒而緋紅，男子卻心中暗喜：幼金還是關心我的呀！

想了一會兒，肖臨瑜還是將自己揣在懷裡放了許久的紅玉簪取了出來。「這是我偶然所得的紅玉簪，想來配妳正好。」通體赤紅的玉簪顏色極好看，渾然天成的紅海棠綻放在簪尾，在明黃的燭火照映下，紅玉簪更顯華貴。

「這算什麼？惹我生氣了來賠禮不成？」幼金美眸微斜地看著他，似乎在說：我可不是那麼容易好哄的！

守在外頭的秋分與幾個丫頭隱隱約約聽到大姑娘與肖大公子的對話，唇畔不由得都露出一絲笑，又往外退了五步。

次日清晨，天才矇矇亮，肖二爺與肖臨瑜已整裝待發，一同上京的還有肖臨風與肖臨文，加上肖臨瑜來時所帶的護衛，一行十數人捎上包袱便要出發往京城去。

肖臨瑜站在門口，朝以拄著枴杖的宋氏為首的肖、蘇兩家人作了一揖。「臨瑜此去，還請諸位長輩保重。」

坐在馬背上的肖臨瑜回頭深深地看了眼站在肖家人後邊，以海棠紅玉簪綰了個飛仙髻的幼金，才揮鞭催促馬兒跟上眾人。

直到肖臨瑜等人的身影消失在茫茫天地間，肖、蘇兩家眾人才互相攙扶著回去。

幼金跟在宋氏身後，想到方才那人炙熱的目光，再想起昨夜自己一時衝動親了肖臨瑜後卻被他反客為主地親到自己的唇角還破了一些皮之事，不由得雙頰飛紅，沒有言語。

肖臨瑜回京後，隔著韓氏一家的那塊地上，肖家的宅子也正式開始動工。

也不知宋氏是如何說服肖家眾人的，幼金本來還以為肖家定是要舉家返京的，不料還是按著原先的計劃，要定居在五里橋。

自從知道肖臨瑜被封為郡公後，肖家在洛河州的族人便上門來求和。

宋氏給打了回去。「當初我們這房落難時，族中怕受牽連，已將我這一支逐出族譜，連我夫的牌位都不能進祖宗祠堂，如今來求和卻是不可能的了。」

幾位肖家族老被宋氏這話罵得頭都不敢抬，轉而向肖海如求和。「海如，你可是當家作主的，要知道，宗族祖宗可不是兒戲，萬萬不能也這般見識短淺。」言下之意，便是宋氏見識短淺又記仇。

肖海如卻更不待見他們，直接道：「諸位莫要再言，我這一支既已分了出來，哪裡還有回去的道理？」說罷便叫人送客。

當初肖家富貴時，族中那幾百畝的族田都是自家置辦的，族學也是自家一直掏銀子資助的，哪承想肖家落敗之際，這些受他們家恩惠的族人反倒是動作最快，前腳剛收到消息，後腳就將他們一家逐出族譜，連駕鶴西歸的肖老爺子的牌位都不得再入祠堂，還是由蘇家幫著尋了個寺廟暫供，才沒斷了香火供奉。

吃了敗仗而歸的肖家族老自然沒那麼容易甘休，畢竟若是有一支出了郡公，那整個洛河州肖氏一族可都抬了起來啊，是以又厚著臉皮上門求了幾回。

肖海如被煩得慌，乾脆直接囑咐蘇家的門房，凡是肖家家族的，一概不見。

那族裡的人見確實斷了，才不甘不願地作罷。

幼寶的婚期定在二月十二，正好是在先皇駕崩後民間三月不得嫁娶解禁後的五日，如今婚期將近，蘇家又開始張羅起來了。因著魏家是書香世家，蘇氏與幼金便央了同是書香世家出身的趙氏來幫著備嫁。

趙氏本也是當家主母，操持這些自然不是什麼難事，按著幼銀出嫁的標準，也幫著幼寶備妥了嫁妝。

幼寶出嫁前夕，蘇家難得地開了一次家庭會議。

「我與娘商議過了，如今咱們家姑娘們都漸漸大了，為著咱們家的姑娘日後不受委屈，好好地過一輩子，我決定將咱們家所有產業收益分成十份，咱們一家每人一份。出嫁的，每半年領一次分紅，沒出嫁的就仍按著以前的月例銀子分。大家以為如何？」

原來還一頭霧水不知為何要集合議事的蘇家閨女們聽到大姊這麼說，不由得都驚呆了，尤其是接觸過家中產業的幼銀、幼珠、幼寶，異口同聲道：「這太多了！」

要知道，如今家中產業一年下來少說也有十萬兩銀子，十中之一那也有一萬兩了呀！

「大姊，我不能要，當初我成親時妳跟娘已經給得夠多了。」幼銀首先就拒絕了。

「如今我們的鋪子還有莊子的出息，每年都有好幾千兩呢，我要這麼多銀子怎麼花？」

「是呀！大姊，咱們家裡還有康兒呢，總不能我們外嫁的倒是把銀子都分走了七、八成，給康兒只留那麼點吧？」幼寶也是這般覺得。家中給她準備的嫁妝中，光是現銀就已近萬兩，若每年還要分走一萬兩銀子，那豈不是要把家裡掏空了？

還不待幼金開口，坐在蘇氏身邊的蘇康就先說話了。「大姊，我不要銀子，都給姊姊們吧！我是男子漢，我要靠自己的本事出人頭地！」

原還有些劍拔弩張的眾人，瞬間被蘇康這不知該說是少年老成好，還是稚氣未脫好的話都給逗笑了。

幼金抿住了笑，道：「不成，只要是咱們家的人，那就是一人一份。康兒你說呢？」

蘇康還真的歪頭想了想，才慎重地點點頭。「成，只是姊姊們不管嫁給何人、嫁到哪兒，那也還是咱們蘇家的人。」

見弟弟這般懂事貼心，蘇家的姊姊們全「喔」地一聲，一顆心都化軟了。「我們家康兒怎麼這麼懂事！」

已經七歲的康兒被自家一群姊姊圍著誇，不禁羞紅臉躲在蘇氏身後不肯露頭。

幼金笑眯了眼，她就說嘛，肯定能教好這個弟弟的。

既然娘親、大姊還有小頂梁柱都沒意見，蘇家財產的分配就這麼定了下來——已嫁女每半年支一次分成，直到蘇家產業落敗或外嫁女亡故；未嫁女仍按每月月例二十兩的標準發月例銀子，其餘都歸公中。

幼金甚至連分配的文書都已準備好，幼金、蘇康以及蘇氏在每一張文書上都簽了字，其餘每個妹妹在自己收起的那張上也簽上了自己的名字，一式兩份，各自收好。

明日便是幼寶的大喜之日，因此蘇家開完會後便各自散開，早早歇下。

魏四終於如願以償地抱得美人歸，小登科之喜讓一直有股子老學究氣質的魏四今日神采飛揚的，加之大紅喜袍襯得他原就好看的相貌又多了三分俊俏。

要說這樁婚事還有一個高興得不行的人，那就是魏二太太。坐在堂上看著小兒子牽著兒媳婦向自己行跪拜大禮，魏二太太早已笑瞇了眼。

原覺得門楣有些不甚配的魏家老太太知道蘇家得了聖上御筆親賜的牌匾後，對蘇家女也有了相當大的印象改觀。要知道，蘇家女可是得了聖上金口玉言誇獎的好，這樣的孫媳婦帶出去，誰家不得羨慕她魏家？

是以這樁婚事倒是人人歡喜，做得實在是好。

四月初八，是幼金十九歲的生辰。

雖說是「高齡」未嫁女，不過蘇家還是熱熱鬧鬧地給幼金辦了生辰宴，出席的有肖家、韓家以及幼荷的夫家等人，滿滿當當地坐了四桌，真真是熱鬧極了。

「祝大姊事事順遂、無病無憂！」蘇家的小姑娘們端著果子酒，齊齊敬了幼金一杯酒。

微醺的幼金笑吟吟地一飲而盡。「只要妳們都好好的，大姊也就好了。」幼金看著連最小的幼緞都已經長成嬌憨可愛的小姑娘，心中又是感慨、又是歡喜的，一杯一杯地喝，不承想真有些醉了。

左右是在家裡，蘇氏也不拘著孩子們，不承想散宴時長女竟喝醉了。看著雙頰酡紅的長女，蘇氏趕忙叫人將她扶回閨房。「快打些熱水給姑娘擦擦，廚房那邊煮些醒酒湯來候著。」

「無事、無事……」幼金整個人有氣無力地靠在秋分與白芷身上，揮了揮手讓蘇氏不要太忙活。「我回房歇會兒就成。」

雖然她說無事，不過蘇氏哪裡肯信？張羅了好一會兒才停下來。可剛停下來沒多久，就聽見前邊有人來報，說是肖大公子到門外了！蘇氏只得趕忙又叫人撤了席面，準備些茶水吃食給肖臨瑜。

可肖臨瑜才一進來便請蘇氏屏退左右，然後雙膝跪下，朝蘇氏磕頭。「蘇嬸子，臨瑜此次前來是想向您求娶幼金。」

蘇氏還未從他跪下的震驚中緩過神來，又聽到他這般說，臉上先是一愣，繼而露出歡喜的笑。「好孩子，快起來、快起來！」

蘇氏也為長女的親事發愁呢，如今這個自己最中意的女婿人選向她求娶女兒，她哪裡有不願的？趕忙將人扶起來，喜道：「我自然是沒有不應的，只是你也知，幼金素來是個有主意的，她若應下，這門親自當是做得的。」

「如此，小婿先行謝過岳母。」肖臨瑜得了蘇氏同意，自然無不歡喜，朝著蘇氏又作了一揖。「不知幼金此時在何處？」他一路披星戴月地趕回來，就是為了給她送上生辰禮，然後求娶她過門。

「幼金喝醉了，如今才歇下，你去瞧瞧也無妨。」蘇氏想著當初女兒為了肖家大公子不願嫁人，如今肖大公子既已求親，想來也無礙，便叫外頭的家僕帶著他到後院去了。

二進東跨院是幼金的閨房，秋分等人才伺候著大姑娘梳洗好，換了乾淨衣裳，外頭家僕便帶著肖臨瑜來了。

坐在榻上，背上靠著軟枕，單手支撐著有些沈的腦袋的幼金聽說外頭來人了，便有氣無力地吩咐道：「請進來吧。」

秋分見姑娘已清醒了些，便道了聲是，引著肖大公子進來後，又退到門外守著。

肖臨瑜才進到室內，便瞧見髮髻鬆鬆地綰著、雙頰緋紅的幼金在瑩瑩燭火下朝自己嫣然一笑，瞬間只覺得自己的心都化了，喉嚨微微發癢，嗓音有些乾啞。「金兒……」

「你回來了？」幼金歪著頭看著站在距離自己不過三、四步遠的男子，兩眼有些迷濛，身子突然無力地往前傾。

「小心！」肖臨瑜一個箭步上前將她接住。「怎地醉成這樣？」

幼金的雙手如同靈巧的蛇一般纏上了他的脖頸後，緊緊纏著他不放。「我還以為你不記得了……」

肖臨瑜從不知原來喝醉的幼金竟會如同一個三歲幼兒一般撒嬌耍賴，也捨不得掙開她，兩人就抱作一團，坐在榻上。

幼金整個人都軟軟地靠在肖臨瑜懷中，仰著頭，水汪汪的雙眼看著他，瀲灩紅唇似有若無地微微張開。

肖臨瑜用力地嚥了口唾沫，心中開始默唸四書五經，除了抱著幼金以外，不敢再有一絲冒犯。「金兒聽話，鬆開我可好？」

「不好！」幼金卻如同無賴般搖了搖頭，道：「鬆開你就又跑了。」

「我就在這兒，不——唔……」肖臨瑜話都還沒說完，那誘人無比的紅唇就湊了過來，直接堵住自己的未竟之言。

含著男子略微有些清冷的下唇，幼金故意使壞地咬了他一下。

肖臨瑜悶悶地「嗯」了一聲，當即反客為主，將她緊緊擁在懷中，肆意輾轉地親吻著自己想念了許久的柔軟紅唇。

靜謐的室內，無一人說話，只得一雙吻得肆意縱情的小鴛鴦，偶爾一聲因親吻而發出的「嘖嘖」聲，曖昧得讓人羞紅了臉。

肖臨瑜雖然再次親到心上人，可這心裡又是歡喜，又是愧疚的，他怎麼可以趁心上人神志不清的時候占她便宜？越想就越覺得自己枉為君子，甚至有些無顏面對幼金還有那般信任自己的蘇氏了。

幼金卻不知他心中所想，靠在他懷裡聽著他有力的心跳，酒意漸漸上來，不一會兒竟沈沈睡著了。

聽到懷裡的動靜，肖臨瑜的唇畔露出一絲苦笑。「傻金兒，真不怕我把妳給生吞活剝了不成？」說是這般說，可手上動作卻十分輕，抱著她到雕花木床邊，小心翼翼地將人放到床上，為她蓋上錦被。站在床前看著她沈睡的容顏，肖臨瑜湊上去輕輕吻了一下她的額頭。「作個好夢。」然後才依依不捨地出了幼金的閨房。

外頭秋分等人見他出來，紛紛屈膝行禮。

「進去好好守著大姑娘，她如今歇下了，喝醉的人夜間怕是要水的。」肖臨瑜又細細交代了秋分等人才離去。

秋分得了吩咐，自然也無不細心，守了一夜，大姑娘果真是半夜醒了兩回要水喝。

肖家的宅子如今尚未修好，所以肖家仍住在蘇家前院的東跨院中。

聽到外頭有動靜的肖海如披著衣裳起來一看，月色下長身而立的不是自己的長子又是誰？肖海如見長子回來了倒也不詫異，畢竟今日是蘇家大丫頭的生辰，便問了句。「可去見過了？」

「見過了。」肖臨瑜有些赧然地點點頭。「父親早些安歇吧，如今天色也不早了。」

肖海如點點頭，道：「你房裡日日都有人打掃的，也早些歇下吧，有何事明日再說。」

次日清晨，幼金雙眼尚未睜開就覺得頭痛欲裂，躺在床上無力地「啊」了聲。外頭秋分聽到內室的動靜，便端著熱水進來。「大姑娘醒啦？」

幼金瞇著雙眼，仰著頭，恍惚了好一會兒，看著外頭的日頭已經照射進來，才邊揉著太陽穴邊問道：「什麼時辰了？」

「巳時一刻了。」秋分放下熱水，走到姑娘身後輕輕地為姑娘按摩額際，道：「今兒清晨太太便吩咐過，不許攪擾了姑娘安歇。」

幼金享受著秋分恰到好處的按摩，舒服地喟嘆了一聲，昨夜的記憶才斷斷續續地回籠，前邊一切都好，只是她與肖臨瑜那段香豔得讓她有種要流鼻血的衝動的激吻是真是假？

「昨兒我喝醉後，是妳守著的？」幼金乾咳了一聲，極力控制自個兒不去想那段自己如同一個採花賊般調戲良家子弟的記憶。

秋分手下動作不曾停下。「是婢子守著的，不過亥初時肖大公子來過，婢子就守在外頭了。」

秋分的話如同一道驚天雷，在幼金的腦袋中「轟」地一下炸開了，她又痛苦、又丟臉地閉上雙眼，往後哪裡還有臉面對肖臨瑜啊？

她不想面對肖臨瑜，可肖臨瑜卻彷彿因著昨夜的吻對她越發上心了，這廂主僕倆在內室還未說完話呢，那廂外頭的丫鬟就在門口通傳了。

「大姑娘，郡公爺來了！」

幼金如今恨不得自己變成一隻鴕鳥，直接把頭埋進地裡！她整個人又倒回錦被中，朝秋分揮揮手，壓低聲音道：「就說我還未起來，快去！」

秋分不知主子為何這般作賊心虛，不過倒也是按著主子的意思出去，輕輕地掩上門。

幼金趴在床上，只聽得外頭斷斷續續的說話聲傳進來，秋分確實按著她編的瞎話拒絕肖臨瑜入內。

過了一會兒，木門「吱呀」一聲開了，一個腳步聲輕巧地走進來，走到床邊才停下。

「人走了吧？」幼金趴在床上，悶悶的聲音從被子裡傳出來，一點也不想面對這個殘酷的現實。

可來人卻輕輕拉開了蓋在她臉上的錦被，一張含笑的臉出現在自己眼前，不是肖臨瑜又是誰？

「為何不願見我？」肖臨瑜怕她在被子裡悶壞了，輕輕拉開了被子。「金兒可是怪我昨夜……」

昨夜之事，幼金原就尷尬，如今提起更是尷尬到了極致。「停！能不能別提昨夜之事？我喝醉了，是我的錯，都怪我一時衝動。」

肖臨瑜沒想到她是這般的反應，原還繾綣的笑臉剎那就多了幾分失落。「我本以為昨夜是兩情相悅，不承想倒是我一廂情願了。既如此，妳好好歇息，我便不打攪了。」說罷便轉身出了東跨院。

幼金看著他滿是失落的背影，心中有些說不出的難受。她明明不是這個意思的，怎麼平時還算伶牙俐齒的自己到這時就顯得笨嘴拙舌了？不想面對現實的幼金又將被子蒙過了頭。「啊啊啊啊啊啊！」

秋分看到肖大公子有些失魂落魄地出來，自家姑娘又把自己蒙在被子底下，她不知發生何事，只得安靜地守在外頭，也不敢作聲。

肖家眾人都發現了兩人的不對勁，第二日清晨，肖家早膳時辰，宋氏倒是難得地打破了食不言的規矩，有些憂心忡忡地問長孫。「你不是昨兒才跟我拍胸口承諾要去跟蘇家丫頭求親，怎地不過一日就蔫巴了？難不成是被拒了？」

肖臨瑜面色微白，面露尷尬。「老祖宗……」

見他這個模樣，于氏與宋氏便都心中有數了，自家的傻兒子（孫子）真的被人拒絕了！

于氏幽幽地嘆了口氣，道：「我前幾日才聽幼綾說，駐守洛河州的軍隊副將前幾日託人上門來向蘇家求親了。幼綾遠遠瞧了一眼，說是儀表堂堂，與幼金丫頭年歲相當，倒是相襯得很。」說罷，一臉同情地看著兒子。

肖臨瑜聽完娘親落井下石一般的「開解」，面色更沈了幾分。他是真不甘心就這般將她拱手讓與他人，可若是她對自己無意，他又如何忍心對她巧取豪奪？一時間內心無比掙扎，竟不知該如何是好。

雖然嘴上損兒子，不過于氏如今是真心希望兒子跟蘇家丫頭能早日結成連理的，長子都快二十六了，若是家中沒出這些變故，如今生的孩子都開蒙了！為著早日抱上孫子，于氏背著兒子，自己悄悄找上了幼金。

在書房忙著的幼金聽到外頭人說于氏來了，便放下手中的帳本，笑盈盈地出去迎她進來。「伯娘找我何事？」

「沒什麼事，就是來看看妳，沒打攪妳吧？」于氏坐在上首，眉眼間一是笑意，一是試探。「妳若是忙，我便晚些時候再來？」

幼金接過秋分端上來的花茶放到于氏面前，笑道：「我這兒也無啥要緊的事，伯娘莫忙。」幼金今日是在歸整上月的帳冊，如今蘇家各個產業都有專人打理，她只要每月歸整帳冊即可，倒也算不得太忙。

聽她這般說，于氏也就安心坐著，喝了盞茶才有些猶豫地開口道：「幼金啊，伯娘今日來找妳確實有一事想問問妳的意思。」

幼金不明所以，以為是女學的事，點頭道：「伯娘儘管說。」

「妳是不是還怪伯娘當年錯怪妳之事？」于氏思前想後，覺得幼金不願答應長子的求親也有一部分是自己的原因。「此事與臨瑜無關，伯娘當年也是著急臨瑜的終身大事，他那孩子又素來是個倔的，打小都是認準了就不肯改的性子，伯娘也是一時頭腦發熱，才遷怒妳的。」

幼金聽于氏重提當年一事，不由得有些迷糊。「過去的事都過去了，伯娘好端端的提這些陳芝麻爛穀子的事做啥？伯娘當年也是為著肖大哥，拳拳愛子之心，我確實不曾怪過伯娘。」面上表情不變，仍舊是笑著的幼金兩眼看向于氏，目光澄澈，足見是真心話。

于氏聽她這番又大度、又懂事的話，說得自己是又羞愧、又歡喜，羞愧自己當年未清內情就責怪這好孩子，歡喜的是想著自家若是得了這般明理懂事的下一代當家主母，又何愁她肖家未來不會更上一層？

于氏拍了拍幼金的手。「好孩子，伯娘也不敢求別的，只求妳給臨瑜一次機會可好？這孩子是個死心眼的，伯娘不是怪妳拒絕了他，只是眼瞧著他這兩日都死氣沈沈的樣子，伯娘這心裡就難受啊！所以今日也只能厚著臉皮來求妳，哪怕姻緣做不成，伯娘也希望你倆能開誠布公地談一談，可好？」

幼金方才聽完于氏的話就隱隱約約猜到一些了，不承想她竟直接說出口來，一時間有些尷尬，說好的古人含蓄內斂呢？臉上的微笑僵了一下又恢復正常。「伯娘的話我記下了，伯娘容我再想想可好？」

于氏也知自己作為長輩，這般逼迫晚輩給自家兒子一個機會其實是有些過分，不過她瞧著蘇家丫頭對自家那個傻兒子也不是沒有意思的，小倆口恐怕是產生了些許誤會，誰也不肯先低頭，只得是她這個為娘的辛苦些了。

肖臨瑜與幼金兩人之間的尷尬，還是因為幼珠的婚事才打破的。

幼金聽娘親說，有個姓徐的副將上門來提親，又打聽到這人跟自家幼珠有幾分牽扯，便想了個法子要試他一試。可才見著面，話都沒說上幾句，就被不知從哪裡衝出來的肖臨瑜打斷了。

徐茂林有些摸不著頭腦，他話都還沒說完呢，就看見一個身穿竹青色錦袍的青年男子大步走來，先是惡狠狠地瞪了自己一眼，然後緊緊拽著蘇大姑娘的手，就這般光明正大地往茶樓外走了，奇怪的是蘇大姑娘身邊的人卻無一人上前解救自家主子，反而個個都抿著笑，遠遠地跟著走。他有些害臊地低下頭，想來這男子與蘇大姑娘定是關係匪淺。

「徐副將，抱歉了，我家主子，呃……臨時有些事。您先回去，咱們有何事下回再議如何？」肖護衛長看著自己的原主子拽著現任主子走了，又是尷尬，又有些忍不住想笑，不過也沒忘了給徐茂林解釋。

肖臨瑜無意間聽到蘇家下人在討論，說什麼大姑娘要去見徐副將，於是他連話都沒聽完就匆匆騎著馬趕到洛河州來找人，好不容易找到人，還沒進去就聽見那個該死的徐副將在對幼金說情話，他一刻都忍不下去了，直接就衝了進去，抓著幼金便往外走。

可出了茶樓，他那股熱血就冷了一些。他是騎馬過來的，總不能跟幼金共乘一騎吧？若是這樣，怕是真要把她的名聲都毀乾淨了！一想到這兒，他趕緊把幼金的手鬆開了。

蘇家的馬夫見大姑娘跟肖家的郡公爺出來了，立即機靈地趕著馬到了他們面前。「大姑娘、郡公爺。」

幼金略微甩了下方才被圈得有些痛的手，瞪了他一眼。好好的發什麼神經？徑直上了馬車，也不理他。

肖臨瑜心中只道幼金生氣是因為自己壞了她的姻緣，一想到這層，又心灰意冷了些。

「大少爺，姑娘請您到蘇家宴一敘。」蘇家的馬車已經走了，只留下肖護衛長向他的前主子傳話。

肖臨瑜看著肖護衛長，問道：「護衛長，你說我是不是壞事了？」

護衛長抿了抿唇，然後輕輕地點了點頭。

「你知不知你方才是在做什麼？」幼金只覺得眉心有些發疼，自己就這般被一個男子拉走了，萬一那徐茂林是個重規矩的，覺得她蘇家女兒都太過輕浮，那該如何是好？

肖臨瑜站在幼金面前，平日裡也是能說會道的人，偏生對著她竟不知從何開始說起，過了好一會兒，才吶吶地說道：「那人一看就不是什麼良配，還未過明路就這般輕浮地許諾，我、我是怕妳遇人不淑……」越說到後面，肖臨瑜就越心虛。他自己方才衝進去直接拉著人就走，這行徑不知比那啥徐副將惡劣多少！

幼金從不知平日裡光風霽月的肖大公子胡鬧起來竟是這般不講道理，她心裡又是好氣、又是好笑。「那你可知他為何許諾？又是向誰許諾？」

看著幼金一副被氣笑的模樣，肖臨瑜暗道不好，卻只能硬著頭皮接話。「不管為何，都太過輕浮了些……」

「講出這話，你自己羞不羞啊？」幼金無力地瞪了他一眼。「你若是毀了幼珠的姻緣，看我怎麼收拾你！」

肖臨瑜見她這般，便知她是不生氣了，又聽說是幼珠的姻緣，心中頓時鬆了好大一口氣，挪了幾步，坐到與她只隔了一張小几的位子，柔聲道：「金兒，我知錯了，無論妳怎麼罰我，我都認，可好？」

瞧他這樣，幼金不由得抿嘴一笑，想起那日于氏的話，便故意道：「前兒你娘特意來找我了，還提起你的事來……」

「我娘只是擔心我，若是她說了什麼不該說的，妳別往心裡去，我代她向妳賠禮！」肖臨瑜不知娘親找過幼金，生怕是去拆臺的，忙又是一陣表態。

「成啊，你既這般說了，那我便不往心裡去了。」幼金看他一副如臨大敵的模樣，挑眉道：「本來她說啥要向我求親的，我還想著要不要應下呢？你既這般說，那就先放一邊算了。」

肖臨瑜聽她這般說，只恨不得往自己心口捶上幾拳！這麼急著接話做啥？自己才說出去的話，這轉眼就現世報到自己身上了！

看他一副快被氣吐血的模樣，幼金才鬆口道：「畢竟是婚姻大事，總得男方自己來求不是？母親代為求親，頗有些不夠誠心，你覺著呢？」

「對對對，不夠誠心！」

男子與女子對望著，女子笑得狡黠靈動，男子笑得心花怒放，真真是一對天造地設的佳偶。

兩人這幾日莫名其妙地鬧情緒，又這般莫名其妙地和好了。

第三十章

五日後，肖臨瑜母子盛裝打扮，從五里橋肖家的宅子裡出來，身後跟著長長的隊伍，兩人一抬，足足抬了二十八抬以紅綢妝點的物件，往僅隔了數十步的蘇家去，今兒是肖臨瑜要上門提親的日子。

「妹妹，以後咱們就是親家了，這求親禮準備得倉促了些，將來等幼金進門，我一準拿她當親生閨女看待！」蘇家正院首位，于氏笑得歡喜，拉著蘇氏的手一口一個「親家」地叫著，彷彿兩個孩子今日就要成親一般。

「幼金這孩子以後還要姊姊多多操心了！」蘇氏也笑得開心，畢竟長女已過十九，再好的姑娘到了十九還未嫁，往後難道要給人當填房不成？如今能與被封為二等郡公的肖大公子訂親，且幼金自己也喜歡，這門親事也是高嫁的，蘇氏自然一千一萬個願意。

兩家本就是互相有意的，請的官媒只是走個過場，兩家人熱熱鬧鬧地說了許久的話，又換了庚帖，兩個孩子的親事才算定了下來。

因為是男方上門提親，女方不宜露面，只由秋分用托盤裝著些大姑娘繡的帕子出來當作女方的信物。

肖臨瑜心心念念了許久的親事總算定了下來，心中高興之餘，又因著見不到幼金而有些失落。

蘇氏見他面上有些失落，心中對這個未來女婿就更加滿意了，這真是滿心滿眼裡都是她家幼金啊！雖然肖家長輩眾多，可如今每個都與幼金處得極好，將來幼金嫁過去，日子定然不會艱難，蘇氏想到這兒，臉上的笑又深了幾分。

肖臨瑜此次回洛河州是特意向聖上告了一個月的假，肖、蘇兩家都知他如今不再是白身，也都緊鑼密鼓地張羅著親事，不過幾日就合好了八字跟日子。

「兩個孩子的八字合得很，好日子也多，親家妳這邊看看哪個合適？」送日子的官媒笑得喜慶，這可是郡公爺的親事，她白得了這般好的親事做，對自己的媒人生涯也是有助益的，怎麼會不歡喜？

蘇氏看了紅紙上寫的三個日子，招來守在門外的嬤嬤耳語了幾句，那嬤嬤聽完便又出去，不多時就從後院出來，悄聲給蘇氏說了幾句話。

原來是蘇氏自己一人拿不準女兒的心思，便叫人傳話到後院去，如今得了女兒的準話，便選定了十一月二十六的日子。

媒人得了準話，就出了蘇家，轉身走數十步，到肖家去傳話。

聽說蘇家擇了十一月底的日子，肖臨瑜未免有些失落，如今才四月底，到十一月還有七個月呢！

于氏歡喜地送走媒人後，回頭見兒子有些悶悶不樂，便道：「雖說時間是久了些，但也有好處，婚嫁之事要忙活張羅的事多著呢，正好如今還有大半年，你就安心在京城當值，洛河州這邊有爹娘幫你籌謀呢！」

因宋氏留在洛河州，肖海如在京城也無啥牽掛，作為長子的他也就決定留守在洛河州盡孝。不過肖海如縱橫商場二十餘年，自然不會真的賦閒在家，如今也張羅起肖家的生意，每日倒也忙得腳不沾地的。

肖臨瑜得娘親這般說，自然無不感激，拱手道：「兒不能盡孝膝下，還要爹娘為兒操勞，真真是不孝！」

「我是你娘，我不為你操心，為誰操心去？」于氏笑罵了句，趕忙扶著兒子坐下。「臨風這孩子年歲也不小了，他跟在你身邊，你也幫他多物色物色，拿不準的就去問問你二嬸，或者給娘來信。」

肖臨瑜這次回來也受了肖二爺之託，要接趙氏與肖臨茹進京。

「兒省得的，娘在洛河州要多多保重自身。」肖臨瑜點頭應下，心想日後一定也要為弟弟尋一門兩情相悅的好親事才是。

離開洛河州前，肖臨瑜去見了幼金，好話說了一籮筐，許諾也不知許了多少。兩個才定下親事的小情人一下子又要分開，倒是互相都捨不得彼此，卻又都不宣之於口，一個是怕自己開口對方就不願走了，一個是怕開口了對方會更難過。

兩人情意繾綣，卻也還是忍痛暫別數月。

肖臨瑜離開後，幼金雖然內心牽掛，不過每日還是老樣子，忙著生意上的事。倒是蘇氏與幼銀、幼珠、幼寶幾個，說這回是大姊的婚事，嫁妝要由她們來準備，竟是一點都不讓自己插手。至於嫁衣，幼金也知自己的繡花水準僅僅是針腳算得上平整而已，自然放棄了自己繡嫁衣的想法，尋了洛河州繡娘技藝最好的綢緞莊子量身訂製了一身華貴的嫁衣，幼金自己倒也是落得清閒。

五月裡，幼綾的親事也定了下來，定的是洛河州府學山長之孫，名叫崔雲廉的後生，今年也不過十五。不過因著幼綾今年才要十四，倒也只是兩家過了小定，婚期暫且還未定下。依著幼金的主意，是想過了十六歲後再出嫁的。

蘇家的老大難已經解決了，不過老三難還沒解決。徐茂林家已經是第三回託人上門提親了，可幼珠卻偏生不肯應下，愁得蘇氏只覺得自己的頭髮都白了好幾根。

七月初七是幼綾的生辰，蘇家又是熱鬧了一場，因著已定下了親事，崔家太太也是盛裝出席，還給幼綾送上了從崔家老太太那兒傳給自己的白玉手鐲一雙，對這個未進門的兒媳婦的看重之意自然無須再提。

再說幼綾生辰當日，也出了些小意外，幼寶不知為何暈了過去，趕忙請來大夫看診，才知原來是已有身孕近兩個月。

陪著幼寶回娘家的魏四聽聞這個好消息，又是笑、又是怕的，小心翼翼地扶著幼寶坐起身來，彷彿是捧著一件易碎的稀世珍寶一般，又怕動了胎氣，索性就陪著幼寶在蘇家住了幾日，等大夫說了無礙以後，才叫人準備了鋪滿軟墊的馬車，慢慢趕回魏家。

魏家那邊魏二太太知道幼寶有孕後，又是歡喜、又是要謝菩薩的，聽傳話的人說四少奶奶有些胎氣不穩，大夫建議不要挪動地養幾日，忙叫人開私庫尋了人參、燕窩，打發人送到蘇家，才又去回稟公公與婆婆，魏家上下自然也是一片歡喜。

「幼寶，慢慢下啊，咱一步一步走穩了來。」魏二太太知道兒子跟媳婦今兒回來，巴巴地等了大半日，聽前邊下人來報，便趕忙提著裙子跑了出來，正好兒媳婦要下馬車，忙打發兩個粗壯嬤嬤上去扶著，生怕傷了她寶貝兒媳婦的一根頭髮絲。

幼寶在丈夫與嬤嬤的攙扶下下馬車，便給魏二太太見禮。「兒媳身子不好，倒叫娘操心了。」

魏二太太見她給自己行禮，忙上前扶住。「妳這孩子，如今最要緊的是好好歇養，還管這些虛的做啥?」婆媳倆並排著走，真真親如母女，還有幾個嬤嬤緊緊跟在身後。

只剩下一下車後連一句問話都得不到的魏四站在原地，看著妻子被老娘搶走。

八月裡，京中傳來明年開恩科春試的好消息，柳卓亭、月文生、魏四等苦讀多年的學子聞此消息，自然無比歡欣，個個都意欲進京趕考，實現一番抱負。

如今距離明年三月恩科加試只有不足七個月，洛河州要進京趕考的學子眾多，恩科加試的消息傳到洛河州後，倒讓洛河州的書鋪賺了個盆盈缽滿。

「這是肖大公子託人帶回歷年考過的幾份卷子，又尋了朝中曾任主考官的同僚要了幾份當年作答好的卷子謄抄回來的。你們三人本有長才，我這也算是錦上添花了。」幼金坐在首位，示意秋分等人將手裡捧著的紙張分給柳卓亭、魏四、月文生三人。

「幼金妳這哪裡是錦上添花，明明是雪中送炭才是！」柳卓亭兩眼放光地翻看著手中拿到市面上賣那都是千金難求的歷年試題，心中又是震驚、又是歡喜。

魏四也細細翻閱了前面一篇策論，兩眼眨都不眨一下，口中不停感慨。「民生國事，字字珠璣，果然是極好的策論！」他雖自負有幾分才華，可畢竟沒有進京趕考的經驗，心中正是不安，不料妻姊竟這般妥貼，心中對妻姊的感激又多了一重。

「你們覺著用得上就成。」想起肖臨瑜來信中曾提及之事，幼金又笑道：「當今聖上注重國事民生，極為賢明，想來上行下效，主考官及閱卷官自然也更喜務實之作。」

三人皆是凝神細聽幼金之言，心中暗暗記下，到時答題萬不可作花團錦簇的文章，畢竟幼金能尋來這些，足以證明她所言非虛。

幼金該說的話都說完了，自然也不多留他們三人。「我這邊若是有什麼消息就再請你們過來，如今正是要緊的時候，我便不耽誤你們的時辰了。」

三人自然無不感激，心道蘇家大恩，將來等自己出人頭地後必定要好好報答一二。

魏二太太知曉兒子有這番機遇，便道：「當初是何人怨我要做這門親事？如今竟只記得感念岳家的好，倒不曾見感念我一二，果真是有了媳婦忘了娘啊！」不過此話也只是說來擠對兒子罷了，對如今已有三個多月身孕的幼寶，越發地如珠似玉一般。

時間一日一日地過，肖臨瑜雖人不在洛河州，可心卻沒離開過，幾乎是隔日就一封信以慰相思之苦，還三不五時就打發人捎帶金銀珠寶、綾羅綢緞等物回肖家，以做聘禮備用。

肖家那邊聘禮豐厚，蘇家的嫁妝也不遑多讓。蘇氏帶著一大家子人張羅了小半年，也差不離了。

「加上這打江南來的錦緞，還有黃花梨木再十日到了後便都齊了。」黃三爺人面廣，那些在洛河州尋不到的物件便都由他與那些南來北往的客商打交道去置辦。六月份託人從江南帶回的三十疋綢緞以及江南特有的蘇繡織物數十樣，加上蘇氏與韓氏前頭已準備好的細棉、夾綢、浣花錦、流光錦等各色料子七十疋，共有一百疋料子。

蘇氏點點頭，將這筆也記進嫁妝單子中，又道：「若還缺啥，三爺你儘管來支銀子，咱們務必得將幼金的婚事辦得漂漂亮亮的才行。」

「太太放心，等黃花梨木到了，工匠那邊我已尋了洛河州最好的，定會在十一月前趕製出全套家具來的。」

蘇氏放下手中的筆，笑道：「我從不知原來辦一場嫁妝竟這般折騰人，多得有三爺襄助一二。」幼金知道自己就快要出嫁，是以打五月起就開始慢慢將家中的大小事務交給蘇氏，雖說比起于氏這樣做了二十幾年主母的還差得遠，不過也都勉勉強強能應付。

幼珠與徐茂林的親事也定了下來，家裡老大難跟老三難都解決了，蘇氏這心可算是安穩了。不過為著照顧家中，幼珠說了，成親還要過兩年再提，徐家那邊也無意見，倒也無妨。

如今蘇家老大到老五的婚事都定了下來，除了幼銀嫁的是沒有一官半爵的白身韓立之外，其他多是定的書香、權貴之家，洛河州不少人家瞧蘇家女的婚事都漸漸定了下來，心道，若是何人能娶到其餘蘇家女，那就與魏老大人家、崔山長、三等侯徐家以及二等郡公都是連襟啊！

如今蘇家只剩六、七、八三女及蘇家唯一的兒子尚未訂親，且不說蘇家女本就得聖上御賜牌匾，人品相貌都是一等一的，就是那蘇家四女出嫁時的十里紅妝都不知引得多少人眼熱到不行，是以上門提親的人便更多了。

不過蘇氏也知曉，大部分上門提親的人都是衝著自家的名頭來的，為著剩下幾個孩子的婚事，也越發用心起來，生怕挑錯會害得孩子一生。

京城那頭，肖臨瑜以大婚為由，請了兩個月的長假。

當今聖上與肖臨瑜私底下也算有兩分交情，自然知曉他有個心心念念了許久的未婚妻，大手一揮便批了他兩個月的長假，還另外賜了玉如意六對、上等料子八疋、紅珊瑚兩株、喜鐲六對，為他做足了排場。

十一月初九，距離大婚還有十六日，肖臨瑜便趕回了洛河州。這是他與幼金的婚禮，他自然要親手準備一切才是。

洛河州城裡，當年的肖家別院後來被肖臨瑜以于三的身分買了回來，雖然無人在裡頭住，不過一直都有下人打理，一切都是好的，用做新房正正合適。

于氏早在十月就收到了兒子的來信，說要在城中大宴賓客，又估量著如今兒子身分貴重，想來到時喜宴場面頗大，自然也是用心籌謀，生怕落了兒子的臉面。

十一月二十三日，蘇家嫁女添妝。

今日倒是難得的好天兒，陽光曬在人身上暖洋洋的，蘇家上下早早就開始張羅準備大姑娘的曬妝。

幼金今日穿了一身上玉色、下桃紅的襦裙，外頭的襖子是白兔裡子鑲的雙繡海棠面，臉上的妝容也應景地化了桃花妝，整個人看起來既端莊大方又不失嬌豔。

今日來添妝的不少人心中原有些瞧不上蘇家這樣出身的人家，不過今日真到蘇家來了才發現，人家蘇家僕從進進出出的少說有數十人，卻每個都動作索利，也極其規矩，比不少自認是有些底蘊的人家還好上一些，不由得對蘇家多了一分敬畏。

這分敬畏在親眼瞧見蘇家長女的嫁妝時，提高成了五分！有哪家嫁女會給這般豐厚的嫁妝啊？那唱嫁妝單子的喜官嘹亮的嗓音至今還沒停下——

「洛河州雲華巷子三進三出宅子、京城青雲巷三進三出宅子各一間……」

光是三進三出的宅子就有兩處，加上洛河州與京城兩處鋪子四家、上千畝地的莊子兩處，金銀珠寶及綾羅綢緞都是以百數計的，另有各色家具均是黃花梨木、酸枝等名貴木料打造而成，還有壓箱底的嫁妝銀子一萬八千八百八十八兩、陪嫁的僕從二十八人等等。這一份價值少說五、六萬兩的嫁妝，聽得在場的婦人皆咂舌不已，那跟著來湊熱鬧的各家姑娘們更是羨慕極了。

再加上肖家的聘禮，蘇家一個不留，全都歸入長女的嫁妝中，加起來少說也有十四、五萬兩！這一份嫁妝，就是放到京城世家大族中，那也是讓人瞠目結舌的。

幼金臉上笑容不變，眉頭卻微微蹙起，怎地給準備了這麼多東西？

這可是蘇氏與幾個女兒嘔心瀝血才準備出來的嫁妝，但看今日來添妝的人個個都一臉驚訝的樣子，蘇氏有些不好意思了。「嫁妝是少了些，讓諸位見笑了。」比起肖家近十萬兩的聘禮，自家準備的嫁妝似乎有些小巫見大巫了。蘇氏一邊說著，一邊想著，要不再給長女多準備些？

曬妝後又是添妝，又是宴席的，熱鬧了大半日，賓主盡歡才各自散去。

「太太，各家的添妝都已登記造冊，一併入大姑娘的嫁妝單子了。」負責登記造冊的李嬸前來回話。如今闔府都在全心準備大姑娘出嫁事宜，蘇家上下一條心，一定要將這場婚事辦得體體面面的。

「今日大家夥兒都辛苦了，等忙完大姑娘的喜事後，就給大家放兩日假，好好歇歇。」蘇氏如今管家管得越發好了，將女兒寬待下人的方法繼續沿用。

蘇家的下人原以為太太性子軟和，不承想也是有幾分才幹的，倒也都服管。

二十五日飄飄灑灑的小雪下了一日，蘇家上下個個愁得不行，生怕明日天兒不好，耽誤大姑娘的喜事。

十一月二十六日，宜嫁娶。

迎親時辰是午後的申時二刻，不過天才矇矇亮，燈火通明了一夜的蘇家就開始熱鬧起來了。

「大林，你們幾個趕緊把路上的積雪都打掃乾淨。陳慶家的，妳帶幾個人去把那紅綢掛上，還有揚子那邊，趕緊去灶上叫人燒水泡茶，別耽誤了！」今日穿了身暗紅夾綢細棉襖子、梳得板板正正的髮髻上戴了一朵兩指大小紅綢花的李嬸子此時站在院中，一一點人各自忙活起來。「今日是大姑娘的大日子，府上嬌客多，你們進進出出的都要警醒著些，別得罪了貴人。」李嬸子如今幫著蘇氏管內宅，勤勤勉勉又不徇私，在蘇家眾多僕人中很有威信。

個個身穿暗紅色衣裳的僕人自然曉得輕重，緊繃著精神垂手斂容，齊聲道：「是。」

東跨院中此時卻還是靜悄悄的，灰濛濛的天掩蓋了陽光，靜悄悄的閨房裡還未亮起燭火，雕花大床上蓋著錦被的女子還未醒來，透過紗帳只聽得淺而均勻的呼吸聲。

又過了好一會兒，兩扇纖長而彎曲得幅度正好的眼睫毛微微搧動，女子終於緩緩睜眼醒來。

「姑娘要起了嗎？」外頭守著的秋分聽到裡頭有動靜，便悄悄地開門進來，見大姑娘半睜著眼還躺在床上，遂走到床邊屈膝，打起紗帳，柔聲問道。

看了看外頭尚未大亮，還有些迷糊的幼金問道：「什麼時辰了？」

「辰時三刻了。前頭全福太太已經到了，太太在花廳招呼著。姑娘要不再歇息片刻？」雖然室內光線不清，不過秋分還是看到了大姑娘眼下的烏青。「今日怕是要鬧到半夜呢。」

幼金想到上回幼寶還有上上回幼銀的婚禮，宴席都是到晚上八、九點才散的，便點點頭道：「我再睡半個時辰，妳到點了再來叫我。」說罷就合上眼，想著自己真是有史以來最悠閒的新娘子了。不過片刻，她便又睡著了。

秋分見大姑娘睡著了，便輕手輕腳地放下紗帳，然後悄聲出去，留下一室靜謐。

肖家那頭，肖臨瑜激動得幾乎一晚都沒睡，可整個人卻神采奕奕的。他換上衣櫃裡用金線摻著繡出來的喜袍，又換了支紅玉束髮簪，真真是面如冠玉。

「如今才巳時，前頭要未時才出發，你倒是心急。」于氏今日穿的是暗紅妝花緞襖裙，髮髻上、兩耳間以及雙腕均以赤金鑲寶石首飾妝點，十分華貴。她示意小兒子拉著長子坐下，道：「如今也不是小孩子了，可別失了分寸。」于氏雖歡喜，不過還是比長子從容許多，畢竟她要維持作為當家主母的威嚴。

肖臨風還是第一回見到大哥這般迫不及待的樣子，還無意中人的他一邊拉著大哥，一邊在心中偷偷笑著。「真真是英雄難過美人關！不承想大哥竟也有這般失態的時候！」

「孩子大喜日子，歡喜過頭也是有的。」坐在首位的宋氏笑吟吟地護著長孫。她今日穿了身萬福暗繡衣裳，抹額上鑲的是頂好的翡翠，手腕上戴的鐲子瞧著與抹額上的那個倒是一個料子出來的，盡顯老人家的尊貴與氣質。

除了在朝為官的肖二爺趕不回來，肖家兩房齊聚一堂，你一言、我一語地說著話，真是熱鬧得很。

用過早膳，又用過午膳，收到請柬的人家有來得早的已經過來了，肖家的接親隊伍終於在肖臨瑜望穿秋水的盼望中出發了。

蘇家如今也是人丁興旺，韓立兄弟、魏四、柳卓亭、月文生兄弟另蘇康，七個男丁將來接親的肖臨瑜死死地攔在外頭近兩刻鐘，又是催妝詩、又是紅封的，直到正院那邊來喜娘說時辰快到了，眾人才意猶未盡地放行。

終於獲准進蘇家的肖臨瑜正了正衣冠後，長驅直入地便往新娘子的閨房去了。

這回總算順利接到了新娘子，牽著幼金走到正廳，跪別蘇氏後，再由蘇康牽著姊姊的手慢慢出了蘇家大門，坐上八抬大轎，一路鞭炮連著喜樂聲，往洛河州城中去了。

蘇家嫁女，昨日已宴請過五里橋全村上下，流水席熱鬧了大半日。今日宴請的人則是再等半個時辰便要去肖府赴宴，整個五里橋便只有里正一家是受到邀請的。有那等子眼紅的，不過也只能在心裡暗暗羨慕罷了。

迎親的隊伍浩浩蕩蕩地入了洛河州，那後頭跟著的八十八抬嫁妝足足有一、兩里地那麼長。

不知情的行人看得嘆道：「這是哪個富貴人家娶親？前邊都過去二十幾抬了，如今還看不到尾，真真是財大氣粗啊！」

圍觀的民眾也有知情的，聽到有人這般無知，便回道：「這你就不知了吧？這可是郡公爺娶媳婦兒呢，娶的是家裡有聖上親筆所書的御賜牌匾的蘇家長女！」

「郡公爺？我瞧著那新郎官不過二十多歲年紀，竟已是郡公爺了？」

「我跟你說……」

外頭的喧鬧自然傳不到坐在花轎上的幼金耳中，她只聽得鞭炮聲一直在響，還有鑼鼓嗩吶合奏的喜樂，將一切紛繁都阻擋在外。幼金覺得自己的手心微微有些發汗，彷彿還能聽見胸口「怦怦怦」的響聲，緊張得讓她有種暈眩的感覺。恍惚間，她聽到外頭喜娘喊著什麼，又見方才還在晃動的喜轎也停了下來，想來是到了，便趕緊回過神來。

「新郎官踢喜轎……」

「新人跨火盆，平安入門……」

「一拜天地……夫妻對拜……」

喜娘響亮的嗓門高聲喊著，被並蒂蓮蓋頭擋住了一切視線與目光的幼金只得在秋分與肖臨瑜的攙扶下，如同一個提線木偶一般轉來轉去，跪下起身，只覺得越發暈眩了。在她覺得自己真的快堅持不下去時，終於坐在了大大的黃花梨木並蒂蓮鴛鴦戲水雕花婚床上。

隔著紅蓋頭，不知外頭是何情形的幼金雖然頭上那根弦還是繃著，不過能這麼安靜地坐著倒也讓她重重地鬆了口氣。

外頭肖家的喜宴上，雖有肖臨風與肖臨文幫著擋了許多酒，不過肖臨瑜也還是有些微醺，臉上已經浮現朵朵紅暈。他手中端著白玉酒杯，一飲而盡。「劉大人今日能撥冗前來，實乃肖某之幸！」

洛河州兵馬劉大人見他這般爽快，「哈哈」笑了兩聲。「郡公爺好酒力！」說罷，也端起面前特意找僕人要的大碗公一飲而盡。劉大人是行伍出身，雖然如今已經是掌握兵權的重臣，不過行軍二十餘年養成的豪爽性子倒是一點都沒變。

先皇在時，諸皇子奪嫡，劉大人雖手握重兵卻始終沒有明確站隊，如今新皇登基，肖臨瑜此次也是得了聖上的口諭要來探一探這個州兵馬的想法。

劉大人也知自己手握三十萬洛河州駐軍卻不曾站隊奪嫡，必然是要被聖上疑心的，所以此次前來飲宴也是存了與肖臨瑜交好的心。畢竟肖臨瑜可是聖上登基後第一批獲封的，想來定是有從龍之功，他如今願與自己交好，想必這也是聖上的意思。劉大人雖然是個粗人，可也有幾分智慧，這般猜測著，臉上的笑就更明顯了。

又與洛河州其餘到場的官員飲了一杯後，肖臨瑜便佯裝醉了，由弟弟與堂弟扶著回了新房。

因著肖臨瑜身分特殊，自然沒有什麼人敢來鬧洞房，被扶回到新房的「醉漢」走到門口就立時「清醒」了。「都下去吧。」

「是。」肖家僕人得了主子吩咐，自然沒有不從的，新房裡頭七、八個婢女連著媒人魚貫而出。

肖臨風跟堂弟也早就跑沒影了，只剩下坐在內室床上還未掀蓋頭的新娘子與站在她面前忽然有些膽怯的新郎官。

肖臨瑜看著安靜地坐在床邊的人，踟躕了好一會兒才一鼓作氣地掀開了紅蓋頭，然後瞬間就被紅蓋頭下的美人兒給驚豔了。「金兒……」

看著他一副看呆了的樣子，原本還半垂著眼的幼金不由得「噗哧」一聲笑了出來。「你個呆子！」

幼金今日頭上戴的花冠是肖臨瑜早早就託人送回來的一匣子珍珠打造而成的，珍珠與紅寶石交相輝映，映襯著今日濃妝的女子越發明豔動人，倒是比往日只上淡妝更多了七分魅惑、三分勾人，也難怪肖臨瑜看傻了眼。

「我……」肖臨瑜雖然被罵了，可還是目不轉睛地盯著她看，見她又動了動脖子，想來是花冠太重，便幫著她小心地不扯到頭髮，拆下了花冠。

幼金累了一日，如今終於能鬆泛會子了。她站起身，走到早已備妥了一桌豐盛酒菜的圓桌前坐下，又看向還呆愣在原地的肖臨瑜。「你倒是過來呀！」

肖臨瑜三步併作兩步地走到女子面前，挨著她坐了下來。

兩人喝過交杯酒後，幼金每道菜略嚐了一口，便覺得飽了。想著自己臉上還頂著個大濃妝，便又自顧自地到後頭淨房去梳洗完，換了身海棠紅半透的中衣出來。

看見他還在直勾勾地盯著自己看，幼金沒來由地覺得臉微微發燙。「你也去洗洗，一身的酒氣。」

肖臨瑜看著她穿了一身若隱若現的中衣出來，只恨不得如今就把她拆吃入腹，不過聽她這般嫌棄自己一身酒氣，也不叫水，就直接用幼金用過的水隨便沖了沖。

聽到後頭淨房傳來水聲，幼金只覺得臉上滾燙，雖然她也知道男女之事要麼你上我下，要麼我上你下的，可她也只是有理論知識，真要真刀實槍實踐起來，還真的有些害臊。

「在想什麼？」

幼金半低著頭坐在床邊，沒發現那人已經洗完出來了，只覺自己瞬間就落入一個滾燙的懷中，又聽到他低沈得有些曖昧的聲音伴隨著滾燙的氣息落在自己脖頸之間，一時又驚又羞的，不由得輕叫了出聲。「啊！」

肖臨瑜雖也沒有實戰經驗，卻頗有幾分天賦無師自通，直接就把人壓倒了。

所謂花徑不曾緣客掃，蓬門今始為君開。兩人都是新手，久久不得其門而入，羞紅了臉的幼金感受著他炙人的滾燙，羞怯地指了指自己隨身帶入新房的小匣子，叫肖臨瑜翻出了壓箱底的小冊子。

肖臨瑜自然如獲至寶般快速翻閱一遍，根據書上描述的嘗試了幾回，果然就成了。

不過新手上路，總是沒那麼順利的，才入佳境不過片刻，卻戛然而止了。

肖臨瑜有些不可置信又有些窘迫，怎麼會這般？這跟預料中的情況不一樣啊！

看著原還兩眼含淚的女子一臉茫然地看著自己，似乎還不知道發生了什麼一般，肖臨瑜忽然有些擔憂自己是不是……

幼金見他一臉呆滯地看著自己，還問雜著幾分不可置信與尷尬，一開始還不明所以，不過片刻就回過神來，然後抿著嘴「嗤嗤」地笑了。

肖臨瑜被她笑得有些窘，伸手緊緊攬住她的腰。「妳這是在笑為夫？嗯？」

幼金被他的低語撓得心頭癢癢的，兩人本就是情投意合，此時兩人氣息也還是滾燙的，不過片刻又感受到男子重振旗鼓，狂風暴雨終摧折，巫山雲雨不足一一而提。

今夜在新房院子外守著等主子叫水的僕人們，從上半夜到下半夜就換了五、六回水。已通人事的婆子們個個都掩著嘴偷笑，這樣看來，他們肖家很快就能開枝散葉了啊！

幼金睜開有些沈的眼皮，發現自己被人緊緊擁在懷中，不留一絲縫隙，瞧著與自己不過隔著兩寸距離的肖臨瑜雖還未醒，臉上卻有淡淡的喜意，又聞到室內還有一股子讓人臉紅心跳的味道，她不自覺就想到昨夜到今日清晨的顛鸞倒鳳，整個人瞬間如同煮熟的蝦子一般，捧著臉覺得沒臉見人了。

思緒千迴百轉後，看向紅色喜帳外淡淡的陽光從琉璃窗中灑進，幼金才後知後覺地想起今日要見公婆，趕忙掙脫了男子的桎梏坐了起來。「天啊，我的臉真是要丟光了！」

慘遭遺棄的男子側躺著，單手支撐起頭，懶懶地看著沐浴在清晨陽光中的女子，唇上的笑容又多了三分。「方才不是哭著喊著說累，怎麼不多睡會兒？」

聽他這般說葷話，幼金兩頰飛紅，嬌嬌地瞪了他一眼。「你還敢說！明知今日要見公婆——」幼金話還沒說完，電光石火間，又被男子壓倒在錦被中，又是一場狂風驟雨。

秋分帶著四個丫鬟站在門口端著熱水，聽到新房中又傳出令人臉紅的動靜，不由得又往外退了七、八步。

等新婚的小倆口梳洗打扮完再往正房去時，肖家老小早已等了許久。

肖家的長輩個個臉上都是歡喜的笑意，看著姍姍來遲的新人。

幼金看到肖臨茹有些促狹的笑，心中暗惱，都怪這個一點分寸都沒有的臭男人！

「好孩子，往後咱們就是一家人了，還望妳早早為我肖家開枝散葉才是。」宋氏笑著接過跪在地上的幼金手裡捧著的茶，喝了一口後，遞給一旁的丫鬟，然後從嬤嬤手中接過一雙上好的翡翠手鐲給她。「和和美美，恩恩愛愛。」

「謝老祖宗。」幼金乖乖地磕了個頭，而後依次向肖海如夫婦磕頭敬茶，接著便是認親。雖說都是認識了好幾年的，不過禮不可廢，倒是像模像樣地走了個過場。

如今的肖家雖比不得被抄家前的千萬家資，不過肖臨瑜這幾年幫著聖上賺錢，也得了不少好處，加上肖海如本就是商場老手，這一、兩年間倒也掙了不少家業，如今家中伺候的人都是當年的忠心舊僕，日子倒也過得舒坦。

宋氏卻是不願住在城裡的，她習慣了在五里橋閒雲野鶴的日子，跟前還有蘇家的孩子們，熱鬧得很，是以等住滿了三朝後，肖家長輩便都搬回了五里橋，給一對新人留下了新婚的自在時間與空間。

肖臨瑜也是難得的空閒，如今初初成親，又是嬌妻在側，哪裡還顧得上旁的？日日辛苦耕耘，倒是在過年時傳出了好消息。

「幼銀生了，幼寶也快了，倒是妳這個做姊姊的落後了。」蘇氏知道長女懷孕了，也是歡喜得不行，又是交代孕中注意事項，又是叮囑她身邊的人要好生伺候著，真真是操碎了心。

幼銀是在幼金成婚前一個月發動的，生下一個六斤三兩的閨女，跟幼銀一個模子裡刻出來的一般，韓立歡喜得不行，乳名叫心姊兒，韓立每日回家第一件事就是去見妻子，第二件事便是抱著他的心姊兒。

正月十七，肖臨瑜夫婦、肖家二房的趙氏母女、月文生、柳卓亭、魏四和何軒海，連著丫鬟、婆子、護衛，一行三十餘人，浩浩蕩蕩地往京城去了。

原本宋氏與蘇氏都不願才懷了身孕不足一月的幼金跟著去，可拗不過小夫妻，加上一路是行船，倒也算得上安穩，又尋了個隨行大夫跟著，才肯讓兩人一起去京城。

三月春試，杏榜題名。

魏四不負眾望，被點為一甲探花；柳卓亭、月文生分列二甲十九、二十七名；何軒海因著水土不服，到京城一個月都是昏昏沈沈的，最後只得了二甲一百一十二的名次。

八百里加急的喜報不過兩日就傳到了洛河州。

喜訊傳到洛河州那日，幼寶誕下一個六斤六兩的男嬰，雙喜臨門，魏老爺子歡喜得不行，給孩子取了乳名叫喜哥兒，又吩咐家人開倉施粥半月，整個魏家都陷入狂喜中。

柳家與月家得了好消息，自然也是喜不自勝，雖然不像魏家那般闊綽，不過也去廟裡還了願，又添了不少香油錢。

至於肖家那邊也接到了肖臨瑜的來信，肖臨風今年也下場了，不過因著他性子不定，又是個愛玩鬧的，卻是落榜了。

「臨風這孩子跟猴兒一般，哪裡是科考的路子？」于氏倒也看得開，如今家中有長子在，幼子性子跳脫也無所謂，只要不沾花惹蝶、招貓逗狗就成。「臨瑜說還是要再拘他三年，等三年後跟臨文一起下場呢！」

肖臨文倒是有乃父之風，少年英才，不過因著今年才十六、七歲，肖二爺怕他撐不住科考的壓力，這次就沒下場。

「臨瑜既這般說了，想來也是有些想法的。」宋氏笑呵呵地看完長孫寄回來的信，與媳婦說道：「不過臨風今年都要二十了，這婚事也該操辦起來才是。妳多留留心，若是好的，也不拘是在洛河州或者京城。」

月文生被點了定遠縣縣令一職，五月，月文生的婚事也在他上任前辦妥了，帶著妻子一起到原籍定遠縣去上任。

原本月文生是想接了韓氏去的，不過韓氏卻不願再回到定遠，況且如今洛河州不僅有自己一手打拚下來的產業，還有長女跟幼子在，她哪裡捨得離開？月文生不好強求，便只帶著妻子去上任了。

柳卓亭倒是運氣好，分到了洛河州州府下的一個縣，距離洛河州騎馬不過三、四個時辰的路程，倒是便宜得很。

至於魏四，是要入翰林院的，好不容易在家熬到孩子滿月，京城那邊來信催了，才自己一個人孤零零地到京城去上任，妻子要等到孩子滿百日後才能一起到京城。

京城那邊的幼金收到幼寶的來信後，便張羅著要為妹妹置辦宅子。原來幼寶與婆婆商議過後，想著自己以後怕是要常住京城，便託大姊先為她尋摸宅子。

幼金雖然如今懷著身孕不能多折騰，不過郡公府裡能人多得是，不過兩、三日就尋到一處三進三出的宅子，在內城的杏花巷，距離皇宮不過兩刻鐘路程，倒也十分合適。

幼金看過後，便拍板買了下來，又安排人細細收拾，只等再過一、兩個月，幼寶來了就可以住進去。

轉眼就是八月，幼珠也出嫁了，幼金因著懷有身孕不便折騰，打發了秋分夫婦帶著自己與幼寶準備的兩大車物件回去為幼珠做臉面。

秋分今年也成親了，如今她還在大姑娘院裡伺候，做管事媳婦，她的丈夫則是郡公府中護衛一隊的隊長，夫妻倆在幼珠出嫁前趕回洛河州去添了妝。

除了大姊的嫁妝外，蘇家其餘女兒都跟著二姊幼銀的標準走，不過加上姊妹們給的添妝，幼珠的嫁妝折合下來也有約莫三萬兩，加上徐家的聘禮就差不多是四萬兩。

八月二十四那日，又是一場蘇家的風光大嫁。成親不過兩個月，幼珠便傳出了喜訊。

如今幼寶也來了京城，姊妹倆雖然一個才生完孩子，一個還懷著，不過也是閒不下來的性子，便在朱雀大街上挨著開了一家「醉胭脂」脂粉鋪與「蘇家宴」酒樓。

當年洛河州的「蘇家宴」開了沒多久，蘇氏就已將自己記得的所有菜譜一一試做改良並整理成一本蘇家菜譜，幼金又買斷了四個不過十一、二歲的孩子來學廚，如今已經三、四年，幾個孩子的手藝雖比不得蘇氏，不過已經學了有七、八成，倒是解決了京城「蘇家宴」的廚子問題。

也是憑著蘇家這本菜譜，「蘇家宴」開張後在京城大放異彩，成為不少達官貴人都愛光顧的酒樓，後來慢慢地，蘇家宴的廚子們也形成了一個新的廚師派系，此派名字便叫「蘇家宴」。

至於蘇家，也憑著這門手藝賺了幾輩子都花不完的財富，肖家人對於這個十分能賺錢的媳婦是滿意得不行。

同年十月，幼金誕下一對雙胞胎兒子，肖家上下普天同慶，只有肖臨瑜想到韓立家那個白淨可愛的小外甥女，心裡鬱悶了許久，暗暗決定自己一定要生個女兒出來。

三年後，經過肖臨瑜的不懈努力，終於誕下一對雙胞胎女兒。

幼綾的婚期是定在幼珠後第二年的八月初八，蘇家的女兒已經嫁出去了五個。

幼羅的親事也定了，定的是洛河州最大的糧商朱家的嫡三子，名叫朱斐。朱斐今年十六，幼羅今年十四，年底就及笄，兩人年歲倒也般配，婚期定在了明年三月。

幼金二十三歲生辰過後半月，生下肖臨瑜心心念念了三年的女兒後，同年冬天，過了及笄禮的幼羅因男方家中長輩年邁之故，擔心要守孝三年耽誤孩子，也提前成婚，所幸嫁妝都是提前準備好的，倒也不至於亂了手腳。

幼羅出嫁後，家中便只剩十四歲的幼綢以及十一歲的幼緞與康兒。

雖說蘇家女大多已嫁人，不過不管是否在洛河州的，都十分照顧家中，且蘇氏如今也能撐起一個家，倒也無妨。

又過了兩年，蘇家唯一的男丁蘇康，年僅十三就已經在今年的春試中考中童生，蘇家這麼些年下來，總算是改換了門楣。

同年，幼銀在冬日裡生下了一個兒子，韓家也算是後繼有人了。

至於韓爾華骨子裡還是留著忠勇世家的血，去歲就堅持跑到北疆去從軍，今年還特意來信，說他已當上九品校尉，想來也是要在沙場征戰中重新掙一份榮耀，以慰韓家列祖列宗。

過年時，幼綢的婚事也定了下來，定的是京城國子監徐祭酒家的幼子徐浩然，這樁婚事還是幼金給定下來的，國子監祭酒雖不算什麼權貴之家，不過家風清正，那徐浩然也是個好的，幼綢不過是過年到京城姊姊家來玩，沒承想在前院與來尋肖臨文的徐浩然一見鍾情，兩方都願意，婚事就定了下來。

這年四月，已有兩兒兩女的幼金，二十五歲生辰宴特意設在了洛河州，已經出嫁的妹妹們全都帶著孩子回來，借著這個由頭在洛河州蘇家住了一個月，直到各自的丈夫來信頻頻催了好幾回，才依依不捨地分別。

送走了女兒跟外孫們的蘇氏站在重新翻修過的自家宅子門口，看著最晚走的長女的馬車漸漸消失在道路盡頭，才默默地嘆了口氣。「一轉眼，孩子們都大了，我也老了……」

「我跟娘一同出去，人家還以為咱們是姊妹呢！哪就老了？」站在蘇氏身邊的幼緞笑吟吟地依偎在娘親身邊，又貼心又懂事。「起風了，咱們回去吧！」

緩緩關上的紅木大門，遮擋了外頭的風風雨雨。

尾聲

十三年後

十三年的時間說長不長，說短也不短，足已讓當年那個小小的五里橋村變成一個繁華的小鎮，也足以讓當年嗷嗷待哺的孩兒變成翩翩少年郎。

十三年前，肖臨瑜喜獲一雙女兒那年，肖臨風、肖臨文兄弟一同下場參加科考。肖臨文繼承了肖二爺的聰穎天資，一舉蟾宮折桂，被點為狀元，入翰林院，成為炙手可熱的新貴才子；至於性子跳脫的肖臨風因著被拘了三年，還被大哥威脅若是考不上就再拘三年為由，也考得二甲十一的好名次，加上當年的肖二爺與肖臨瑜，肖家一門四進士的好名聲不脛而走。

兄弟倆也前後腳一個年底、一個年頭成親了，肖臨風娶的是洛河州兵馬劉大人家的嫡幼女劉語婉；肖臨文娶的是當今國丈李大人家長房的孫女兒。一時間，肖家在京城權貴之家的地位越發高，加之郡公爺肖臨瑜深得聖上歡心，隱隱已成為新進權貴之家的首位。

十年前肖家老祖宗仙逝，按照她的遺願，與肖家老爺子合葬在五里橋附近新建的肖氏一族陵園中，肖家子孫丁憂三年，對風頭正盛的肖家倒也是件好事，丁憂三年過後，肖家底蘊漸顯，卻不如當時那般炙手可熱得讓人眼紅。

肖海如夫婦年紀也大了，而且習慣了洛河州的生活，便也選擇留在此處居住。今年是肖海如的六十大壽，肖家自然是要熱鬧一番的。

已經致仕的肖二爺帶著趙氏也回到了長兄家邊上定居，兩家人住一處倒也熱鬧。距離洛河州還有不到五十里的路程，肖臨瑜夫婦帶著四個孩子、肖臨風夫婦一家、還有肖臨茹夫婦一家、肖臨文夫婦一家，連帶著丫鬟、婆子、護衛等一行浩浩蕩蕩七、八十人，慢慢地往洛河州趕。

「肖楚正，你身為兄長，怎麼能帶著弟弟、妹妹這般策馬？」紫鶯暫歇的途中，已經年近四十卻還保持著少女般容顏與身材的幼金盯著站在自己面前的長子，好一頓教育。「你大姑姑家的弟弟才十三歲，你便敢帶著他策馬？」

肖臨茹十五年前嫁給了肖護衛長，肖護衛長也恢復了原姓，姓劉，通過肖臨瑜舉薦進了御林軍，如今是御林軍的副統領，與肖臨茹育有一子一女，長子劉鵬今年不過十三歲。

「沒事沒事，鵬哥兒也是個皮的，不怪楚正。」一旁的肖臨茹也瞪了劉鵬一眼。

肖楚正今年十六，已經是個翩翩少年郎，知道自己確實不該帶著弟弟策馬，倒也是認真地認了錯。「是，兒子知錯了。」

雖然有些小小的插曲，不過肖家一行人還是在天黑前趕到了五里橋。

肖海如今年是整壽，自然是要熱鬧一場的。

蘇家、月家、柳家、魏家這幾家都是親家，自然是在受邀之列，至於洛河州的權貴名門中人，那都是以收到請柬為榮的。

壽宴當日，洛河州赴宴的人瞧著蘇家八女均已到場，年長的已年近四十，可瞧著與十幾年前未嫁時容貌竟一般無二，反倒添了通身氣派，尊貴無比。再瞧蘇家其餘眾女，也是個個與長女一般，十幾年來都不見老。

尤其蘇家那個幼女，後來竟然嫁到京城郡王家，當上了郡王妃！如今瞧著那通身的氣派，何等華貴？

至於蘇家唯一的兒子，當年年僅十八去科考就被點為狀元，在翰林院待了三年後外放出來不過三年，如今二十四、五的年紀就已經當上洛河州的知府，年紀輕輕就是三品實缺，加上他的那些姊姊們一個比一個厲害，誰敢動他？

經此壽宴後，洛河州不少富貴人家乃至一般百姓都慢慢開始轉念了。誰說女兒不好？瞧瞧人家蘇家，八個女兒呢！一個比一個厲害，誰不羨慕？

越是這般想著，越是覺得自家女兒也可以，是以對女子的重視慢慢多了起來，洛河州的女學也越來越多，不過最為鼎盛的依舊是爾雅女學。

蘇家眾女並沒有想到會因著自家的事引發這些改變，不過後世洛河州的州志中倒是有記錄此事，並道——

大豐朝人人皆知，蘇氏出好女！

——全書完

2020年1月出版

瑤娘犯桃花

文創風 819 【重生之四】

棄婦瑤娘被人追殺而死，幸而她救的小狐狸(妖？)犧牲一條尾巴讓她重生！
自此瑤娘和小狐狸成了好友，還多了個狐狸精萬人迷的外掛，
讓專門收妖的道士靳玄對她難以抗拒，但又嘴硬不承認。
說起靳玄，八歲被師父騙入門下，十四歲接下掌門人之位，
如今長成二十二歲少年郎，沒有道士該有的仙風道骨，
反倒英武昂藏，還很care自己的打扮，重點是把捉妖當經商，
沒辦法，小門派窮得揭不開鍋，要想發揚光大，只能當「奸商」！

花樣百出　本本驚喜／莫顏

靳玄一身正氣凜然，渾身是膽，人們說他天地不怕，只有他自己知道，他怕瑤娘。
他俊凜魁偉，氣宇軒昂，眾人皆讚他不近女色，只有他自己清楚，他心癢瑤娘。
連三歲小孩都知道，靳玄最討厭狐狸精，女人勾引他，無異於自取其辱，
只有靳玄心裡明白，他的貞操即將不保、色膽已然甦醒，因為他想要瑤娘。
偏偏瑤娘不勾引他，因為她討厭他，只因他一時嘴快，罵她是個狐狸精……
瑤娘清麗秀美，賢淑婉約，從不負人，只有別人負她，但她從不計較，
她對人總是溫柔以待──只有一個人例外。
「瑤娘。」
「滾。」
靳玄黑著臉，目光危險。「妳敢叫我滾？」
「你不滾，我滾。」
「……」好吧，他滾。

文創風
824

富貴不求人 3 完

國家圖書館出版品預行編目資料

富貴不求人 / 塵霜著. --
初版. -- 臺北市 : 狗屋, 2020.02
冊 ; 公分. --（文創風）
ISBN 978-986-509-081-4（第3冊：平裝）. --

857.7　　108021883

著作者　塵霜
編輯　黃淑珍
校對　黃薇霓
發行所　狗屋出版社有限公司
地址　台北市104中山區龍江路71巷15號1樓
電話　02-2776-5889～0
發行字號　局版台業字845號
法律顧問　蕭雄淋律師
總經銷　知遠文化事業有限公司
電話　02-2664-8800
初版　2020年2月
國際書碼　ISBN-13　978-986-509-081-4

本著作物由北京晉江原創網絡科技有限公司授權出版

定價250元
狗屋劃撥帳號：19001626
網址：love.doghouse.com.tw　E-mail：love@doghouse.com.tw